KB041175

2

Hibariyu
히바리유 지음
illust 시소 일러스트

전학 간 학교의
청순가련한 미소녀가
옛날에 남자라고 생각해서
같이 놀던 소꿉친구였던 일

그것은 그녀 나름대로의 격려였다.
미타케 미나모를 다시 보니 그녀의 눈에
타산이나 흑심 같은 것은 없다는 사실을 알 수 있었다.
니카이도 하루키는 그것을 알고 말았다.

"어? 어?
아니, 잠깐!"

미타케 미나모
원예부원 소녀. 얌전하지만
자그마한 동물 같은 애교가
있어서 남녀노소 사랑받는다.

"밭을 가꾸죠! 좋네요, 밭! 마음이 차분해져요, 자 이거!"

Haruki Nikaidou

니카이도 하루키

문무 양도, 절벽 위의 꽃이지만 소꿉친구인 하야토 앞에서는 말투가 편해진다. 최근에는 조금씩 '위장'을 풀기 시작하고…….

"······역시 나, 카이도는 마음에 안 들어."

키리시마 하야토 *Hayato Kirishima*

츠키노세라는 시골에서 전학 온 탓에
아직 도시에는 익숙하지 않다.
만드는 요리가 매번 술안주 같이
되어버리는 것이 고민.

카이도 카즈키 Kazuki Kaidou

축구부원이고 무척 인기 있지만
마음에 둔 상대는 하루키라는
소문이 있는데…….

"······살풍경하네."

평소라면 여기서 적당히 하루키와 대화를 나누는 것만으로도
순식간에 시간이 지나가는데, 어찌 된 영문인지
시간의 흐름을 몹시 느리다고 느껴버렸다.
뭔가 이래저래 갑갑했다.

"······어쩐지, 넓네."

시계를 봐도, 이곳에 오고
아직 2분도 지나지 않았다.
점심시간은 아직 잔뜩 남아 있었다.

Contents

illustration by 시소   design by 무카데야 유우코+토요타 치카(무시카고 그래픽스)

프롤로그

그날도 더운 날이었다.

세상과는 시간이 동떨어진 듯 한적한 산골짜기 마을.

눈부시게 내리쬐는 한여름의 태양에, 산에서 얼굴을 내미는 하얀 적란운.

츠키노세 마을 밖, 산기슭에 있는 불당 앞. 그곳에서 셔츠가 땀으로 피부에 달라붙은 세 어린아이가 한마음으로 어떤 것을 바라보고 있었다.

『내가 불당 오른쪽에서 몰아넣을 테니까 하루키는 그 앞에 숨어서 기다려줘.』

『오케이, 제대로 나한테 유도해.』

『물론이지! 실수하지 말라고?』

『하야토야말로!』

헤헷, 서로 가볍게 웃고 시선을 앞으로 향했다.

불당 앞에 있는 것은 태평하게 볕을 쬐고 있는 중형견 정도 크기의 새끼 양 한 마리. 오늘 아침, 겐 영감네 집에서 도망친 아이였다. 그들은 꼬마 양 탐색대였다.

『하루, 오빠, 나는……?』

의욕이 가득한 하야토와 하루키와는 달리 히메코는 할 일이 없어서 허둥대고 있었다.

3

『응~ 히메는 여기서 양팔을 벌리고 있는 게 좋지 않을까?』

『그러네, 히메코가 여기 있다면 양도 하루키 쪽으로 가겠지.』

『으, 응, 알았어!』

이리하여 새끼 양 포획 작전이 시작되었다.

『간다, 하루키!』

갑자기 나타난 하야토의 모습과 목소리에 놀란 새끼 양은 움찔 굳더니 노림수 그대로 불당을 돌아서는 하루키가 숨어 있는 쪽으로 달려갔다. 두 사람은 생각대로 돌아간다며 득의양양하게 미소 지었다.

『좋아, 왔다!』

하지만 갑자기 튀어나온 하루키에게 놀란 새끼 양은 급격하게 방향을 틀었고.

다음 순간, 이 자리에 있는 모두가 숨을 삼켰다.

『히메코?!』『히메?!』

『히얏?!』

『메에?!』

그곳에는 히메코가 있었다. 새끼 양의 기세도 멈출 줄을 몰랐다.

설마 이쪽으로 올 거라고는 생각지 않았던 히메코는 갑작스러운 일에 우두커니 서서는 몸이 경직되어 눈을 꽉 감았다.

『~~~~~웃!』

『히메! ……아얏―!』

『하루키?!』

퍼억, 하는 충격음. 쭈뻣쭈뻣 눈을 뜬 히메코가 본 것은, 눈앞으로 날아들어서 엉덩방아를 찧은 하루키의 뒷모습과 넘어져 있는 새끼 양의 모습.

허둥지둥 하야토가 달려왔다.

『나, 나는 괜찮아! 히메도! 그러니까 꼬마 양을 부탁해!』

『윽! 알았어!』

하야토는 잠시 주저했지만 하루키의 눈을 보고는 고개를 끄덕이고 새끼 양에게 달려들어 붙잡았다.

『히메코, 겐 할아버지한테 알려줘!』

『으, 응!』

『하야토, 안는 방법이 잘못된 거 아냐? 털을 깎을 때 하던 거 있잖아.』

『아, 그랬지.』

하루키의 지적에 하야토는 새끼 양의 엉덩이를 땅바닥에 딱 붙이고 뒤에서 끌어안았다. 양털을 깎을 때에 몇 번인가 본 모습이었다. 새끼 양도 진정했는지 얌전해졌다. 휴우, 안도의 한숨을 내쉬었다.

『헤헤, 해냈어, 하루키! 히메코한테도 아무 일 없어서 다행이야. 엄마한테 여자애를 다치게 만들다니! 라면서 혼이 날 참이었어.』

『치, 나는 다쳐도 되냐고.』

깔깔 웃는 하야토의 말에 하루키는 입술을 삐죽였다.

『어? 하루키는 괜찮아. 아무 일 없을 거라고 믿었으니까 말이지, **파트너!**』

하지만 이어지는 말에 눈을 크게 떴다.

파트너.

그 말을 입 안으로 굴리고 천진난만하게 웃는 하야토에게 하루키도 이끌렸다. 환한 미소가 걸렸다.

『파트너인가. 그렇다면 됐어, 헤헷.』

『그래! 어쨌든 하루키 덕분에 포획 성공이야!』

『아핫, 그래!』

『하하핫!』

두 사람의 웃음소리는 푸른 하늘로 빨려들었다.

똑같았다. 항상 함께였다.

서로의 옷은 흙투성이, 드러난 팔다리에는 다수의 긁힌 상처, 그리고 한여름의 태양에도 지지 않을 만큼 환한 미소.

별것 아닌, 흔한 하루하루.

함께 쌓아 올린, 수많은 추억.

이것은 그중에서도 가장 빛나는 기억 중 하나.

아직 아무것도 모르는 채 그저 서로의 곁에 있던 순간.

이것은 지나간 과거의, 어느 더운 여름날의 일이었다.

제 1 화

새로운 이 환경에, 확실하게 찾아온 변화

"…………."

하야토는 권태감과 함께 눈을 떴다. 창문에서는 커튼 너머로도 강한 햇빛이 엿보였다.

무언가 꿈을 꾸었던 것 같은데 제대로 떠오르지를 않았다. 뭐, 꿈이란 그런 법이다.

"하아, 일어나자……."

우울한 기분을 떨쳐내듯이 머리를 벅벅 긁고 몸을 일으켰다.

오늘도 더워질 것 같았다.

얼른 준비를 마친 키리시마 남매는 통학로를 걸었다. 오늘 히메코는 시원스럽게 일어나주었다.

"그럼 오빠, 나는 이쪽이니까."

"그래."

서로가 더위에 당해서 맥 빠진 목소리를 나누고 사거리에서 헤어졌다.

하아, 우울하게 한숨을 내쉬고 하늘을 올려다보니 오늘도 아침부터 여름의 태양이 여봐란듯이 존재감을 과잉으로 어필하고 있었다.

"더워……."

도시의 여름은 지내기 힘들다.

시골인 츠키노세와 다르게 보이는 지면에는 온통 아스팔트. 나뭇잎을 흔드는 바람 대신에 에어컨의 미적지근한 바람을 내보내는 실외기가 있고, 조금 다른 얘기지만 신호등은 노란색으로 점멸하지 않는 것뿐이었다.

한 걸음 내디딜 때마다 땀이 뿜어져 나와서 교복이 피부에 들러붙고, 불쾌지수가 한층 더 올라가서 더더욱 우울한 기분이 되어버린다.

그리고 무엇보다도 하야토의 의욕을 없애버리는 것이 있었다.

"왔냐ー, 키리시마."

"안녕, 모리."

"오, 전학생."

"안녕, 키리시마 군."

"오, 키리시마다. 하이ー."

"……안녕ー."

교실로 들어온 순간, 모리를 시작으로 반 아이들이 뜨뜻미지근한 시선과 말로 맞이했다.

지난주에 하루키가 장난 사진을 보여주자 기세 좋게 스마트폰을 빼앗아버린 이후로, 아무래도 다들 하야토가 **니카이도 하루키**의 소꿉친구에게 완전히 한눈에 반해버렸다고 여기는 모양이었다.

덕분에 그들은 그만한 리액션을 보인 하야토의 사랑의 행방에 흥미진진해져서는 흐뭇하게 지켜보는 상황이 되어버렸다.

'상대는 히메코인데 말이지…….'

참고로 모든 악의 근원인 하루키는 『나, 남의 말도 석 달이야』라고 시선을 헤매면서 떨리는 목소리로 변명했다.

"……안녕, 니카이도."

"아, 안녕하세요, 키리시마 군."

그래서일까, 하루키의 인사는 지독히 무뚝뚝하게 되어버렸다. 그리고 하야토는 시선을 홱 피했다. 하루키의 얼굴은 미안하다는 듯한 쓴웃음을 띠고 있었다.

그 태도가 또 주변의 오해를 조장했지만 하야토도 하루키도 그 사실을 깨닫지 못했다.

"잠깐 괜찮을까, 니카이도."

"우리 있지, 조금 물어보고 싶은 게 있거든."

"예, 뭔가요——미얏?!"

마치 멋쩍은 심정을 감추려는 것 같은 하야토의 그런 행동을 보고 움직이는 집단이 있었다. 근질근질해 보이는 그녀들은 금세 하루키 곁으로 모여들어서는 작은 목소리로 까까 떠들기 시작했다. 그리고 이따금 하야토 쪽으로 흘끗 시선을 보냈다.

아무래도 참견을 무척 좋아하는 여자 무리인 듯했다.

하야토가 봐도 하루키가 필사적으로 저항 같은 행동을 한다는 것을 알 수 있었지만, 눈을 반짝반짝 빛내며 흥분한 여자들에게는 이길 수 없었다.

이윽고 하루키는 미안하다는 표정으로 스마트폰을 들고 하야토와 마주 봤다.

"저기, 키리시마 군."

"……뭔데."

"그게, **그 애** 얘기인데요. 저기, 이것 좀 보지 않을래요?"

"아니, 그런 건 됐다니까."

"저기, 그러지 말고…… 네?"

"……."

하루키가 그녀들에게 무슨 말을 들었는지는 알 수 없었다. 애당초 **니카이도 하루키**의 소꿉친구는 히메코, 바로 하야토의 친동생이다. 솔직히 봐도 난감하다는 것이 본심이었다.

하지만 **착한 아이**로 **위장**하는 사정도 어느 정도 알고 있기에, 미안하다는 분위기로 곤란해하는 표정을 보면 쌀쌀맞게 뿌리칠 수도 없었다.

후우, 한 번 크게 한숨을 내쉬었다. 고개를 절레절레 내저으며 화면을 들여다보니 그곳에는 히메코의 사진이 아니라 글자가 춤을 추고 있었다.

『이래저래 미안해, 오늘 점심은 이 아이들이랑 같이 먹을게. 제대로 오해도 풀어둘 테니까!』

하루키를 봤더니 쓴웃음을 띠면서도 맡겨달라는 듯 윙크

를 했다.

아무래도 무척 책임을 느끼는 모양이었다.

원래 하루키는 다툼이 두려워서 점심은 혼자 먹는 것으로 일관했다. 그것을 깨면서까지 사태의 수습을 꾀한다는 기개도 전해졌다. 게다가 지난주 저녁 식사 때에도 그건 가벼운 장난이라고 생각했는데 지나쳤다며 몇 번이고 사죄했다.

'……정말이지.'

어쩔 수 없다는 생각에 하야토의 눈꼬리는 자연스럽게 내려가고 표정도 풀렸다.

"알았어."

"아! 예!"

하루키도 하야토의 마음을 읽었는지 함께 안도한 표정으로 마주 봤다.

하지만 두 사람의 마음속과는 달리, 등 뒤에서는 """꺄—!"""라며 새된 목소리가 터졌다.

"미얏?!"

그녀들은 갑자기 하루키의 손을 붙잡고 억지로 어디론가 끌고 갔다. 거스르면 안 된다는 오라를 한가득 자아내고 있었다.

"니카이도, 이야기 좀 할까?"

"금방 끝나니까, 잠깐이니까!"

"나도 이런 재미있——아니, 무언가 도울 수 있는 게 없을까 해서."

어안이 벙벙해지는 광경이었다. 하지만 그녀들이 전학 당시와 비교하면 하루키를 무척 마음 편하게 대한다는 걸 알 수 있었다.

서면 작약, 앉으면 모란, 걷는 모습은 백합──. 미인을 가리키는 그 글귀를 실생활에서 보여주고, 게다가 문무 양도로 교사들에게도 총애를 받는 하루키는 인기와 함께 어쩐지 절벽 위의 꽃이라고 할까, 모두가 한 걸음 물러서게 만드는 구석이 있었다. 본인도 어쩐지 벽을 치고 있었으니까 당연하다고도 할 수 있었다.

그런 하루키였지만 분위기가 조금 바뀌었다. 이 상황이 그 증거였다.

'저래서야 큰일이겠네. 이것 참, 저녁때도 불평을 듣게 생겼어.'

솔직히 하야토로서는 어찌 된 영문인지 가슴속이 답답해져 버리기도 했지만, 그녀는 여전히 하야토의 집으로 오면 편안하게 무방비한 모습을 드러내며 옛날과 마찬가지로 대해준다.

다른 사람에게는 드러내지 않는 모습. 그렇게 생각하니 쿡쿡, 웃음이 새어 나왔다.

"키리시마, 사랑하는 그녀의 굉장한 거라도 봤어?"

"모리? 아니, 나는 딱히──."

그런 표정 변화가 아니었지만 다른 사람이 어떻게 받아들이는지는 다른 문제였다.

금세 그것을 눈치 빠르게 발견한 모리가 어깨동무를 턱 걸고, 하루키 주변의 여자들만큼이나 히죽대는 남자들이 놓치지 않겠다는 듯 포위해 왔다.

"자자, 우리 말이지, 교류가 좀 부족하지 않아?"

"그래그래, 확실히 니카이도의 소꿉친구는 귀여운 애였지."

"뭐, 구체적으로 어디가 마음에 들었어?"

"어, 아니, 잠깐, 나는……!"

곤혹스러워하는 하야토랑 하루키를 제쳐두고 주위에서는 제멋대로 들떴다.

전학 당시와 비교해서 하루키는 변했다.

그리고 하야토를 둘러싼 환경 또한 변한 것이었다.

점심시간. 지루한 수업에서 해방된 학생들이 자유롭게 풀려나는 시간.

교실 여기저기서 그것을 구가하는 다양한 목소리가 드높았다.

"자자. 니카이도, 여기야!"

"도시락? 학생식당? 어디든지 끌고 갈게!"

"나 있지, 전부터 니카이도한테 흥미가 있었거든."

"저기 그게, 제 가방…… 미얏?!"

여자 집단은 반짝반짝한 소녀의 눈빛으로, 마치 날개가 달린 호랑이처럼 하루키를 물어 그녀들의 둥지로 데려갔다.

하야토는 그런 하루키에게 마음속으로 손을 맞대며 총총

히 비밀기지로 도망쳤다.

　다행히도 식욕 왕성한 남자들은 하야토에 대한 흥미보다 식욕이 승리한 모양이라 탈출은 쉬웠다. 모리의 경우에는 수업 종료를 알리는 종소리와 함께, 교사의 신호도 기다리지 않고 식당을 향해서 뛰쳐나갔을 정도였다.

　세로로 가늘고 긴 3평 정도의 구교사, 현 자료창고에 있는 빈 교실, 그곳이 하야토와 하루키의 비밀기지 겸 피난소였다.

　하야토는 홀로 주위를 둘러봤다.

　"……살풍경하네."

　하루키가 부지런하게 관리하는 덕분인지 깔끔했지만, 이곳에 있는 것은 입구에 세워져 있는 빗자루 하나와 멋이라고는 없는 누드 쿠션 두 개뿐.

　그 탓인지 여름인데도 서늘함조차 느끼고 말았다.

　"다음에 쿠션 커버라도 가져올까……."

　생각을 굳이 입 밖으로 꺼내며 도시락을 펼쳤다. 대화 상대도 없는 식사는 기계적이라서 평소보다도 빨리 비워버렸다. 시간을 확인했더니 이곳에 온 뒤로 아직 5분도 지나지 않아서, 점심시간은 아직 한참 남아 있었다.

　평소라면 여기서 적당히 하루키와 대화를 나누는 것만으로도 순식간에 시간이 지나가는데, 어찌 된 영문인지 시간의 흐름을 몹시 느리다고 느껴버렸다. 뭔가 이래저래 갑갑했다.

한 번 더 둘러본 비밀기지는 아까보다도 몹시 넓어 보였다.

'하루키 그 녀석, 이제까지 계속 이 방에서 혼자 있었나…….'

착한 아이로 위장, 단독주택에서 혼자 자취. 이래저래 신경 쓰이는 일은 있었다. 하지만 생각하기 시작하면 여러모로 최악의 상황으로 빠져버릴 것만 같아서, 머리를 벅벅 긁적이고는 일어섰다.

그리고 하야토는 어느 장소로 걸음을 옮겼다.

뜨거운 햇볕이 쏟아지는 점심시간. 학교 뒤쪽에 있는, 이랑을 만들어놓은 화단.

그곳에 부스스한 곱슬머리가 특징적인 자그마한 여학생의 모습이 있었다.

"안녕, 미타케."

"아, 키리시마!"

이런 더위 속에서, 미타케 미나모는 힘겨운 기색도 없이 심어놓은 채소를 열심히 돌보고 있었다. 하지만 표정은 그다지 좋지 않았다.

무슨 일인가 싶어 화단으로 시선을 향했더니 채소들이 시들시들해서는 기운이 없어 보였다. 하야토의 시선을 깨달은 미타케 미나모는 곤란하다는 표정으로 더듬더듬 이야기했다.

"그게, 물도 흙이 마르지 않도록 매일 줬고 적절하게 가지치기도 하는데, 최근에 다들 기운이 없는 모양이라……."

"어―, 딱히 물은 매일 안 줘도 돼. 며칠에 한 번씩 대량으로 줘서 땅속까지 수분이 골고루 퍼지는 게 더 나아. 매일 소량으로 주면 젖은 부분이 금세 증발해버려서 수분 부족이 되어버리거든."

"어…… 어어어?!"

"하지만 이건 딱 봤을 때 수분 부족이 아니야. 이 녀석들 최근에 꽃이랑 열매가 잔뜩 맺혔지……. 그렇다면 체력을 잔뜩 썼다는 의미. 자, 이건 어떻게 된 걸까요?"

"체, 체력? 아으으, 저기, 그게……."

미타케 미나모는 하야토의 수수께끼 같은 질문에, 턱에 손가락을 대고서 음음 신음하며 고개를 갸웃거렸다. 하야토는 그런 그녀의 모습을 어쩐지 그립다는 표정으로 눈을 가늘게 뜨고서 바라봤다.

'역시, 닮았네.'

채소의 꽃과 열매, 부스스한 곱슬머리를 팔랑팔랑 움직이는 모습을 보면 아무래도 채소의 꽃과 열매를 노리던 겐 영감님의 양들이 떠오르고 만다. 표정도 풀어졌다.

이윽고 무언가 깨달았는지 미타케 미나모는 "아!"라며 소리 높였다.

"영양분이 부족한 거군요, 그러니까 비료!"

흥분한 기색으로 눈을 반짝이며 올려다봤다.

그 모습이 대단하지, 칭찬해줘 하고 조르는 자그마한 동물 같아서 하야토는 그만 머리를 쓰다듬을 뻔했지만, 꾹 참았다.

"응, 그거야. 채소도 쉽게 알아보기는 어렵지만 사람과 마찬가지로 체력을 사용하면 기진맥진하니까. 비료 있어? 나도 도와줄게."

"채소도 사람과 마찬가지…… 아, 비료 있어요! 으음……."

"직접 뿌리나 줄기에 닿지 않도록, 원을 그리며 감싸듯이 뿌리면 돼."

"아, 예! 영차……."

화단치고는 크지만 밭으로서는 가정 텃밭의 영역을 벗어나지 않는다. 둘이 나누어서 했더니 비료 뿌리기는 금방 끝났다.

물론 여름의 태양 아래인 건 그대로였다. 츠키노세에서 뜨거운 햇빛 아래의 작업은 익숙하다지만 하야토도 완전히 땀범벅이 되어버려서 교복이 피부에 찰싹 달라붙어 버렸다.

"다 됐어요, 고맙습니다!"

"아, 아아……?!"

"저기, 뭔가 잘못됐나요……?"

"아니, 그게……."

이마의 땀을 손등으로 훔치며 그녀 쪽을 봤더니 하야토와 마찬가지로 교복 블라우스가 몸에 달라붙어 있었다. 가냘프지만 여자다운 곡선이 도드라지고 말았다. 작은 체구이지만 히메코와는 비교가 안 되는 것은 물론, 하루키 이상의 볼륨을 가진 그것이 시야에 날아드는 바람에 황급히 고개를 돌렸다.

그런 수상쩍은 하야토의 행동을 의문스럽게 생각했는지 미타케 미나모는 또다시 고개를 갸웃거렸다.

'……방심했어.'

아무리 츠키노세의 양을 연상시킨다고 해도 미타케 미나모는 동갑 여자였다.

또래와의 교류 경험이 빈약한, 그리고 굳이 그런 부분을 의식하지 않았던 하야토이지만 무방비하게 그런 모습을 맞닥뜨리니 역시나 두근두근해버렸다.

게다가 미타케 미나모는 멋을 부리지도 않고 부스스한 곱슬머리 그대로 흙을 만지고 있음에도 자세히 보면 사랑스러운 얼굴이다.

다이아몬드 원석이라고도 할 수 있는 소녀였다.

"모, 모자!"

"예?"

"그게, 밀짚모자 같은 걸 쓰는 편이 나을 것 같아서. 덥고, 열사병 같은 것도 있으니까."

"아, 그러네요. 최근에 무척 더워졌으니까요."

무언가를 얼버무리는 듯한 하야토의 말을 순수하게 충고로 받아들인 미타케 미나모는 자신이 부주의했다며 시무룩해졌다. 하야토로서는 변명처럼 늘어놓았을 뿐인 말이었기에 그런 그녀의 표정에 죄책감을 느끼고 말았다.

무어라 형용할 수 없는 분위기를 자아내는 두 사람 사이

로 갑자기 수건이 끼어들었다.

"미타케, 모자도 좋지만 복장도 가다듬는 편이 낫겠네요. 남자한테는 살짝 해로운 느낌이 됐는데요?"

"어…… 니, 니카이도?"

"후에?"

어느샌가 생글생글 미타케 미나모에게 수건을 건네는 하루키가 옆에 와 있었다.

그 시선이 향하는 곳은 미타케 미나모의 가슴께, 땀으로 들러붙은 블라우스에 또렷이 떠오른 레이스 무늬였다.

"뻬, 뻬야아아아아아아앗!"

지적을 받고 자신의 상태를 깨달은 미타케 미나모는 점점 얼굴을 새빨갛게 물들이는가 싶더니, 하루키한테 받은 수건을 가슴에 품고서 달려갔다.

미타케 미나모의 뒷모습을 지켜본 하루키가 하야토 쪽으로 고개를 돌리고 툭하니 중얼거렸다.

"…………변태."

"아니, 그게, 아니라, 이건 말이지……."

"…………음란해."

"아니…… 으음."

"…….."

"………………………미안."

"흥!"

그것은 평소의 하루키답지 않은 말과 태도였다.

하지만 불온한 무언가를 느낀 하야토는 반사적으로 사죄하고 만 것이었다.

오후 수업.

"헤이조쿄는 710년, 당나라의 장안을 모방하여 만들어졌고 현재 나라현의——."

이 시간 특유의 어쩐지 이완된 분위기가 있는 일본사 수업.

하지만 하야토 옆자리에서는 불온한 분위기가 풍기고 있었다.

"……홱."

"……하아."

그 모습을 살피려고 옆을 봐도, 그녀는 하야토의 시선을 깨닫고 곧바로 고개를 돌려버렸다. 아무래도 하루키가 토라져 버린 모양이었다.

'……곤란하네.'

원인은 명확했다.

하야토가 미타케 미나모의 땀으로 달라붙은 교복의, 여자 특유의 그것으로 시선이 가 있었으니까.

그만 눈길이 가는 것은 한창때인 남자로서는 본능적인 일이니까 어떻게든 이해하고 용서해줬으면 좋겠지만, 아무래도 하루키로서는 좀처럼 허용할 수 없는 일인 듯했다.

"——또한 다양한 제도도 개혁되어서 조용조(租庸調)라는 조세 제도도…… 어—, 이건 지난달에 했던 아스카 시대와 비교하면 재미있어. 건네준 프린트의——."

"……아."

목소리가 나왔다. 그것은 하야토가 가지고 있지 않은 프린트였다.

전학 온 지도 벌써 한 달 가까이 됐다. 학급이나 수업에도 익숙해지기 시작했지만 아직은 이따금 이렇게, 옆자리의 하루키에게 신세를 져야만 하는 경우도 있었다.

"어— 저기, 니카이도……?"

"…………후우."

하루키는 절찬 삐친 상태라지만 크게 한숨을 내쉬면서도 프린트를 하야토 쪽으로 향하고 책상을 붙여주었다.

'그러고 보니 전학 당시에도 비슷한 일이 있었지.'

확실히 그때도 지금처럼 기분 나쁜 모습이었지만 이러니 저러니 해도 신경을 써주었다.

"하하, 고마워."

"……칫."

어쩐지 똑같구나, 그때를 떠올리고 살짝 웃음이 새어 나왔다.

하지만 하루키는 그런 하야토의 태도가 마음에 들지 않았나 보다.

"프린트 말인데, **그 아이**처럼 야한 눈으로 보지는 마세요."

"뭐?!"

눈살을 찌푸리며 고개를 홱 돌리는 하루키의 작지만 방울이 굴러가는 듯한 목소리는 교실에서도 잘 울렸다. 그리고 한순간의 적막 뒤, 웃음의 소용돌이가 확 일어났다.

"이것 참, 키리시마 쟤 뭐 하냐고."

"아니, 대체 무슨 눈으로 본 거야."

"키리시마―, 성희롱은 안 된다고 성희롱은―. 자, 수업을 계속하지."

"이 자식…… 크윽…….'"

좀처럼 웃음의 열기가 식지 않는 가운데, 하야토도 수치심으로 얼굴이 뜨거워지고 움츠러들었다.

옆자리의 하루키는 여전히 고개를 홱 돌리고서 흥, 새침한 모습이었다.

수업이 끝나자마자 하야토는 남자들에게 둘러싸였다.

"아니, 키리시마. 대체 니카이도한테 어떤 눈빛을 들킨 거야?"

"그 아이라니, 역시 그 소꿉친구?"

"자기도 모르게 그런 눈이 될 정도로 과격한 걸 본 거냐?!"

"아니 그게, 잠깐만 나는…….'"

그들의 눈빛은 한결같이 흥미진진하다는 기색을 머금고 있다. 무언가를 들을 때까지 놓치지 않고 추궁하겠다는 기색이었다.

조금 전 하루키의 태도 때문이다.

청순가련하며 문무 양도, 그리고 누구에게나 다정하고 붙임성이 좋은 하루키.

그런 그녀의 입에서 누군가를 타박하는 듯한 말이 튀어나왔으니 그럴 만도 했다. 흥미를 가지지 말라는 것이 더 어려웠다.

"저기, 키리시마. 야한 눈이라니 구체적으로 어떤 눈인데? 니카이도가 그런 소리를 했을 정도니까, 뭔가 이상한 페티시즘이라도 드러냈냐?"

"모, 모리?!"

갑자기 모리가 하야토와 주변을 부추기듯이 폭탄을 투하했다.

"그렇구나, 그런 건가……. 사실은 나, 겨드랑이가 좋아!"

"사실은 복사뼈 쪽의 라인이 신경 쓰여서."

"…………쇄골."

"아, 아니! 그런 소리를 해도, 나는!"

그리고 남자가 모여들어 여자에 대한 이야기가 펼쳐졌다.

불은 점점 거리낌도 없이 이상한 방향으로, 여자의 시선을 신경 쓰지도 않고 번져나갔다. 그리고 하야토의 자리를 중심으로 전개된 페티시즘 담론은 옆자리에서 한층 더 연료가 투하되어 큰불이 되었다.

"가슴이에요, 가슴. 키리시마 군은 가슴을 좋아한대요."

"잠깐, 하루, 니카이도!"

그것은 반쯤 비명에 가까운 소리였다.

남자들한테서는 "오오—!" "정석이지!" "니카이도 입에서

가슴이라니……!" 같이 갈채에 가까운 말이 쏟아지고, 여자
들한테서는 "우와, 남자들 최악." "키리시마 군도, 저렇게
보여도 역시……." "하지만 사진으로 본 아이는…… 아, 그
런 취향이구나"라며 소곤대는 목소리가 퍼져나갔다.

사태는 오늘 아침처럼 혼란스러운 방향으로 변해갔다.

하루키는 토라진 것처럼 입술을 삐죽였다.

"좀 봐달라고……."

결국 하야토는 자신의 책상에서 머리를 부여잡고 엎드려
버렸다.

소동은 이윽고 남자와 여자의 쓸데없는 말다툼으로 발전
했다. 하야토는 그냥 못 본 척하기로 결심했다. 하지만 그
런 가운데, 놀라움과 곤혹이 뒤섞인 모리의 목소리가 하야
토의 귀에 들어왔다.

"……니카이도는 저런 표정도 짓는구나."

"모리……?"

"아, 키리시마. 아니 그게, 아무것도 아니야."

무슨 일인가 싶어서 하루키를 봤더니 여자들 사이에 섞여
서 남자들을 향해 어이없다는 표정을 짓는 모습이 있었다.
그녀의 눈빛에는 살짝, 하야토에게는 익숙한 장난스러운
느낌이 섞여 있었다.

'……뭐냐고, 정말이지.'

어쩐지 마음이 뒤숭숭했다.

그것을 얼버무리듯이 머리를 긁적이다가 문득 그녀와 시

선이 마주쳤다.

"―――후후."

"……윽, 저 녀석……."

하야토만 알 수 있도록, 어쩐지 득의양양한 표정으로 빨간 혀를 날름 내밀었다.

그것을 봤더니 신기하게도 어쩐지 나쁘지 않다는 기분이 드는 것이었다.

◇ ◇ ◇

도시의 석양은 시골인 츠키노세와 달리, 산이 아니라 빌딩을 붉게 물들였다.

간선도로에서 주택가로 들어서는 길. 커다란 편의점 앞에서 히메코는 같은 반 아이들과 귀갓길로 접어들고 있었다.

"바이바이, 히메코."

"그럼 내일 봐, 키리시마."

"또 봐―."

"응, 다들 내일 또 보자."

벌써 불이 밝혀진 수많은 가로등이 주위를 비추어, 도시의 길은 히메코가 아는 해 질 녘보다도 무척 밝았다. 하지만 히메코의 발걸음은 밤길을 걸을 때처럼 조금 무거웠다.

'오늘도 너무 많이 먹었어……. 으으, 맛있지만 가격이 비싸단 말이지…….'

히메코는 배를 문지르며 느릿하게 다리를 움직였다.

그 이유는 편의점 과자류에 있었다. 츠키노세에서 과자라고 하면 취미로 운영한다고 밖에 여겨지지 않는 개인 상점에 오래 갈 것 같은 막과자만 놓여 있을 뿐이었다.

반대로 도시의 편의점에는 유통기한이 짧은 생크림 등을 잔뜩 사용한 과자들이 죽 진열되어 있다.

안 그래도 단 것에 대한 내성이 낮은 히메코에게 그 유혹은 거스를 수가 없는 것이었다.

참고로 히메코의 반 친구들이 재미있어하며 이것저것 추천하기도 했다.

그 결과, 히메코의 용돈 사정은 무척 힘겨워지고 말았다.

"하아, 다녀왔……어?"

"응, 어서 와."

"…………어서 와, 히메."

히메코는 집으로 돌아오자마자 힘든 것도 잊고 고개를 갸웃거리게 되었다.

어쩐지 곤란하다는 분위기로 채소를 써는 하야토와 뾰로통한 표정으로 가슴을 가리듯이 쿠션을 안고 있는 하루키. 두 사람 사이에는 어쩐지 불온하다고도 할 수 있는 분위기가 흘렀다.

참고로 하루키는 제대로 양말을 벗은 채 맨발이었다. 가슴을 가렸다고는 해도 무릎을 세우고 앉아 있으니까 정면에서 보면 속옷이 제대로 보이고 말 정도로 가드가 느슨했다.

히메코의 입에서 많은 의미가 담긴 한숨이 새어 나왔다.

"으—음…… 하루, 이건 대체 무슨 일이야?"

"히메…… 하야토는 짐승이었어……."

"허?"

어찌 된 일이냐고 물어봤더니 돌아온 것은 심각해 보이는 표정으로 쿠션을 꽉 끌어안고 더더욱 가슴을 지키려 드는 하루키의 말과 태도였다.

그런 소꿉친구의 모습에 히메코의 냉정함이 곧장 날아갔다.

"호, 호호혹시 만졌어?! 오빠도 진짜 짐승이랄까 근데 전부터 생각했는데 하루 그럭저럭 있잖아?! 혹시 나도 살짝 만져도 괜찮나 싶은데 아니 은혜를 베풀어주세요!"

"히, 히메?! 아니야, 내가 아니라 원예——히양, 거긴 배야—!"

"야, 뭐 하는 거야. 그만해."

대체 어떻게 해석했는지 폭주하기 시작한 히메코는 하루키의 가슴을 확인하듯이 덮쳐들었다.

아무리 그래도 더는 봐줄 수가 없다며 하야토가 억지로 떼어냈지만 그녀의 눈은 반쯤 진심이었다.

"반…… 아니, 삼분의 일이라도 괜찮으니까 나눠주세요!"

"되, 되겠냐고—?!"

"그래도 어떻게든 좀!"

하야토는 더더욱 미간에 주름을 새기며 크게 한숨을 내쉬었다.

"하하, 그렇구나. 오빠가 여자의 가슴을 말이지."

"그게 진짜, 좋아서 실실 이렇게 있잖아."

"……좀 봐줘라."

저녁 시간의 화제, 그것은 전적으로 하루키와 히메코의 하야토 놀리기였다.

이미 히메코의 오해도 풀렸고, 또한 하루키도 조금 전까지와는 다르게 목소리에 놀리는 기색이 배어 있었다. 하야토도 그것을 아는지 몸을 움츠리고 쓴웃음을 지었다.

오늘의 메인은 가지를 잘게 깍뚝썰기하고 다진 고기와 함께 볶은 뒤 마늘, 잎새버섯, 풋고추와 같이 간장, 미림, 굴소스와 소량의 된장으로 달콤짭짤하게 맛을 낸, 변칙적인 마파가지라고 불러야 할 요리였다.

당연히 백미와의 상성도 발군이라서, 하야토가 자기 몫을 접시에 덜지 않고 직접 밥에 얹어서 덮밥으로 만들자 하루키와 히메코도 그것을 따라서 덥석덥석 젓가락을 움직였다.

"그러고 보니 하루, 그 애가 그렇게나 커?"

"으~음, 체구는 작지만 나보다 확실히 2…… 아니, 3랭크는 위일지도?"

"뭣…… 안 그래도 나랑 하루는 2랭크 차이가 나는데?!"

"아하하, 솔직히 나도 거기로 시선이 가버렸어."

"으음, 그건 어쩔 수가 없네. 오빠, 용서해줄게."

"……예예, 이야기만 하지 말고 밥도 제대로 먹어."

29

""예―.""

이러니저러니 모두 식사를 마친 뒤 차로 한숨 돌렸다. 하루키도 집으로 돌아갈 무렵에는 완전히 평소 모습 그대로 돌아왔다. 지금도 하야토가 설거지를 하는 동안, 히메코한 테 지지 않을 만큼 마음 편하게 거실 소파에 벌러덩 누워서 텔레비전을 보고 있었다.

'아―, 그렇구나.'

히메코는 하루키의 심경을 깨달았다.

낮에 있었던 일 때문에 어쩐지 토라져 버린 것이리라. 그러니까 화해, 라기보단 평소처럼 대할 계기가 필요했다. 히메코는 감쪽같이 거기 이용된 셈이다.

"하루는 있지, 옛날부터 솔직하질 못하네."

"가, 갑자기 무슨 소리야, 히메?"

"딱히―?"

히메코가 어이없다는 듯이 말하며 하야토 쪽으로 시선을 향했다. 하루키는 그녀가 꿰뚫어 봤다고 느꼈는지 얼버무 리듯 채비를 갖추기 시작했다.

"어―, 응, 이만 가야겠어. 오늘도 잘 먹었습니다."

"어, 천만에요."

"하루……."

그녀는 영차, 몸을 일으키고 꾸물꾸물, 벗어던졌던 긴 양말을 신기 시작했다.

그런 하루키의 모습을 보며 조금 전의 대화를 떠올리던

히메코는, 별것 아닌 말처럼 툭하니 중얼거렸다.

"그러고 보니 오빠도 참 곤란하네―. 여기에 귀여운 여자애가 둘이나 있는데 다른 아이한테 시선이 간다니―."

"아하하, 그러네. 정말이지, 나로 타협하고 만족했으……면…………."

"뭐, 실제로 그런 눈으로 바라봐도 곤란하…… 하루?"

"……."

어찌 된 영문인지 갑자기 하루키의 움직임이 멈췄다. 한쪽 양말만 신고서 남은 오른쪽 양말을 한창 올리고 있는, 참으로 어중간한 모습이었다.

아무리 히메코라도 눈앞에서 10초 이상 그대로 굳어 있다면 의아해하는 표정이 되어버린다.

"하루? 저기요―, 하루도 참."

"――앗! 히, 히메! 아, 아하하…… 으, 응, 오늘은 이만 돌아갈게! 마중 나올 필요 없으니까, 그럼!"

"하루?!"

히메코의 목소리에 재기동한 하루키는 양말도 어중간하게 신은 그대로, 이상하게 허둥대며 기세 좋게 집을 뛰쳐나갔다. 제지할 틈도 없이 순식간에 벌어진 일이었다.

어안이 벙벙한 히메코와 마찬가지로, 멍한 표정의 하야토가 설거지를 중단하고 말을 건넸다.

"하루키 녀석, 돌아갔나."

"응, 그런 것 같아."

"안 바래다줘도 괜찮을까?"

"오빠랑 같이 갔다가는 가슴을 빤히 쳐다볼 거라고 생각한 게 아닐까?"

"……그럴 리가 있냐. 바보 같은 소리 말고, 목욕물 받아뒀으니까 하고 와."

"예—."

그런 농담을 주고받으며 히메코는 욕실로 향했다. 수건과 갈아입을 옷을 준비하며, 조금 전의 농담이 완전히 틀리지도 않다는 생각을 했다.

'오빠, 어쩌면 이제까지 하루를 그런 눈으로……. 아니아 니아니, 그건 아닌가.'

하지만 히메코는 곧바로 그것을 부정했다.

평소에 집에서 본 하루키의 모습은, 참으로 좀 그런 것이었다. 히메코 본인과 별반 다름이 없을 만큼 태평했다. 그런 하루키를 하야토가 이상하게 의식하는 것도 본 적이 없었다. 오히려 가족인 자신을 보는 눈과 별반 다르지 않았다.

'반대로 하루가 오빠를 의식하기 시작해버렸다든지…… 아하하, 설마.'

그렇다면 어떨까, 그런 생각을 했더니 어째선지 가슴이 답답해지는 바람에 이것도 부정했다. 그 생각을 떨쳐내듯이 기세 좋게 교복을 벗어던지고 실오라기 하나 걸치지 않은 모습이 되었다.

그러자 문득 눈앞에 체중계가 있다는 사실을 깨달았다.

최근에는 한동안 측정하지 않았다.

살짝 볼록한 배가 시야로 날아들어, 한순간의 갈등 후에는 쭈뼛쭈뼛 발을 얹었다.

"~~~~~~~~~!!!?!?!?"

무어라 형용할 수 없는 비명을 터뜨리고 말았다.

"히메코! 무슨 일이야, 괜찮아?!"

"바보, 오지 마, 보지 마, 오빠 바보!"

"미, 미안해!"

히메코는 수치심 때문에 그 자리에 웅크리더니 이번에는 초조함 때문에 머리를 부여잡았다.

'어, 어, 어, 어쩌지……?!'

대략 열흘 만에 올라간 체중계의 숫자는, 최근의 편의점 과자 폭식 덕분인지 대략 지난번 대비 +10%에 가까운 성장률을 나타내고 있는 것이었다.

◇ ◇ ◇

하현달이 아직 동쪽 하늘에 나타나지 않은 시간.

달빛은 없지만 가로등 덕분에 밤길도 어둡지는 않았다.

"헉, 헉, 헉, 헉……!"

그런 길을 소녀 하나가 달리고 있었다. 긴 머리카락을 휘

날리며 전력질주.

명백하게 이상한 광경이었다.

얼굴은 목덜미까지 새빨개지기도 해서, 틀림없이 낮 시간
이라면 많은 주목을 모았을 것이다.

"다녀왔어!"

하루키는 **평소와 같은** 인사를 어둠 속으로 던지고, **평소
와 다르게** 있을 리가 없는 대답을 확인하지 않은 채 욕실로
뛰어들었다.

땀투성이가 된 블라우스를 직접 세탁기에 던져 넣은 뒤,
아직 데워지지 않아서 차가운 상태인 물을 샤워기로 머리부
터 뒤집어썼다.

"차가워!"

그런 당연한 소리를 입에 담으며, 이윽고 따듯해진 물을
계속 맞았다. 끈적끈적한 땀은 진즉에 씻겨나가서 몸은 상
쾌해졌지만 가슴에 드리운 안개 같은 것은 아무리 지나도
가시지를 않았다.

왠지 얼마 전부터 사소한 일로 이렇게 되어버리는 경우가
있었다.

"으으으……."

뜨거운 물을 맞으며 낮에 있었던 일을 떠올렸다.

그것은 같은 반 여자들의 질문 대회에서 어떻게든 얼버무
렸다고 생각하여 이탈한 뒤에 있던 일.

비밀기지에 갔더니 텅 비어 있었고, 그래서 하야토가 자

주 가는 장소라며 향한 곳이 채소를 기르는 화단이었고, 아니나 다를까 하야토의 모습이 있었다.

『하야…… 키리시——.』

발견하자마자 말을 건네려고 했지만 어째선지 그럴 수 없었다.

그는 비료 봉투를 한 손에 들고, 화단의 이랑을 익숙한 모습으로 손질하며 이따금 다정한 목소리로 원예부 여자——미타케 미나모를 신경 써주고 있었다. 그녀도 하야토를 의지하는지 이것저것 열심히 질문했다.

그것은 하루키가 모르는 하야토의 모습이기도 했다.

'아— 응……. 하야토는 남을 잘 돌보는 구석이 있지…….'

비밀기지에서 앞으로 점심은 함께 먹자고 약속했을 때, 억지로라도 자신을 집으로 바래다줬을 때, 억지스럽게 하루키를 그 집으로 돌려보내고 싶지 않다면서 자기 집에서 묵게 했을 때——그런 많은 일들이 뇌리를 스쳤다.

눈앞에서 하야토가 하는 일은 이 친구의 미덕이자 자랑스럽다고도 생각하는 부분이었다. 그런데도 어째선지 가슴이 따끔거렸다.

하루키는 그런 스스로에게 당황하면서도 미타케 미나모를 관찰했다.

미타케 미나모에 대해서는, 다른 중학교 출신이기도 해서 아는 것이 무척 적었다.

얌전한 성격이고 키도 하루키보다 두 자릿수는 작지만,

반드시 짚고 넘어가야 할 여성스러운 용기를 지녔다. 그리고 어쩐지 자그마한 동물같이 느껴지는 귀여움과 애교.

그것은 하야토를 앞에 두었을 때의 하루키로서는 지닐 수 없는, **여자다운** 점이었다.

'어, 라……'

어쩐지 좋지 않은 느낌이 들었다. 하지만 그것이 어떤 것인지는 알 수 없었다. 미타케 미나모와 함께, 미소를 띠며 신나게 밭을 가꾸는 하야토를 보고 있었더니 점점 짜증과도 닮은 감정이 심해졌다.

그리고 하야토가 자신보다도 큰 그녀의 그것을 보고 얼굴을 붉혔을 때, 그 감정은 인내의 한계를 넘어섰다. 그래서 하루키는 두 사람 사이로 끼어든 것이었다. 그 후의 태도는 하루키 스스로도 어린애 같다는 자각은 있었다. 그저 삐진 사람의 행동이었다.

그래서 히메코 때문에 놀라기는 했지만 감사하기도 했다. 마음에 걸리는 부분은 있지만 이대로 기분도 리셋하고 내일은 원래대로——그럴 터였다.

『아하하, 그러네. 정말이지, 나로 타협하고 만족했으……면………….』

실없는 대화에서 갑자기 자신이 느끼던 위화감의 해답을 깨닫게 된 것이었다.

'하야토를 빼앗긴다고 생각해 버렸다든가!'

그건 유치한, 질투라고도 할 수 없는, 독점욕과 닮은 무언가였다.

하루키도 하야토는 건전한 사춘기 남자니까 그런 법이라는 사실은 알고 있었다. 머리로는 이해하고 있기에 놀랐다. 그리고 하야토도 그런 하루키를 알아줄 것이라는 신뢰와 확신이 있었다.

그럼에도, 자신이 아닌 여자한테 수줍어하는 표정을 드러냈다는 사실이 마음에 들지 않았던 것이다.

'나도 딱히, 작지는……'

그런 생각이 들고 말아서 얼버무리듯이 물을 더 세게 틀려고 했지만 이미 가장 세게 튼 상태였다.

"아―, 정말!"

생겨나 버린 이 답답한 심정을 어떻게든 하고자 온몸에 마구 거품을 냈지만 동요는 전혀 가라앉을 기척이 없었다.

오늘의 샤워도 길어질 것 같았다.

"아―, 더워~."

뜨거운 물을 길게 맞은 몸은 완전히 열이 오르기 직전이었다.

이대로는 참을 수 없다며 냉장고에서 아이스크림을 꺼내고 방으로 돌아와서 에어컨을 켰다.

"아얏, 하지만 맛있어―."

단숨에 베어 문 아이스크림 때문에 두통을 느꼈지만 그것도 한순간, 으적으적 기세 좋게 아이스크림을 입으로 넣었다.

아직 애타는 심정이 가슴에 남아 있기도 했기에 그것은 억지스러운 모습이라고도 할 수 있었다.

'어쨌든, 하야토 잘못이야!'

이래저래 어지러운 감정으로 생각한 결과, 그런 결론에 다다랐다. 완전히 엉뚱한 화풀이이자 어른스럽지 못하다는 것은 잘 알고 있었다. 하지만 그러지 않고서는 견딜 수가 없었다.

그만큼 하루키의 마음은 엄청난 상태였다.

하루키에게 있어서 하야토에게 휘둘리는 것은 옛날부터 변함이 없었다. 하지만 결코 옛날과 같을 수는 없었다. 그것을 통감했다. 하지만 이것도 딱히 나쁘지는 않을까, 생각해 버려서——하루키는 그런 스스로가 가장 어이없기도 했다.

"……하아."

전부 먹은 아이스크림 막대기를 물고서 재주도 좋게 한숨을 내쉬었다. 털썩 앉은 쿠션 위에서 책상다리를 하고 주위를 둘러봤다.

바닥에 어수선하게 놓여 있는 만화에 게임, 좌식 테이블 위에는 만들다 만 프라모델. 최근에 늘어난 화장품에 패션 잡지, 그리고 **여성스러운** 옷. 그것들이 어쩐지 쓸쓸하게 흩어져 있었다.

"…………."

방에는 아무런 소리도 없었다. 이미 몇 년이나 변함이 없는, 익숙할 터인, 평소와 같은 적막이다.

그런데도 하루키는 어째선지 하야토와 히메코가 있는 떠들썩한 키리시마가의 아파트와 비교해버리고 눈살을 찌푸렸다. 가슴도 어째선지 술렁거렸다.

~~~~ ♪

"윽!"

그때, 좀처럼 울리지 않는 스마트폰이 벨소리를 울렸다. 어깨를 움찔 떨고서 허둥지둥 받았다.

『…………하루.』

"으음. 뭐야, 히메인가. 어, 어쩐 일이야?"

『……하루는 괜찮아?』

"저기, 뭐가, 말이야……?"

히메코의 목소리는 몹시 어둡고 심각한 음색이었다. 어찌 된 영문인지 알 수 없었다.

그것이 어쩐지 하루키는 조금 전까지 자신의 마음을 꿰뚫어보는 것처럼 느껴져서, 심장박동은 어쩔 수 없이 빨라지고 말았다.

『……나, ──킬로그램이나 쪘어.』

"───앗."

그리고 하루키는 말을 잃었다. 짚이는 바는 충분히 있었다.

『하루, 오늘**도** 더 먹었지……?』

"앗, 앗, 앗, 앗……!"

최근에 하야토의 집에서 저녁을 함께 먹게 된 뒤로 밥이 무척 맛있게 느껴졌다.

이제까지 그저 영양을 섭취하기 위해서 기계적으로 하던 식사와 달리 다 함께 식탁에 둘러앉아서 대화를 나누며 먹으니, 그만 젓가락이 움직여서 더 먹고 말았다.

그리고 지금처럼 집으로 돌아온 뒤에도 홀로 고민하며 아이스크림을 마구 먹는 날도 늘어났다.

『하루는, 어떨까?』

"잠깐, 잠깐만, 나는 그, 괜찮을지도? 응, 틀림없이. 괜찮을 거야."

『현실을 보자고? 늦어지기 전에 어떻게든 하자고? 지금 당장 재자고?』

"아, 아하하, 그건 괜찮다니까……."

그런 소리를 하면서도, 최근에 배 둘레나 위팔 부근에서 불온한 무언가를 느끼는 것도 사실이었다.

대화를 나누며 욕실 앞으로 돌아온 하루키는, 세면대에 스마트폰을 놓고 체중계에 발을 얹으려다가 일단 멈췄다. 그리고 천천히 옷을 벗어서는 실오라기 하나 걸치지 않은 모습이 되었다. 그것은 수백 그램이라도, 하는 시시한 저항이었다.

"미야~~~~~~~~~앗!!?!!?!?"

하지만 현실은 비정.

히메코와 마찬가지로 하루키도, 이전 대비 대략 +10% 가까운 성장률을 나타내고 있는 것이었다.

『후훗, 다이어트 동맹 결성이네?』

세면대의 스마트폰에서 음침하게도 동지를 끌어들이려는 히메코의 목소리가 울려 퍼졌다.

마음만이 아니라 신체도 확실하게 변화한 하루키. 싹트기 시작한 소녀의 마음은 한층 더 큰 일로 번지고 있었다.

미경험

『오빠, 우리는 다이어트할 거니까.』

『그런가, 열심히 해……. 아니, 우리라니 하루키도?』

『응. 그러니까 저녁에 다이어트 메뉴 부탁할게.』

『하, 나는 그런 레시피 모르는데?』

그런 대화가 있었던 것이 어젯밤.

하야토는 그 대화를 떠올리며 통학로를 걸었다.

히메코와, 그리고 하루키의 모습을 떠올렸다. 둘 다 다이어트가 필요하리라 여겨지지는 않지만, 히메코의 귀기 어린 모습에 도저히 그런 소리를 할 수는 없었다.

'내 레시피는 기본적으로 안주라든지 그런 것뿐이니까 말이지.'

하야토에게 다이어트라는 단어는 이제까지 인연이 없었던 것이다.

츠키노세는 자동차는 한 사람 당 한 대가 당연한 시골이었다. 가볍게 장을 보려고 해도, 어디를 가려고 해도 거리가 있어서 아직 학생인 하야토는 그저 도보나 자전거를 강요당했다. 운동 부족 같은 일은 생각해본 적도 없고, 식사의 칼로리를 이러쿵저러쿵 생각한 적도 없었다.

고민스러운 문제였다. 애초에 이거 히메코랑 당번제였

잖아. 작게 투덜거렸다.

다시금 하루키의 모습을 떠올렸다.

가슴이야 평균보다는 조금 소극적이지만 여성 특유의 곡
선을 갖춘, 건강하게 균형 잡힌 몸매였다. 그것은 틀림없이
다양한 노력 위에서 성립되는 것이리라.

『하야토는 요리를 잘하게 됐구나.』

『으윽, 이것이 위장을 사로잡힌다는 감각인가…….』

『역시 혼자보다 다 같이 먹는 게 좋네.』

그리고 동시에, 자신이 만든 요리를 맛있게 먹는 하루키
의 모습이 뇌리를 스쳤다.

그렇구나, 확실히 살찌게 만들어버린 책임이 있을지도 모
르겠다.

"이걸 기회로 레퍼토리를 늘리는 것도 괜찮겠네."

의욕을 증명하듯 굳이 입 밖으로 꺼내어봤다. 하야토의
입가는 기분 좋게 풀어졌다.

등교 후 아침 조회 전까지의 시간.

하야토는 시간에 여유가 있는 날에는 가능한 한 채소를
심은 화단으로 얼굴을 비추게 되었다.

츠키노세에 있었을 때처럼 밭을 가꾸다 보면 차분해지기
도 했고, 지레짐작이 심한 미타케 미나모의 오해를 풀기 위
해서 걸음을 옮기는 경우도 많았다.

"잡초 뽑고 있어? 도와줄게, 미타케."

"아, 키리시마!"

역시나 그곳에서는 오늘도 미타케 미나모가 채소를 열심히 돌보고 있었다.

참고로 최근에는 그저 잡초를 뽑을 뿐이었다. 이 시기는 자칫 방심했다가는 금세 잡초로 가득해져 버리기 때문이다.

분담해서 부지런히 뽑았더니 이윽고 끝이 났다.

굳이 자루에 넣을 정도의 양도 아니었다. 애를 쓰면 한 손으로도 들 수 있을 정도라서 그대로 들고 쓰레기장 쪽으로 가져가면 아침 밭일도 끝이었다.

"이걸로 끝인가?"

"예, 고마워요."

뺨에 살짝 흙이 묻은 미타케 미나모가 미소로 대답했다.

그녀의 지금 복장은 체육복에 밀짚모자와 목장갑, 멋과는 거리가 먼 츠키노세 여자(※주로 아동용 체육복을 입고 있다) 스타일이었다. 그에 하야토는 한층 더 친근감을 느끼며 표정을 풀었다.

그래서일까? 솔직히 다이어트 메뉴같이 상상도 안 되는 고민도 있어서, 어쩐지 잡담을 하는 분위기로 이야기를 돌렸다.

"미타케는 말이지, 다이어트는 한 적 있어?"

"후에?! 저, 저 뚱뚱한가요……? 다, 다이어트를 하는 편이 나을까요?!"

"아, 아니, 여동생이! 우리 동생이 다이어트에 협력하라고 그래서! 미타케는 그게, 전혀 필요 없어!"

"미, 미미미안해요, 또 지레짐작해서…… 아으으으…….”

여전히 지레짐작을 하기는 했지만, 그녀는 차분해지자 고개를 갸웃거리며 으—음, 신음하고는 함께 생각해주었다. 착한 아이였다.

"역시 중요한 건 운동과 식사일까요?"

"나한테 바라는 건 식사겠네. 만드는 건 나니까. 하지만 만들 수 있는 게, 뭐 이른바 간이 진한, 남자들이 좋아하는 요리나 안주 같은 느낌인 것들뿐인데.”

"아, 키리시마도 요리를 하는군요. 그러고 보니 요전에 가지절임 레시피도 엄청 도움이 됐어요!"

"하하, 그건 잘됐네. 나는 예전부터 그저 필요한 상황이라…… 어머니가 좀.”

"아, 혹시 요전에 병원에 있었던 건…….”

미타케 미나모는 눈을 깜박거리는가 싶더니 하야토를 들여다봤다.

신기한 표정이었다.

감탄이라고도 공감이라고도 할 수 있는 눈빛. 대체 어떤 의미일까 생각했더니 문득 표정이 헤실헤실한 미소로 바뀌었다.

"키리시마는, 좋은 오빠네요."

"뭐?! 갑자기 무슨 소리야. 딱히 그런 거 아니야!"

"후훗.”

이번에는 하야토가 허둥댈 차례였다. 미타케 미나모는 화사하지는 않다지만 다이아몬드 원석이라고도 할 수 있는 귀여운 얼굴을 가진 여자였다.

그러니까, 그 말과 미소에는 가족 이외의 또래 여자에게 극단적으로 내성이 낮은 하야토를 두근두근하게 만들기에 충분한 위력이 있었다.

"익숙하지 않은 일이라도 누군가를 위해서 열심히 한다는 건 무척 멋지다고 생각해요. 우리 집도, 할아버지가⋯⋯."

"⋯⋯저기, 미타케?"

그것은 많은 감정이 섞인 목소리였다.

그녀는 조금 슬퍼 보이는 표정으로 다른 방향──병원이 있는 쪽으로 시선을 향했다. 싸아악, 하야토의 생각도 얼어붙었다. 틀림없이 그녀에게도 다른 사람에게는 말하기 어려운 일이 있으리라.

하야토는 "아아, 이런" 하며 머리를 벅벅 긁고 미타케 미나모를 바라봤다.

"⋯⋯아까 말이지."

"예?"

"나도 하냐고 했으니까, 미타케도 요리를 한다는 거지?"

"예, 뭐."

"딱히 다이어트 메뉴 같은 게 아니라도 괜찮으니까, 뭔가 추천하는 레시피가 있다면 가르쳐줘."

"그건 괜찮은데⋯⋯ 그게, 제 레시피는 할아버지가 좋아

할 법한 거라고 할까…….”

“그렇다면 다이어트에도 괜찮겠네. 지방 같은 게 적을 것 같으니까.”

“아! ……쿡쿡, 그럴지도 모르겠네요.”

서로 얼굴을 마주 보고서 함께 웃었다. 하지만 피차 무언가가 걸렸다.

아직 알고 지낸 지도 얼마 되지 않아서 서로에 대해 모르는 것이 더 많았다.

그러니까 무언가 계기가 필요했다.

“그럼 다음에는 제가, 문자로 레시피를——아!”

“음………… 응?!”

학교 뒤. 그곳에 있는 쓰레기장.

그곳은 청소 시간이 아니고서야 일단 학생이 올 법한 장소도 아니었다.

그런데도 그곳에는 어쩐지 긴장되는 분위기를 자아내는 남녀 한 쌍의 모습이 있었다.

아무리 하야토라도 이걸 보고 어떤 상황인지 모를 수는 없었다.

‘고, 고백인가? 고백 장면인가?!’

하야토는 처음 목격하는 남녀 사이의 그런 일에 완전히 동요하고 말았다.

봐서는 안 될 것 같은데, 신경이 쓰인다. 엿보기는 안 되지만, 움직이면 들키지 않을까? 그런 상반되는 말이 머릿속을 빙글빙글 맴돌고, 혼란은 점점 깊어질 뿐.

"저, 저기 남자 쪽은, 카이도네요."

"카이도……?"

"카이도 카즈키, 무척 인기 있는 걸로 유명한 축구부 사람이에요."

"헤, 헤에……."

평상시와 다름없는 말투인 미타케 미나모의 말을 듣고서야 처음으로 상대를 자세히 관찰했다.

늘씬하니 큰 키, 축구부에서 단련되어 탄탄한 육체, 그리고 날카로운 눈동자에 상쾌한 분위기의 얼굴. 확실히 남자인 하야토의 눈으로 봐도 미남이라서 무척 인기 있을 것 같다고 바로 알 수 있는 상대였다. 여자들이 좋아한다는 것도 이해가 갔다.

그런데도 미타케 미나모는 몹시 냉정했다. 그것이 하야토의 혼란에 박차를 가했다.

그리고 미타케 미나모는 결과를 이미 안다는 것처럼 평탄한, 그리고 조금 곤란해하는 음색으로 앞일을 예언했다.

"곧 여자 쪽이 거절당하고 어디론가 갈 거예요, 자——."

"아……."

미타케 미나모의 말대로, 이윽고 여자는 어깨를 떠는가 싶더니 자리를 떠났다. 그리고 미안해하는 표정의 남자——카이도 카즈키가 서성거릴 뿐.

하야토는 누군가를 불러내어 고백한다는 도시전설 같은

장면과 처음 조우한 것이다. 하지만 카이도나 미타케 미나모는 이 상황에 무척 익숙한 모양이었다.

그것이 이상하게 신경 쓰여서, 그리고 혼란스러운 머리 그대로 하야토는 솔직한 의문의 말을 흘렸다.

"……어떻게 된 거야?"

"그게, 흔한 일이거든요. 저도 처음에는 놀랐지만 여기는 인기 있는 고백 장소로 소문이 나서. 아, 그게, 저분만 받는 것도 아니고요."

"그런가? 하지만 차인다는 걸 잘도 알았네. 무척 귀여운 애였는데."

"방금 그건 2학년 타카쿠라 선배라서 저도 조금 놀랐지만, 여자들 사이에서 유명한 이야기가 있거든요——."

아직 누군가와 사귄 적이 없는 하야토는 고백이라는 단어조차 어딘가 먼 이국의 말로 들릴 정도였다. 하지만 그 뒤로 이어지는 말은 더더욱 이해할 수 없는 내용이었다.

"——카이도가 진짜 마음에 둔 건 니카이도라나 봐요."

"………………어?"

그것은 하야토의 사고를 날려버리고 머리를 새하얗게 만들기에 충분한 말이었다.

미타케 미나모와 헤어진 하야토는 반쯤 정신이 나간 상태에서 교실로 향했다.

'진짜 마음에 둔 건 하루키, 인가…….'

니카이도 하루키는 인기가 있다. 그것은 전학 첫날에 모리한테서도 들은 이야기고, 실제로 하야토의 눈으로 봐도 납득이 가는 용모였다.

모두가 따르며 의지하고, 이런저런 일을 돕는 모습도 보았다.

하지만 재회한 이후, 그녀는 하야토 앞에서 그를 계속 과거와 같은 태도로 대했다.

게다가 하야토에겐 다른 사람에게는 보여주지 않을 법한 약한 부분도 드러냈다.

수고스럽고 성가신 구석도 있지만 위태로워서 내버려둘 수 없는 녀석——그것이 하야토에게 하루키라는 존재였다.

그러니까 인기 있다는 말을 들어도 그다지 실감이 안 나서, 조금 전 미타케 미나모의 말도 사실인지 의심스럽다는 생각조차 들었다.

"안녕…… 어?"

"여, 빈유 매니아 키리시마."

"그건 진짜 아니라고, 모리. 그래서, 그건 뭐야……?"

교실로 들어온 하야토의 시야에 날아든 것은 여기저기에 진지한, 그리고 심각해 보이는 표정으로 얼굴을 맞대고 있는 여자들의 모습이었다. 한편 남자들은 평소 그대로인 척하면서도 어쩐지 조마조마해서는 차분하지를 못했다.

하야토는 어제 일 때문에 오늘도 놀림을 받을지 모른다며 살짝 대비하고 있었기에, 가볍게 맥이 빠졌다.

"어―, 뭐, 그게, 귀를 기울이면 알 수 있어."

"……허어."

모리가 하는 말을 영 알 수가 없어서 고개를 갸웃거리며 자기 자리로 향했다.

필연적으로 옆자리의 하루키 그룹에게 시선이 갔다. 대화가 귀에 들어왔다.

"역시 제일 무서운 건 요요겠지."

"오히려 뺀 다음부터가 진짜라는 말까지도 있어."

"아, 이것만 먹으면 된다는 제품들은 무조건 사기야."

"후훗, 너무 격한 운동도 함정이지. 공복은 있지, 최고의 향신료라는 말을 잘 알게 되었을 뿐이었어……."

"나, 여름방학까지 반드시, 5킬로그램 더 뺄 거야……."

"여름옷은 아무래도 몸의 라인이 드러나지……."

"올해는! 수험이 없는, 고1인 올해야말로 반드시……!"

"흠흠, 그러니까 적당한 운동과 식사에 신경 쓰는 게 가장 좋다는 거군요."

여자들에게 둘러싸인 하루키는 진지한 태도로 다이어트 담론으로 꽃을 피우고 있었다.

그녀들 가운데는 경험자의 말도 있어서 이야기에도 갑자기 열기가 실렸다.

게다가 여름방학이 가까워서, 이야기가 수영복이나 패션

으로 번지다가 남자친구가 있으면 좋겠다든지 사랑을 하고 싶다든지, 그런 말까지 입에 올랐다. 남자들을 차분히 있지 못하게 만드는 이유이리라.

"뭐, 다이어트를 한대."

"우리 동생도 다이어트로 시끄럽던데, 유행하는 건가?"

"여름이니까 그런 시기잖아? 좋아, 하나 충고해주지. 다이어트 중인 여자는 정서가 불안정해. 그러니까 상처 입고 굶주린 짐승 같은 무언가라고 생각해."

"꽤나 실감이 담겨 있는데."

"하하, 여자친구가 그래서 말이지."

"그러고 보니 여자친구가 있다고 그랬던가. 사귄 지 오래됐어?"

"음─, 중학교 졸업한 다음부터니까 그렇게 오래되지는…… 다만 소꿉친구니까 말이지. 그런 의미에서는 오래 사귀기는 했네."

"…………흐응?"

무심코 이상한 목소리로 대답을 했다. 모리의 말에서 어쩐지 신기한 느낌을 받았다.

하야토에게 소꿉친구라면 하루키다.

확실히 하루키는 미소녀다. 성격도 본성이라고 할 수 있을 부분도 잘 알고, 사이도 양호하다.

하지만 사귀고 싶냐, 연인이 되고 싶으냐고 묻는다면 어쩐지 와닿지가 않았다.

그런 주제에, 조금 전 카이도 카즈키라는 미남이 하루키를 좋아한다는 소문을 알고는 답답해져 버렸다.

"……어쩐지 잘 모르겠는데."

"해보면 알 수 있을지도? 우리도 해볼까, 다이어트."

"안 해."

"하핫, 그럼 하나만 더 조언을 하지. 배가 고픈 여자한테는 말이지, 가슴을 가득 채워주면 돼."

"허?"

"열심히 한다며 칭찬하고, 응석을 받아주고, 스킨십을 해주면 돼."

"허…… 여동생한테 그럴 수 있겠냐, 아니 그냥 자랑이잖아!"

"와하핫."

모리와 그런 미묘하게 맞물리지 않는 대화를 나눈 뒤, 자기 자리에 앉았다.

옆을 보면 평소와 다름없는——도저히 다이어트가 필요하다고는 여겨지지 않는 하루키의 모습이 시야에 들어왔다.

하지만 여자들끼리 열심히 이야기를 나누고, 그리고 함께 웃으면서도 다이어트 담론에 몰두하는 모습은 어디에나 있을 법한, 지극히 평범한 여자로도 보였다. 이제까지 혼자였다는, 절벽 위의 꽃인 우등생이라는 **위장**으로 벽을 만들었던 하루키에게 이것은 무척 좋은 경향일 터.

그런데도 어째선지 그것을 인정하고 싶지 않아서——그래서 인사가 무척 무뚝뚝해지고 말았다.

"……안녕."

"아, 안녕하세요, **키리시마 군.**"

"──윽."

싱긋, 어제 일 따윈 아무것도 아니었다는 듯한, 단아한 미소. 빠져버릴 정도로 완벽한, **니카이도 하루키**의 미소. 그런데도 하야토의 얼굴은 점점 찡그린 표정이 되어버렸다.

그것을 깨달은 여자들이 어이없다는 목소리로 끼어들었다. 하루키에게 자주 이야기를 건네는 반에서도 중심에 있는 한 사람으로, 보브컷 단발에 머리색도 성격도 밝은 여자였다.

"정말이지, 키리시마도 참. 어제 니카이도한테 들은 말을 아직도 신경 쓰는 거야? 자자, 남자가 가슴을 좋아한다는 건 다들 아는 이야기니까 딱히 아무도 신경 안 쓴다고."

"어?! 아니, 그게, 나는…….'"

주위에서도 "자자, 얼굴이 무섭다고—" "웃어웃어" "나도 그게, 어제는 장난이 조금 지나쳤다고 할까—" 같은, 하야토를 위로하면서도 하루키를 옹호하는 듯한 소리가 나왔다. 그리고 미안하다는 표정을 지은 하루키와 시선이 마주쳤다.

"저기, 어제는 미안해요, 키리시마 군."

"……딱히, 화 안 났어."

하지만 하야토는 머리를 벅벅 긁적이고 고개를 돌렸다.

옆에서는 놀리는 것 같은 웃음소리가 들렸다.

점심시간. 평소의 비밀기지.

그곳에서 하야토와 하루키는 서로 찡그린 표정으로 마주하고 있었다.

"으으으~~~."

"…………."

하루키의 원망스럽다고도 할 수 있을 시선이 하야토의 도시락으로 쏟아지고 있었다.

어제 남은 마파가지에 도시락용으로 다시 간을 한 뒤, 그걸 중심으로 방울토마토와 브로콜리, 그리고 다진 대파가 든 폭신폭신한 달걀말이를 장식한 그 도시락은 식어도 맛있어 보이는 내용물이었다.

반대로 하루키의 점심식사는 하나에 68kcal!라고 쓰인 샐러드 치킨바와 채소주스뿐.

하루키는 도시락에 시선이 못 박혀서는 샐러드 치킨바를 먹고 배에서 꼬르륵 귀여운 소리를 냈다. 하야토도 하아, 크게 한숨을 내쉬고 말았다.

"……좀 먹을래?"

"아, 안 먹는다고!"

"그래도."

"4, 4킬로그램이나 쪄버려서!"

"……하루키?"

하루키는 갑자기 부끄러운 듯이 뺨을 물들이고 고개를 숙이며 시선을 피했다.

4킬로그램이라는 숫자는 무척 크게 느껴지지만, 역시나 언뜻 봐서 그 차이는 알 수 없었다. 하야토는 고개를 갸웃거리고 미간을 찌푸렸다.

"······그렇게 변한 것 같지는 않은데."

그러니까 무리해서 뺄 필요는 없지 않나──넌지시 그런 의미를 담아서 말하다가 조금 전에 하루키가 여자들과 같이 사이좋게 다이어트 담론을 펼치던 것을 떠올리고, 이번엔 하야토가 딴청을 피웠다.

하지만 하루키는 일의 심각성을 모르냐는 듯 거칠게 대답했다.

"하야토, 4킬로그램이 어느 정도인지 전혀 모르잖아!"

"뭐, 뭐야."

"알겠어? 우유팩이라면 네 개, 주간 만화잡지라면 예닐곱 권, 중간 크기 수박이나 쌀자루 작은 녀석에 가까울 정도의 살이! 몸에! 붙어버린 거야!"

"어, 어어, 그건······."

4킬로그램이라고 해도 그다지 와닿지가 않았지만 구체적으로 어느 정도인지 들었더니 과연, 확실히 심각했다. 무심코 하루키가 우유팩 네 개나 잡지 몇 권, 중간 크기 수박을 끌어안은 모습을 머릿속에 그리고서 그만큼 늘어버렸다고 상상했다.

그렇구나, 히메코가 비명을 지르고 다이어트를 선언할도 만하다.

그만한 군살을 간과하는 것은 어렵다. 여자들이 그렇게나 다이어트에 집착하는 심정을 조금은 알게 된 기분이었다.

실제로 눈앞의 하루키도 찌릿찌릿한 분위기를 발하고 있었다.

찡그린 표정 그대로, 그런 주제에 이따금 시선은 도시락과 하야토의 얼굴과 그 이외의 어딘가로 오락가락 바빴다. 그런 식으로 흘끗흘끗거리니 아무래도 안정이 되지를 않아서 미간에 주름을 만들고 말았다.

"저기, 그…….."

"응?"

"화났어……?"

"……허?"

예상 밖의 말이었다. 갑자기 하루키가 그런 소리를 꺼내서 당황했다.

그녀는 어쩐지 불안해 보이는 표정으로 안색을 살피듯이 올려다봤다.

"그게 말이지, 하야토. 오늘 아침부터 계속 험악한 표정이야."

"아니, 이건…….."

"나도 있지, 어제는 조금 지나쳤다고 할까. 그, 미안해…….."

"뭘……."

어울리지 않는다고 생각했다. 평소의 하루키라면 그런 일은 사소한 것이라 단언하며 신경도 쓰지 않을 것임에 틀림없다. 그리고 하야토를 휘두르는 것이다.

그런데도 눈앞의 하루키는 가냘프게 매달리는 듯한 눈빛이었다.

'정서가 불안정해진다, 인가……'

오늘 아침 모리의 말을 떠올렸다. 그때의 대처법도.

하지만 그것은 상당히 어려운 일이기도 했다.

『여자들 사이에서 유명한 이야기가 있거든요, 카이도가 진짜 마음에 둔 건 니카이도라나 봐요.』

그때 어째선지 미타케 미나모의 말을 떠올리고 말았다.

"하루키!"

"어…… 미얏?!"

충동적인 행동이었다. 자연스럽게 뻗은 오른손은 하루키의 머리를 붙잡고서 헝클어뜨리고, 그리고 천천히 그걸 퍼올리듯이 쓰다듬었다.

하야토도, 그리고 하루키도 눈을 동그랗게 뜨고서 말문이 막혔다.

놀랄 정도로 감촉이 좋은 머리카락이었다. 비단결처럼 매끄러워서, 손가락 사이를 스르륵 흘러내리며 간질거린다. 정신없이 계속 쓰다듬고 말았다.

하루키도 그렇게 쓰다듬어주는 것이 기분 좋았는지, 험악했던 눈매가 조금씩 황홀하게 늘어지고 하야토의 손길에 몸을 맡기게 되었다.

하야토 스스로도 자기답지 않은 행동이라고 생각했지만

어째선지 손은 멈춰주지 않았다. 가슴에 간지러운 것을 느끼고, 그것이 말로 바뀌어 새어 나왔다.

"……머리카락."

"으, 응."

"무리한 다이어트를 하면 영양분이 부족해져서 퍼석퍼석해진대."

"그, 그렇구나, 주의할게."

"그건 싫겠지."

"어………… 으, 응."

"적당히 해. 응원하고 있으니까 무리하지 말고, 서두르지 말고 잘 해봐."

"응, 제대로 할게."

"어―, 그 뭐냐, 머리카락이 중독성 있네."

"그, 그래? 에헤헤…… 앞으로도 열심히 가꿀게."

"아, 너무 지나치면 헤어스타일이 망가질 테니까 이 정도로――."

"――아."

쓰다듬는 사이에 서서히 냉정해진 하야토는 부끄러운 마음이 살짝 웃도는 바람에 아쉽다고 생각하면서도 손을 뗐다.

그러자 하루키는 비명 같은 목소리를 높였다.

몰두하던 것을 도중에 빼앗겨서 슬프다는 듯한 목소리였다. 어째서 이런 짓궂은 짓을 하느냐고, 애절하게 애원하는 눈빛이었다.

"하야토⋯⋯."

"하, 하루키?"

"⋯⋯."

"⋯⋯."

그리고 둘은 서로를 마주 봤다.

하루키는 촉촉한 눈빛 그대로, 하야토의 손에서 해방되어 서서히 냉정을 되찾았는지 점점 뺨만이 아니라 얼굴 전체를 수치심으로 붉혔다.

"⋯⋯미."

"미?"

"미야아아아아아아아아아―앗!!"

"하루키?!"

그리고 더는 견딜 수 없다는 듯 울부짖었다.

"무, 무, 무무무뭐야?! 무서워, 하야토 무서워! 이, 이런 테크닉 어느새 익힌 거야, 그보다도 이제까지 몇 명에게 그 마수를 뻗은 거야?!"

"잠깐만, 좀 진정해. 마수고 뭐고 츠키노세에 또래인 사람은 거의 없고, 고작해야 히메코 말고는 양이나 고양이밖에 쓰다듬은 적 없어!"

"히, 히메한테 저질렀어?! 그건 그거야, 그건 그게 그거라서 완전 그거라고?!"

"말투가 왜 그래?! 아― 진짜! 하핫!"

하루키는 조금 전의 스스로가 어지간히도 부끄러웠는지

한계를 맞이한 증거로 **그거**를 연호해서 무언가를 얼버무리려고 했다.

하지만 그것이 평소의 하루키다워서 어쩐지 웃음이 터져버렸다. 그것을 본 하루키는 입술을 삐죽 내밀고서 정말이지! 라며 항의하는 목소리를 드높였다.

그렇게 평소 그대로인 두 사람으로 돌아왔다.

"나는 그렇게 칭찬이나 귀여움받는 데 익숙하지 않거든? 특히 누가 머리를 쓰다듬어준 기억 따윈 없고."

하루키는 아하하, 곤란하다는 표정으로 웃음을 흘렸다. 한순간 무엇을 떠올렸는지 얼굴에 그늘이 드리웠지만 하야토는 그것을 깨닫지 못했다. 살짝 퉁명스러운 음색으로 대답했다.

"……어— 뭔가 의외네, 인기 있잖아? 그게, 고백도 받고 그래서, 그런 말은 익숙할 거라 생각했어."

그리 말하는 하야토의 가슴이 삐걱댔다. 그것은 신경이 쓰이던 일이었다.

지금이라는 듯이 물어봤지만 곧바로 알고 싶지 않다는 감각이 덮쳐들고, 물어보지 말 것을 그랬다는 후회도 덮쳐들었다. 스스로도 기가 막혀서 미간이 주름을 만들었다.

"없어. 고백받은 적 없거든. 애당초 받지 않도록 행동했으니까. 그러니까 전화번호도 기본적으로 누군가에게 안 가르쳐주려고 해."

"어, 그런가……."

"스캔들."

"응?"

"연예인은 말이지, 누구랑 사귄다든지, 사귀느라 일이 어떻다든지, 그것만으로도 이래저래 큰 문제가 돼."

"그렇, 지……?"

"그러니까 **나**는, **착한 아이**인 **니카이도 하루키**는 누군가와 사귀면 안 돼."

"……그런가."

갑작스러운 하루키의 말에 하야토는 곤혹스러웠다.

무슨 말을 하고 싶은지는 어찌어찌 알겠지만 그 뒤에 있는 것까지는 7년의 공백이 방해가 되어 파악할 수 없었다. 그것이 너무도 안타까웠다.

하야토의 얼굴이 꽤나 험악해졌다.

그것을 깨달은 하루키는 아하하, 억지웃음으로 얼버무리고 이 이야기는 이걸로 끝이라는 듯이 억지로 화제를 되돌렸다.

"뭐, 어쨌든 건강을 위해서 열심히 다이어트해야지, 건강을 위해서."

"건강을 위해서, 인가. 히메코도 열심히 하고 있으니까."

"응."

건강을 위한 다이어트라 강조하는 하루키. 여러모로 신경 쓰이는 것은 있었다.

하지만 하루키가 누군가와 사귄 적은커녕 고백도 받은

적이 없다──그 사실에 하야토는 너무나도 안도하는 것이
었다.

뜻밖에 받은 것

밤, 이라기에는 아직 이른, 해가 지기 전의 저녁때.

키리시마 가의 식탁에서는 두 소녀가 불만의 목소리를 높였다.

"오빠, 아니지—. 이 구성은 너무해."

"아니, 이건 아무리 나라도…… 음…….."

"……알아. 아무리 나라도, 스스로도 좀 그렇다 싶어."

식탁에 펼쳐져 있는 것은 소금을 친 풋콩에 차가운 슬라이스 토마토, 매콤한 된장 소스를 곁들인 오이. 메인은 양파와 대파를 더한 닭 껍질 폰즈이며, 쌀밥 대신에 냉 두부가 있다.

그야말로 맥주가 있다면 완벽하다고 할 술자리 메뉴였다.

"그랬지……. 오빠가 만들 줄 아는 건 안주 계열로 치우쳐 있었어."

"아, 아하하—……. 하야토도 참, 응, 아하하—…….."

"뭐, 뭐어, 보기는 그렇지만 다이어트에 맞기는 하다고 생각하는데?"

그런 대화가 있었지만 하루키도 히메코도 이러쿵저러쿵하면서 제대로 싹 비웠다. 맛에 불만은 없었나 보다.

일단 하야토 나름대로 다이어트에 좋을 것 같은 메뉴는

무엇일지 조사하기는 했다.

　제대로 단백질을 섭취하고, 칼로리와 당분을 낮추고, 식이섬유를 잔뜩 포함한다는 기본에 따른 메뉴를 레퍼토리 안에서 고른 결과가 너무한 구성이라고 평가받은 그 저녁 메뉴였다.

　자기 방으로 돌아온 하야토는 침대에 벌러덩 드러누우며 생각했다.

　"으─음, 다이어트 메뉴라……."

　역시 만드는 이상, 즐겁게 먹어주는 편이 기쁘다는 것이 본심이었다.

　하지만 생각해봐도 좀처럼 묘안이 떠오르지 않았다.

　'상담을 해볼까…….'

　그리 생각한 하야토는 미타케 미나모의 연락처를 열었다. 저녁때에 찍은 사진을 첨부하고 『악평이었습니다』라는 한마디를 더해서 메시지를 보냈다.

　기다리기를 10분 남짓. 쓴웃음 이모티콘이 딱 붙어 있는 메시지가 왔다. 곤혹스럽다는 그녀의 심정이 느껴졌다. 잠시 생각하고 답신을 보냈다.

　『미안해, 뭐라고 말하기 어려운 걸 보내버렸어. 다이어트라면 채소가 메인이라는 이미지가 있어서…… 뭔가 없을까? 동생한테 불평을 듣고 싶지는 않아.』

　『그러네요……. 여름채소를 튀겨서 절인다든지 하면 맛있어서 괜찮을 것 같은데…….』

『그건 일단 기름에 튀기고 소스에 절이는 건가? 으으—음…….』

『칼로리를 생각하면 조금, 그러네요. 미안해요, 힘이 되어주질 못해서.』

『아니, 그건 그것대로 맛있을 것 같아. 괜찮다면 레시피를 가르쳐줘.』

『예, 다음에 보내둘게요.』

『고마워.』

그런 대화를 거치고, 몸을 벌떡 일으킨 뒤 머리를 긁적였다.

다른 연락처를 봐도 모리 외에 같은 반 남학생의 이름이 몇 개 있을 뿐. 도저히 다이어트 메뉴에 대한 의견이 나올 것 같지는 않았다.

'애당초 여자 지인이 말이지……. 아, 그러고 보니.'

문득 떠올라서 히메코의 방으로 향했다. 복도를 끼고 바로 맞은편이었다.

"히메코, 잠깐 괜찮을까?"

"윽! 가, 갑자기 뭐야?! 갑자기 문 열지 말라고!"

"이런, 미안."

대답도 기다리지 않고 문을 열자, 그곳에서 책상다리로 앉아 양손을 맞대고 그그그 힘을 주는 히메코가 으르렁거렸다. 눈앞에는 펼쳐진 잡지. 무언가 한창 스트레칭을 하는 모양이었다.

아무래도 그다지 드러내고 싶지 않은 모습인지 잔뜩 으르렁대며 빨리 용건을 말하라고 위협했다.

"무라오 번호 같은 것 좀 알려줄 수 있을까."

"허? 사키 거?"

하야토의 말이 의외였는지 히메코는 의아해하는 표정으로 미간을 찌푸렸다.

그리고 오빠의 진의를 탐색하고자 한바탕 둘러보고 큰 한숨을 한 번 내쉬었다.

"오빠, 아무리 인기가 없어도 그렇지 동생 친구한테 손을 대려는 건 어떨까 싶은데."

"무슨, 그런 거 아니야! 그냥, 그게, 물어보고 싶은 게 있어서 연락처가 좀 필요하다고 할까……!"

"과연 그럴까. 게다가 그 아이, 기본적으로 오빠는 거북해하니까."

"으, 그러고 보니 그랬지…….."

히메코의 친구, 무라오 사키와 하야토는 삐걱대는 사이였다. 얼굴을 마주해도 금세 히메코의 등 뒤로 숨어버렸고, 학교나 길에서 홀로 있을 때에 만나도 총총히 도망친 적도 많았다. 히메코는 하야토에게 수도 없이 장난이라도 쳤는지, 무슨 짓을 했는지 따져대곤 했다.

그것을 떠올리고 고개를 푹 숙이는 하야토를 본 히메코는 또다시 크게 한숨을 내쉬었다.

"하아……. 일단 내가 사키한테 오빠 번호 가르쳐줄 테니까. 대답이 올지는 사키한테 달렸어."

"……부탁할게."

히메코가 쉭쉭, 손을 내저으며 쫓아내서 방을 나왔다.

무라오 사키와의 연락에 실패했다고 생각한 하야토는 스마트폰을 방에 두고, 얼른 설거지 등의 집안일을 해치운 다음 그동안에 물을 받아둔 욕실로 향했다.

토옥, 물방울이 타일을 두드렸다.

"……하아, 어떻게 할까."

욕조에 몸을 담그며 천장을 올려다봤다. 지난달까지 있던 츠키노세의 집과 달리 창문이 없는 아파트 욕실에서 하야토의 한숨이 녹아들었다.

뇌리에 떠오른 것은 동생의 친구, 무라오 사키.

어린 느낌이 남아 있는 단정한 얼굴. 선천적으로 일본인과는 동떨어진, 색소가 옅고 투명해 보일 정도로 하얀 피부에 빛나는 듯한 황갈색 머리카락. 마을에서 헤이안 시대부터 이어지는 신사의 딸이기도 해서, 신비한 외모의 우아하고 아름다운 소녀였다.

성격은 시끄러운 히메코와는 정반대로 얌전하고 온화해서 항상 생글생글 미소가 끊이질 않았다.

츠키노세의 노인들한테는 손녀나 다름없이 귀여움을 받으며 일종의 아이돌 같은 존재였다.

그런 사키가 어찌 된 영문인지 하야토한테는 서먹서먹하

게 구는 구석이 있었다.

'뭐, 츠키노세에서 또래 남자는 나뿐이었으니까……'

하야토로서도 나이가 가까운 이성인 사키를 어떻게 대하면 좋을지 알 수 없는 부분이 있었다.

하지만 동생의 친구이고, 그리고 하야토에게 사키의 신악무(神樂舞)는 특별한 것이기도 했다. 얼굴을 마주하지 않고 스마트폰 너머로 메시지만 주고받는다면 대화가 가능할지도 모르겠다고 생각했는데——.

'——확실히 히메코 말이 맞기도 해……'

여자는 어렵다——문득 그렇게 생각했을 때, 머릿속에 하루키의 얼굴이 스쳤다.

평소처럼 짓궂은 미소와 함께『바—보』라는 소리가 들리는 것 같아, 하야토는 눈살을 찌푸리며 머리를 반쯤 물에 담갔다. 그리고 부글부글, 수면에 커다란 기포를 만들었다.

방으로 돌아왔을 무렵에는 상당한 시간이 지난 뒤였다.

"……응?"

방으로 돌아왔더니 스마트폰이 메시지 착신을 알리고 있었다. 모르는 번호였다.

누군가 싶어서 화면을 열자 제목은『무라오 사키에요』, 메시지 내용으로는『무슨 용건인가요?』라고 쌀쌀맞은 문장이 적혀 있는 것이 시야에 들어왔다.

착신 시각은 약 한 시간 전, 딱 히메코의 방을 나온 직후니까 이야기를 듣고 곧바로 연락을 보내준 듯했다.

'큰일이네······.'

너무 기다리게 만들어버렸다고 생각하며 말을 곱씹고 답신을 보냈다.

『오랜만, 이라고 하면 될까? 느닷없겠지만, 어젯밤부터 갑자기 히메코가 다이어트를 한다고 그러는데 뭔가 괜찮은 식사 메뉴 알고 있어? 그게, 여자니까 그런 거 잘 알지도 모르겠다고 생각해서.』

무척 기다리게 만들어버린 것치고 사키의 답신은 빨랐다. 무심코 스마트폰 입력에 익숙하구나, 라고 감탄해버릴 만큼 잇따라 메시지가 왔다.

『그런가요.』

『전 다이어트를 한 적이 없어서 모르겠지만요.』

『【다이어트】【식사】【추천】으로 검색하면 어떻게 알아볼 수 있지 않을까요?』

죄다 쌀쌀맞은 대답이었다. 확실히 츠키노세에서의 모습을 생각하면 당연한 반응이리라.

그래도 친구와 관련된 일이니까 굳은 의리로 대답해주었구나, 그리 생각하고 쓴웃음 지었다.

『그런가, 고마워.』

『그것뿐인가요?』

『또 뭔가 용건이 있다면 부탁할게.』

『그런가요.』

그런 식으로 대화가 끝났다. 여전한 분위기였지만 무시당하지 않았다는 것만으로 충분하다고 생각하며 쭉, 기지개를 켰다.

"모처럼 가르쳐줬으니까 나도 자기 전에 조사해볼까."

하야토는 무라오 사키의 조언 그대로 조사해봤지만 나온 것은 편의점 도시락 추천이라든지, 체인점의 칼로리나 식재료와 관련된 영양 측면의 해설뿐.

결국 이래저래 훑어보는 사이에 밤이 깊어 어느샌가 의식을 놓아버렸다.

"……음, 잠들었나."

정신이 드니 방으로 아침 햇살이 비쳐들고, 시계를 봤더니 항상 일어나는 시간이 되어 있었다.

컴퓨터와 다르게 누워서도 볼 수 있는 스마트폰이다보니 어느샌가 잠들어버린 모양이었다.

"아야야, 목이…… 응?"

그리고 메시지가 몇 건 와 있다는 것을 깨달았다.

"곤약을 사용한 파스타에 닭 가슴살 어레인지 요리, 그리고 버섯을 잔뜩 넣은 오므라이스…… 굉장하네. 하지만 이건……."

전부 무라오 사키가 보낸 것이었다.

예의 바르게 공들여서 알기 쉬운 레시피까지 적어두었기에, 이 메뉴들이라면 분명 하루키나 히메코도 기뻐할 것 같았다. 무심코 감탄하긴 했지만 그것들을 보낸 시간은 전부 날짜가 바뀐 다음의, 밤도 늦은 시간이었다.

'히메코를 위한 메뉴라고 해서 열심히 조사해준 걸까…….
어라, 이건……?!'

보낸 사진 가운데 하나만 요리와는 다른 것이 섞여 있었다.

『올해 축제 의상이에요. 어떤가요?』

그런 메시지와 함께 첨부되어 있던 것은 축제 때에만 입는, 무라오 사키의 특별한 무녀 복장이었다. 가끔씩 신사에서 봤던 정통파 백의와 심홍색 하카마의 무녀복 차림에, 금색 자수가 수놓인 시원해 보이는 겉옷을 입고 머리장식이나 화장도 했다.

안 그래도 색소가 옅어서 우아한 아름다움이 있는 그녀를, 이런 비일상적인 의상을 통해 더욱 환상적으로 연출했다.

게다가 표정은 이제까지 하야토가 본 적이 없는 자연스러운 미소라서, 동생 친구임을 알면서도 무심코 침을 꿀꺽 삼키고 말 정도의 매력이 넘쳐났다.

'이건…… 아니아니, 응.'

어째서 이 사진을 보냈는지는 알 수 없었다. 하지만 하야토는 곧바로, 동생 히메코가 옷을 새로 맞추었을 때에 의견을 청하던 것을 떠올렸다.

그러니까 이것도 그런 일일 것이다. 이상하게 착각을 해서는 안 되는 것이다.

어흠, 헛기침을 한 하야토는, 일단 지금은 감사한다는 대답을 보내야만 한다는 사명감으로 메시지를 입력했다.

『고마워, 히메코도 기뻐할 거야. 그리고 의상, 매년 입는 다지만 잘 어울리네. 귀여워.』

답변은 곧바로 날아오지 않았다. 아침도 이른 시각이니 당연하리라.

쭈욱, 기지개를 켠 하야토는 아침 채비에 착수했다. 창문으로 시선을 향하자 구름 한 점 없이 맑은 하늘로, 오늘도 아침부터 더울 것 같았다. 무심코 으헤, 하는 힘 빠진 목소리를 흘렸다.

그리고 사키의 답변은 한 시간 이상 족히 지난 뒤, 등교 도중에 왔다.

『그런가요.』

그 내용은 여전히 쌀쌀맞은 말이었기에 하야토도 쓴웃음을 흘렸다.

제 **4** 화

가끔은,
이런 것도…… 그렇지?

익숙하지 않은 레시피의 도시락을 만드느라 고생한 하야토는 평소보다 늦은 시간에 등교했다. 아침의 교실은 평소처럼 떠들썩한 분위기였다.

몇 명은 깜박 잊은 과제와 씨름하거나 베끼거나 그러기도 했지만 대다수는 친구들끼리 수다를 떠는 것으로 채우고 있었다.

"응?"

자기 자리에 앉자 스마트폰 알림이 왔다. 누가 보냈을까 싶어서 화면을 켜자 그곳에는 마치 텐구처럼 코가 자라난 가지가 찍혀 있었다.

보낸 사람은 미타케 미나모. 같이 첨부된『기분이라도 좋은 걸까요?』라는 문자를 보니 "크큭" 하고 웃음이 새어 나왔다.

그 밖에도『비뚤어졌습니다』『거꾸로 오르기 중입니다』라며 꿈틀꿈틀 똬리를 틀거나 하늘을 향해서 거꾸로 자라는 꽈리고추 사진도 있었다.

어느 것이든 모양이 이상한 채소들이었다. 슈퍼 같은 곳에서는 그다지 볼 수 없지만 츠키노세에서는 팔 수 없다며 자주 나누어 받은, 무척 친숙한 것이기도 했다.

조금 그립다고 느끼며, 그녀의 독특한 감성이 담긴 말에 하야토는 어깨를 떨었다.

　　"뭐야, 키리시마, 히죽대기는. 뭘 보는 거야, 설마 **그녀**인가?"

　　"아니야, 모리. 채소야. 보면 알아, 자."

　　"……푸홋, 와하하, 이거 뭐야, 이상한 모양인데!"

　　"그렇지? 시장에 나오지는 않지만 채소는 다양한 형태가 있으니까."

　　"호오, 그것 말고 또 이런 사진은 없어?"

　　"으─음, 그러네…… 앗!"

　　"어?"

　　갑자기 화면에 채소 이외의 사진이 나왔다. 하야토는 실수했다며 놀란 목소리를, 모리는 이건 놓칠 수 없다며 흥미진진한 목소리를 흘렸다.

　　"아─아─, 응, 알겠네. 알겠다고, 키리시마. 남자라면 누구라도 무녀를 좋아하는 법이지."

　　"아니, 잠깐만 모리. 이건 딱히 내 취향 같은 게 아니라, 축제 사진이라고 할까……!"

　　무녀 사진은 무라오 사키였다. 오늘 아침, 그녀가 레시피와 함께 보낸 것이었다.

　　하지만 이것을 설명하는 것은 조금 귀찮았다.

　　"응응, 축제구나, 알겠어. 축제의 즐거움이라면 무녀님도 있지만, 여자의 유카타도 있지."

"그건 부정하지 않겠지만…… 역시 이쪽 축제에서는 다들 유카타를 입는다든지 그래?"

"응, 지역의 여름축제에서 말이지. 아니, 전에 살던 곳에서는 안 입었어?"

"……입을 법한 젊은 녀석이 없었어."

"그, 그런가."

어떻게 얼버무릴까 생각하던 참에 이야기가 유카타로 엇나갔다. 하야토는 그 사실에 몰래 안도했다.

유카타 이야기에 흥미가 끌렸는지 그곳으로 남자들이 우르르 모여들었다.

"역시 유카타는 특별한 느낌이 있지! 그것만으로 여자가 5할은 더 귀엽게 보여!"

"헤어스타일도 유카타에 딱 맞추잖아, 목덜미 최고야!"

"노출이 적어도 야하게 보이고!"

"아니, 그건 아니지."

"아냐아냐."

"아, 아니 맞잖아, 어때 키리시마?!"

"나, 나한테 묻지 마……."

그리고 어째선지 남자들 사이에서 유카타 담론이 벌어지고 말았다.

아무래도 가을 초입에 공원에서 자치회 주최로 여름축제가 있는지, 남자들 중에는 노골적으로 여자 쪽으로 시선을 향하는 사람도 있었다.

하야토도 문득 옆을 봤더니 하루키가 흥미진진한, 그리고 어쩐지 짓궂은 눈빛을 보내는 것을 깨닫고 저도 모르게 대비하고 말았다.

"후후, 남자는 역시 유카타를 좋아하나요?"

"아니, 그건……."

턱에 검지를 대고서 고개를 갸웃거리며 질문을 던지는 모습은, 설령 계산적으로 놀릴 생각이라는 것을 알고 있어도──하야토에게는『헤에─, 호오─, 흐─응, 이것 참, 남자구나, 그런 걸 좋아하는구나』라며 뒤에 숨겨진 목소리가 들린다고 해도, 무척 귀여웠다. 하지만 그것은 어디까지나 하야토 한정이었다.

"그럼, 당연하지!"

"그러니까 니카이도의 유카타 모습을 보여주세요!"

"우리랑 같이 축제에!"

"오히려 여자친구가 되어주세요 사귀어주세요!"

하루키의 도발로도 조롱으로도 들리는 말에 주위의 남자들은 흥분했다. 그런 예상 밖의 반응에 하루키는 깜짝 놀라서 몸을 젖히고 말았다.

"미, 미안해요?!"

"잠깐, 너희 무슨 소리야?!"

"떨어져, 이 짐승들!"

"괜찮아, 니카이도?!"

그리고 금세, 그렇게 떠들어대는 남자들한테서 하루키를

지키려고 하는 여자들이라는 구도로 발전했다.

하루키는 이것도 예상 밖이었는지 "어라? 어라?!"라며 시선을 헤맸다.

'하아, 정말이지…….'

아무래도 최근의 하루키는 살짝 원래 모습인 경솔한 행동을 드러내고 마는 경우가 많았다. 하야토는 어쩔 수 없다고 크게 한숨을 내쉬며 여자랑 모리 일행과 함께 남자들을 나무라려고 했다. 그때였다.

"하하, 역시 니카이도는 변했구나."

"……나는 잘 모르겠는데."

"대하기 편해졌다고 할까, 이전과 다르게 여유가 생겼다고 할까……. 역시 여자들 사이에서의 소문도 사실일지도."

"소문……?"

"니카이도 하루키한테는, 남자친구가 생겼다."

"………………허?"

얼빠진 목소리가 나왔다, 그런 자각은 있었다.

지금도 모리가 한 말의 절반도 이해하지 못했다.

하루키가 최근에 변했다는 것은 분명하리라.

그것은 틀림없이 좋은 경향임에 틀림없다. 하지만 그것과 남자친구가 생겼다는 것이 도저히 하야토 안에서 이어지지가 않았다.

그런 하야토가 혼란에 빠져 있는 사이, 갑자기 교실 입구쪽이 술렁대기 시작했다.

"저기, 니카이도 있을까?"

"어, 예, 무슨 일이죠?"

"저기 봐, 호랑이도 제 말 하면 온다더니."

"저 녀석은——."

카이도 카즈키였다. 아무래도 하루키에게 용건이 있는 모양이었다.

무심코 그에게 다가가는 하루키의 얼굴을 봤지만——평소 그대로인 내숭쟁이 니카이도 하루키의 표정으로, 적어도 사랑하는 사람이 불러서 간다는 표정은 아니었다. 애당초 하루키한테 남자친구가 없다는 사실은 항상 옆에 있는 하야토가 가장 잘 알고 있었다.

그런데도 어째선지 하야토의 가슴에는 이상한 감정이 소용돌이치고 말았다.

『여자들 사이에서 유명한 이야기가 있거든요.』

어제 미타케 미나모의 말을 떠올렸다.

문득 주위를 둘러보니 싱글싱글하면서도 하루키를 지켜보는 여자의 그룹과 복잡한 표정으로 지켜보는 남자의 그룹이 시야에 비쳤다. 그것이 어쩐지 주위가 기정사실을 만들어내는 것 같아서 싫다는 기분이 들고 말았다.

당사자인 카이도 카즈키 본인은 어떨까 싶어 시선을 향했지만, 하야토의 위치에서 그의 표정은 확인할 수 없었다.

다만 그의 손짓 발짓이 커서 마치 긴장 때문에 나타나는 태도로 보였기에 그것이 미타케 미나모의 말에 신빙성을 더

해주었다.

"──그래서 부 활동 요청 건은, 같은 1학년인 니카이도한테 물어봐달라고 그래서……."

"예, 그렇다면 학생회실 쪽이겠네요. 음─ 저도 같이 갈까요."

"그래, 그럼 고맙겠어."

아무래도 부 활동 관련 이야기인 모양이었다.

어째서 하루키한테 물어보러 왔는지 알 수 없었다. 하지만 하루키와 카이도 카즈키가 나란히 교실을 나가려 하고──그의 안도한 것 같은 얼굴이 흘끗 보였을 때, 하야토는 생각하는 것보다도 먼저 몸이 튀어나와서 쫓아가고 말았다.

"기다려!"

"하야…… 어, 키리시마 군?!"

"너는……?"

하야토의 눈앞에 있는 두 사람뿐만 아니라 교실 안에서도 놀라서 소리가 터졌다.

그것은 감정적인 행동이었다. 그만 발끈해서는 저질러버린 것이었다. 하루키나 카이도 카즈키, 그리고 주위에서도 놀랐지만 가장 놀란 것은 하야토 본인이었다.

'아─ 젠장!'

하지만 말해버린 것은 어쩔 수 없다며 하야토는 사고를 풀 회전시켰다.

"그게, 말이지…… 부 활동 관련이면 어디로 가야 할까?

나도 그게, 들어가고 싶은 곳이 있어서, 그러니까 따라가야 겠다고 생각해서."

그리고 마치 변명을 하듯이 빠른 말투로 이야기하고 저벅 저벅 복도를 앞장섰다.

"어, 반대 방향이에요, 키리시마 군."

"……윽."

하루키가 그렇게 지적하니 하야토의 동요는 주위에도 훤히 보였다. 몰래 쿡쿡 웃는 소리가 들렸다. 하야토의 얼굴이 귀까지 새빨갛게 물들었다.

"같이 갈까요. 괜찮죠, 카이도 군?"

"어, 어어, 난 괜찮아."

하루키가 그렇게 말하니 카이도 카즈키는 복잡한 표정을 지으면서도 그렇게 대답할 수밖에 없었다. 하야토는 겸연 쩍은 표정으로 하루키를 뒤따르는 것이었다.

아침 조회 전의 복도를 걸어갔다.

종이 치기까지 시간이 얼마 안 남기도 해서, 떠드는 목소 리는 들리지만 사람의 모습은 볼 수 없었다. 그런 세 사람의 걸음걸이는 어쩐지 빨랐다. 참으로 이상한 분위기였다.

왠지 모르게 기분이 좋은 하루키에, 어쩐지 마지못한 표정의 하야토, 그리고 어째서 이렇게 되었을까 싶어 보이는 곤란한 표정의 카이도 카즈키. 그런 가운데, 도화선에 불을 붙인 것은 카이도 카즈키였다.

"이런 시기에 입부라니, 별일인데?"

말문이 막혔다. 혹시 **소문**이 사실이라면 하야토는 그가 하루키에게 접근하는 것을 방해한 셈이 된다. 하지만 말투는 온화하고 표정에서는 악의나 다른 뜻이 느껴지지 않아서 순수한 흥미로 던진 질문으로 보였다.

하야토는 자신이 조금 퉁명스럽다고 자각하면서도 대답했다.

"……전학생이야."

"아, 그래, 네가 그 전학생이구나. 어디에 들어갈 생각이야? 우리 축구부라면 환영할 텐데?"

"원예부."

"……허?"

그것은 허를 찔린 듯한 목소리였다.

카이도 카즈키는 곤혹스럽다는 눈빛으로 하야토를 빤히 바라봤다.

170센티미터 후반으로 평균 이상인 키에, 반소매 교복에서 엿보이는 볕에 탄 팔에는 적당하게 근육이 붙어 있었다. 몸도 전체적으로 탄탄해서 카이도 카즈키가 아니더라도 무언가 스포츠를 하고 있는 거 아니냐고 생각할 체구였다.

그래서 그런 하야토한테서 원예부라는 말이 나오니 놀라는 것은 당연했다.

하지만 그 반응이 하야토에겐 마치 원예가——밭일이 바보 취급을 당하는 것처럼 느껴졌다. 하야토는 울컥한 표정으로 추궁했다.

"저기, 넌 축구부라고 했지?"

"응, 그런데……."

"축구는 뭐가 즐거워?"

"뭐기는…… 다른 스포츠와 다르게 1점의 가치가 무겁고, 자유도가 높고, 그리고 역시 팀원들과의 일체감이라고 할까…… 그야말로 가득 있어서 미처 언급할 수가 없는데……."

"원예도, 밭도 마찬가지야."

크게 숨을 들이마신 하야토는 걸음을 멈추고 그를 바라봤다.

"매일 물을 주고 가지를 치고, 비료에 잡초나 해충 처리도 해야 돼. 당연히 수고도 많고 의외로 중노동이야. 하지만 말이지, 몸소 돌보는 만큼 채소는 응해주고, 그런 채소 하나하나가 다양한 개성을 가졌고, 이상한 모양의 열매가 열리면 득을 본 기분이야. 자, 이걸 봐! 밭일은 말이지, 최고로 즐겁다고!"

그리고 어떠냐는 듯, 조금 전에 미타케 미나모한테 받은 텐구 모양의 가지나 똬리를 튼 고추의 사진을 두 사람한테 보여줬다.

하루키도 카이도 카즈키도 갑자기 원예, 아니 채소를 가꾸는 매력에 대해서 기세 좋게 이야기하는 하야토를 보고 깜짝 놀라서 눈을 끔벅거릴 뿐이었다. 애당초 열심히 밭일에 대해서 이야기하는 고등학교 남학생이라는 존재 자체가 레어했다. 놀라는 것은 당연했다.

그리고 이어지는 하루키의——**니카이도 하루키**의 행동에 카이도 카즈키는 더욱 깜짝 놀라는 것이었다.

"아핫, 아하하하하하하핫! 하야…… 키, 키리시마 군은, 그렇게나 원예를 좋아하는구나! 그래그래, **나**도 그렇게 열중할 수 있는 일이 있다는 건 좋다고 생각해!"

"그야 익숙한 일이니까, 아얏, 아니, 아프니까 등 좀 그만 때려!"

"니, 니카이도?!"

하루키는 못 참겠다는 듯이 배를 붙잡고 웃음을 터뜨리는가 싶더니 하야토의 등을 찰싹찰싹 때리기 시작했다. 그것도 이제까지 학교에서 드러낸 적이 없는, 거리낌 없는 느낌으로.

니카이도 하루키는 누구에게나 다정하고 예의 바른, 붙임성 있는 여자아이——그런 인식이 있던 카이도 카즈키는 눈을 크게 뜨고서 그녀의 색다른 모습을 보고 있었다.

"어…… 응, 어흠, 계속 가죠."

"……어."

"으, 응, 그럴까?"

그런 그의 시선을 깨달은 하루키는 보란 듯이 헛기침했다.

그리고 의미도 없는데 치맛자락을 털며 분위기를 다잡고 걷기 시작했다. 그런 빠른 변신에 하야토도, 그리고 카이도 카즈키도 어안이 벙벙해졌다.

목적지인 학생회실은 그곳에서 도보로 1분도 걸리지 않는 곳에 있었다.

"실례합——아니, 아무도 없나요. 으음, 용지를 가져올 테니까 거기서 잠깐만 기다려주세요."

"어."

"부탁할게, 니카이도."

어쩐지 뜨거워지고 만 하야토는 이래저래 얼버무리듯이 머리를 벅벅 긁적이고 하루키의 뒷모습을 지켜봤다. 선반을 찾으며 헤매는 모습은 보이지 않았다.

'이런 일, 익숙하구나.'

아직 모르는 하루키의 그런 일면에 무어라 형용할 수 없는 괴로운 심정이 가슴에 퍼졌다.

"……몰랐어."

"응……?"

마치 하야토의 마음속을 대변하듯이 카이도 카즈키가 중얼거렸다.

"조금 전의 그 모습이, **진짜** 니카이도 하루키인가?"

"…………글쎄."

확인하는 것 같은 물음이었다. 그리고 음색에는 확신과도 닮은 무언가가 있었다. 하야토의 가슴이 점점 답답해져서, 대구하는 말은 호의와는 인연이 없는 것이 되어버렸다.

'**위장**, 들키면 안 되잖아…….'

어린애 같은 감정임은 알고 있었다.

하지만 부주의했던 조금 전의 하루키를 원망하고 싶어질 만도 했다.

"난 카이도 카즈키. 너는?"

"허?"

"이름."

"……키리시마 하야토."

하지만 카이도 카즈키는 그런 하야토에게 흥미가 있다는 듯이 악수를 나누고자 손을 내밀었다. 무슨 생각인지 알 수 없었다. 그 손을 한동안 바라봤다.

얼굴을 봤더니 싱긋 미소를 띠고 있어서 악의가 있는 것처럼 여겨지지는 않았다.

'………….'

소문은 소문이다. 게다가 하루키가 어떻게 되든지 하야토와는 관계없을 터.

하지만 아무래도 신경이 쓰여서 어쩔 수 없다는 것도 사실이었다.

"잘 부탁해, 키리시마 군."

"……어."

하야토는 복잡한 표정으로 그 손을 맞잡았다.

카이도 카즈키와 도중에 헤어지고 하루키와 함께 교실로

돌아온 하야토는 금세 남자들에게 둘러싸였다.

"뭐, 뭐야?!"

"음음. 잘했어, 키리시마!"

"미소녀가 미남한테 먹히는 걸 저지했어! 넌 영웅이야!"

"좋아, 오늘 점심이랑 방과 후는 비어 있겠지?"

"한번 진득하게 가슴에 대해서 이야기를 나눠야겠다고."

"그리고 니카이도의 소꿉친구에 대해서도 말이야!"

그들은 허물없이 하야토와 어깨동무를 하고 바보처럼 들떠서는 들러붙었지만 눈빛은 다들 진지했다. 결코 놓치지는 않겠다는 기개가 느껴졌다.

하야토는 도움을 청하듯이 주위를 둘러봤지만 고개를 절레절레 내저으며 어깨를 으쓱이는 모리와 『바—보』라며 입술을 움직이는 하루키의 모습이 시야에 들어올 뿐. 고개를 풀썩 숙이고 말았다. 그만큼 주위의 관심을 모으는 행동을 해버렸다는 자각도 있어서, 이제부터 시작될 청문회에 대한 각오를 다졌다.

한편 하루키는 그런 하야토의 모습을 보며 기분이 몹시 고양되는 것을 자각하고 있었다.

하루키도 여자들 사이에서 카이도 카즈키의 **소문**은 알고 있었다.

카이도 카즈키는 하루키의 눈으로 봐도 여자에게 인기 있을 법했다. 그런 스펙이고, 부정적인 요소를 찾는 편이 어려웠다.

하지만 한편으로 하루키의 경험을 바탕으로, 그가 자신에게 흥미가 없다는 사실도 이해하고 있었다. 주변에서 멋대로 들뜨는 것을 **이용**하고 있는 것이리라. 그런 부분은 하루키와 비슷했다. 그렇기에 난입한 하야토의 행동에는 놀랐고, 그리고——.

'——어라, 어째서 나, 기뻐하는 거지……?'

그런 자신의 감정에 당황하고 말았다. 조금 전에 그만 들떠서 하야토의 등을 찰싹찰싹 때려버린 것도 틀림없이 그것이 원인이었을 것이다.

하지만 결코 나쁜 기분은 아니었다.

이번 쉬는 시간도 다음 쉬는 시간도, 조금 전의 행동에 대해서 힐문당할 하야토를 보자 아무래도 얼굴이 히죽대고 만다. 하루키가 그런 표정을 짓고 있으니 하야토는 눈만 마주쳐도 토라진 표정으로 고개를 홱 돌렸다.

'후훗.'

최근에 하야토한테는 당하기만 하기도 했기에, 하루키는 더더욱 얼굴이 싱글대며 히죽거리게 되었다.

하지만 점심시간.

오늘 두 번째인 방문자 때문에 하루키의 미소는 굳어버렸다.

"키리시마 군 있을까?"

"카이도……?!"

상쾌한, 사람 좋은 미소를 머금은 카이도 카즈키가 하야토를 찾아온 것이었다.

　하루키가 아니라 하야토를.

　갑작스러운 사태에 놀란 것은 하루키만이 아니라서, 교실 안이 찬물을 끼얹은 것처럼 적막해지고 말았다. 제아무리 카이도 카즈키 본인이라도 이 상황에 쓴웃음이 나오는 것을 감추지 못했다.

　"나한테 무슨 용건이라도……, 아니, 뭐 하러 왔어?"

　"그야 키리시마 군이랑 깊은 친교를 다지려고. 점심은 도시락이야? 거기 앉아도 돼?"

　"어, 야…… 이것 참."

　"그래그래, 아까 채소 같은 사진 말이야, 그것 말고는 없어?"

　"있기는 있는데……."

　"그거 잘됐네, 보여줘."

　하지만 어디까지나 카이도 카즈키는 자연스러운 태도였다. 천진난만하다고도 할 수 있을 모습으로, 남자들이 하야토를 둘러싼 원 안으로 스르륵 들어갔다.

　"키리시마, 그러고 보니 무녀님 사진을 갖고 있었지."

　"모리, 너! ……아니, 확실히 있기는 한데."

　"호오, 괜찮네, 무녀님. 축제도. 나도 메이드 같은 거 좋아하는데."

　그런 그의 말에 반응한 것은 다른 남자나 일부 여자였다.

　"어? 사실은 나도 간호사라든지."

"차이나드레스도 좋다고—."

"뭐야, 카이도. 말이 통하는 녀석이네!"

"고, 고스로리 같은 건 어떨까—? 나, 사실은 조금 흥미 있는데."

"나, 나도 사실은——."

의외로 서글서글한 카이도 카즈키의 모습에 독기가 빠졌는지 하야토만이 아니라 다른 학생들도 그를 중심으로 점점 이야기의 원에 가담했다. 역시 인기인, 자신의 카리스마를 유감없이 발휘하고 있었다. 하루키도 무심코 혀를 내둘렀다.

하지만 동시에 혼란에 빠져버리기도 했다.

영문을 알 수 없었다. 하루키의 눈으로 봐도 화기애애하게 이야기하는 하야토와 카이도 카즈키 때문에 자기 안에서 뒤죽박죽이 된 감정을 어떻게 처리하면 좋을지 알 수 없었다.

그리고 원에 들어가지 않은 주위에서는 그와 자신을 바라보는 시선이 집중되고 있었다.

"그, 그렇지. 저, 가야 돼요."

누구에게 말하는 것도 아닌데, 일부러 소리 내어 중얼거리고 자리에서 일어났다. 견딜 수가 없었다.

니카이도 하루키가 점심시간에 용건이 있는 것은 **항상 있는** 일이다. 수상쩍게 생각하는 사람은 아무도 없었다.

교실을 떠날 때에 하야토 쪽을 흘끗 봤더니 곤란하다는 미소를 머금고 있었다. 그것이 어쩐지 마음에 걸렸다.

교실을 나섰지만 하루키가 갈 곳은 하나밖에 없었다.

비밀기지. 피난소. 구교사에 있는 세로로 가늘고 긴 세 평 정도의 빈방.

"……어쩐지, 넓네."

무심코 혼잣말을 하고 말았다.

누드 쿠션을 펼치고 탈싹, **여성스럽게 다리를 모아서 앉은** 하루키는 점심인 샐러드 치킨 바를 느릿느릿 꺼내어 먹었다.

'…………'

어찌 된 영문인지 좀처럼 넘어가지를 않아서 목이 메어버렸다.

어떻게든 그것을 삼키고 시계를 봐도, 이곳에 오고 아직 2분도 지나지 않았다. 점심시간은 아직 잔뜩 남아 있었다.

그리고 항상 하야토가 사용하는 누드 쿠션을 봤더니 모두에서 둘러싸인 조금 전의 모습이 떠올랐다.

"……하야토는 잡혀버렸고."

아니라는 건 알지만 혼자 따돌림당하는 것 같은 소외감을 느끼고 말았다. 어쩐지 하야토를 빼앗겨버렸다는 착각이 들었다.

쓸쓸함 때문에 자연스럽게 머리로 손을 뻗고──그리고 하야토가 자신의 머리카락을 쓰다듬었던 것을 떠올리고 절레절레 고개를 내저었다.

'아─, 정말! ……응?'

그때, 하루키의 스마트폰이 울렸다. 하야토가 보낸 메시지였다.

『미안해, 못 빠져나갈 것 같아. 오늘 몫은 **빚**으로 해줘.』

하루키의 미간에 주름이 생겼다. 그 상황에서 빠져나오는 것은 지극히 어려운 일이리라. 게다가 그녀에게도 바로 그저께 빠져나오지 못했던 일이 있었다.

"그런가……."

혼자임을 인식한 순간, 마음에 덩그러니 구멍이 생긴 것 같은 감각이 덮쳐들었다.

하야토의 잘못은 아니지만 조금은 원망스럽게 생각했다.

이윽고 이래저래 남아돌게 되어버린 하루키는 비밀기지를 나와서 정처도 없이 걸었다.

물론 그래봤자 사람들의 시선을 피하고 있는 상태. 갈 장소는 어느 정도 한정되어 버린다.

그렇기에 **그곳**에 다다른 것은 어떤 의미로 필연이라 할 수 있었다.

"……아."

학교 뒤편에 있는 화단, 그곳에는 밀짚모자에 체육복 차림인 자그마한 여학생——미타케 미나모의 모습이 있었다. 그녀를 발견한 순간, 어찌 된 영문인지 순간적으로 몸을 숨기고 말았다.

미타케 미나모는 화단의 채소를 돌보느라 정신이 없는지

하루키를 알아차린 기색은 없었다.

그녀와 하루키 사이에 이렇다 할 접점은 없다. 반도 다르니까 고작해야 이름을 아는 정도였다. 남들의 시선을 피하고 있기도 하니 냉큼 이 자리를 떠나면 그만이다.

『밭일은 말이지, 최고로 즐겁다고!』

하지만 그렇게 말하면서 원예부에——미타케 미나모가 있는 곳에 들어가겠다고 말한 하야토를 떠올리고 말았다. 가슴이 술렁여서 정신이 들자 화단 쪽으로 걸음을 옮기고 있었다.

"아— 저기, 안녕하세요, 미타케."

"후에, 키리시…… 니, 니카이도?!"

여전히 자그마한 동물처럼 귀엽게 반응하는 아이구나, 생각했다.

그리고, 그녀가 한순간 『키리시마』라고 하려던 것을 깨닫고 가슴이 욱신, 삐걱댔다.

"저기, 그게……."

"네, 네, 뭔가요?"

충동적인 행동이었다. 딱히 그녀에게 무언가 용건이 있었던 것은 아니었다.

그렇기에, 이야기를 건네기는 했지만 무슨 대화를 나누면 좋을지 알 수 없었다. 머뭇거리는 하루키를 보고 미타케 미나모도 곤란하다는 미소로 답했다.

"뭐, 뭘 하고 있는 걸까 싶어서요."

"가, 가지치기랑 잡초 뽑기를…….."

"아, 아하하―, 그러네요―!"

보는 그대로의 상황이었다. 굳이 물어볼 일도 아니었다. 서로 쓴웃음을 흘렸다.

"……."

"……."

두 사람 사이에 침묵이 가로놓였다. 무어라 형용할 수 없는 미묘한 분위기였다.

하루키는 어쩌면 좋을지 생각하며 그녀의 모습을 빤히 관찰했다.

키는 157센티미터인 하루키보다 훨씬 작고, 부스스한 곱슬머리가 특징적이었다. 자그마한 동물 같은 애교가 있고 자세히 보니 귀여운 얼굴이었다.

'아, 이 아이도 꽤 귀엽네? ……나하고는 다른 타입이야.'

어쩌면 하야토가 입부하려는 이유는――.

"아―, 정말!"

"니, 니카이도?!"

거기까지 생각한 참에, 하루키는 갑자기 크게 소리를 높였다. 가슴에 생겨난 답답한 심정을 떨쳐내고자 헤어스타일이 흐트러지는 것도 개의치 않고 벅벅 머리를 긁어댔다.

당연히 그런 기행이라고도 할 수 있는 **니카이도 하루키**의 모습을 미타케 미나모는 견디지 못했다. 놀라고, 그러고 나서 자신이 무언가 실수를 저지른 것은 아니냐며 허둥지둥 당황해버렸다.

　그런 그녀의 모습에 하루키는 아차, 싶어 조금 냉정을 되찾고 자조가 담긴 미소를 머금었다.

　"아, 아하하, 미안해. 조금 그, 지금, 나 기분 나쁜 사람 같았지."

　"네? 저기 그게…… 무슨 고민이라도 있나요?"

　"어― 응, 그래. 고민, 일까? 최근에 조금."

　"그런, 가요……."

　하아, 크게 한숨을 내쉬었다. 정말로, 스스로에게 질려버렸다.

　여기 있으면 좋지 않은 방향으로 생각이 돌 것 같다――그리 생각해서 발길을 돌리려던 그때였다.

　"아, 밭일!"

　"……어?"

　"밭을 가꾸죠! 좋네요, 밭! 마음이 차분해져요, 자 이거!"

　"어? 어? 아니, 잠깐!"

　미타케 미나모는 걱정스럽게 하루키를 들여다보는가 싶더니 갑자기 자신이 쓰고 있던 밀짚모자를 떠넘겼다. 그리고 억지로 하루키의 손을 잡아당겼다. 그녀의 자그마한 체구에 얌전해 보이는 외모에서는 상상할 수 없는, 조금 억지스러워서 놀라운 행동이었다.

　그녀는 보라색 꽃이 피는 가지 앞까지 오더니 싱긋 웃으며 원예 가위를 건넸다. 아무래도 하루키에게 하라는 의미인 듯했다.

"여기랑 여기, 필요 없는 가지 같은 걸 잘라버리죠. 꽃까지 한꺼번에 싹둑!"

"저기, 엄청 잘라버리는데 괜찮아? 삼분의 일 정도 사라져 버린다고?"

"예, 대담하게 잘라버려요. 채소에게는 이발 같은 거예요."

"그, 그렇다면, 에—잇!"

하루키는 당황하면서도 그녀의 가르침을 받으며 잘라냈다.

처음으로 눈앞에 둔 채소들은 하나도 같은 형태가 없이 각자 개성적이었다.

그러니까 가지를 친다고 해도 이렇다 할 형태에 들어맞는 해답이 없었다. 하나하나와 마주하지 않고서는 어떻게 잘라야 할지 알 수 없었다. 무척 고민하게 만드는 일이었다.

하지만 그것이야말로 깊은 맛이라고도 할 수 있는 부분이었다. 하루키도 어느샌가 이마에 크게 땀방울이 맺히고, 뺨은 미타케 미나모와 마찬가지로 흙으로 더러워지고 말았다. 하지만 그런 것 따위는 신경도 쓰이지 않을 만큼 빠져든 것이었다.

"여기는 이렇게 확 잘라버리면 될까? 너무 지나친가?"

"괜찮아요, 이 아이들 무척 튼튼하니까 상관없어요."

"좋—아! 후후, 하지만 이 꽃이 채소가 된다고 생각하면 신기하네!"

"그러네요, 굉장하다고 생각해요."

"아, 그렇지! 다음에 수확할…… 때……."

"꼭 오세…… 니카이도?"

그때까지 채소에 몰두하던 하루키는 고개를 돌려 미타케 미나모의 얼굴을 봤다. 그녀의 표정은 무척 다정하고 자애로웠다.

동시에 자신이 얼마나 들떴는지도 자각했다. 얼굴에 열기가 드리우는 것을 알 수 있었다.

"그게, 나……."

"후훗, 웃어줬네요."

"아으으……."

아무래도 꿰뚫어 보고 있던 모양이라 부끄러워졌다. 그런 하루키를 바라보는 미타케 미나모는 미소를 지으며 그녀 옆으로 이동해서 시선을 채소로 향했다.

"저, 얼마 전에 조금 충격적인 일이 있었거든요. 슬프고 괴로워서 울어버리고…… 하지만 배는 확실히 고파져서, 그게 어쩐지 우스워서. 꽃은 핀다면 그것으로 끝이지만 채소는 그때부터가 진짜라서 열매가 맺힌다는 이야기를 듣고…… 그러니까 처음에는 어디까지나 그런 흥미였어요."

"미타케……?"

"실제로 길러봤더니 뭐든 모르는 일투성이었어요. 돌보는 것도 상상 이상으로 큰일이고, 하지만 그 이상으로 즐거워서……. 으음, 조금 전부터 저는 무슨 소릴 하는 걸까요……. 그게, 그래서요, 좋아하는 일이 생겨서 구원을 받았다고 할까요……!"

"…………아."

미타케 미나모는 부끄러운 듯이 자기 이야기를 하면서도 가슴 앞으로 양손을 붙잡고, "아으으"라든지 "그게"라고 신음했다. 그러나 고개를 돌려 진지한 눈빛으로 하루키를 바라보고 말을 건넸다.

그것은 그녀 나름대로의 격려였다.

대단한 것은 아니었다. 하루키가 낙담한 모습을 보고 그녀 나름대로 기운이 나게 해주려고 하는 것뿐이었다. 미타케 미나모를 마주 보니 그녀의 눈에는 타산이나 흑심 같은 것이 없다는 사실을 알 수 있었다. **니카이도 하루키**는 그것을 알고 말았다.

'아아, 이 아이, 착한 아이구나.'

순수하게 누군가를 위해서 걱정하는 모습을 보고 하루키 안에서 그녀에 대한 인식이 바뀌었다.

그와 동시에 동경과도 닮은 생각이 싹텄다. 솔직히 타산적인 것도 있었다.

하지만 조금 더 많은 것들을 알고 싶다고 생각했다.

"있지, 여기 또 와도 될까?"

"아…… 예, 물론이죠!"

그러면서 웃는 미타케 미나모의 얼굴은 하루키에게 무척 눈부셨다.

방과 후가 되었다.

종례가 끝나자 점심시간에 이어 모리나 남자들이 하야토에게 몰려들었다.

"여, 키리시마—. 여기서 전철로 조금 가면 커다란 신사가 있는데."

"그래그래, 이제는 여름 사양의, 얇은 옷차림 무녀님을 배알해야한다고."

"잠깐만, 이건 좋은 기회니까 메이드 카페에 가보는 건 어때?"

"아니, 나는……. 어, 메이드 카페?! 시, 실존했나…….."

아무래도 같이 놀러 가자는 권유인 듯했다. 하야토는 메이드 카페라는 단어에 놀라 반응하면서도 도움을 청하는 듯한 표정으로 흘끗 시선을 돌렸다.

하루키는 『호오, 메이드한테 흥미가 있나요』라는 말을 입 안에서 굴렸다가 집어삼켰다. 이런 그야말로 남자들의 대화에 끼어들었다가는 오늘 아침의 유카타 담론과 같은 일이 반복될 것이 뻔했다.

그녀는 대신 "아하하"라며 마른 웃음을 흘리고 미간에 주름을 만들었다. 가슴이 답답했다.

그런 하루키에게 여자들 무리가 말을 건네려 하고, 그리고 동시에 모리가 하야토의 어깨를 붙잡으려던 그때. 하루키는 그만 하야토와 모리 사이로 끼어들어 버렸다.

"있지, 니카이도. 이다음에 우리——."

"좋아, 오늘은 좀 늦어졌지만 키리시마의 환영회로 메이드——."

"키리시마 군, 으음, 그게 그거라서요, 조금 그거해 줄 수 없을까요?"

그들의 말을 가로막듯이 덮어씌웠다.

하야토의, 남자들의, 그리고 여자들의 놀란 시선이 하루키에게 모였다. 그때까지의 소란이 거짓말처럼 한순간에 침묵으로 덧칠되었다.

돌발적인 행동이었다. 굳이 이유를 언급한다면 가슴의 답답함이리라. 하지만 이런 이유 따위는 설명할 수 있을 리가 없다.

하루키 스스로도 당황해서 어쩌면 좋을지 알 수 없었다. 하지만 하야토는, 이 소꿉친구는 그야말로 잠깐의 호흡 사이에 그것들을 파악했는지 상황을 연결해주었다.

"그건가, 오늘 아침 입부 수속 말이지? 뭐 잘못된 거라도 있었어?"

"아! 어, 예, 그래요. 고문 선생님께서 돌아가시기 전에 정정할 수 있을까요."

"그럼 서둘러야겠네. 미안해, 그러니까 모리, 다음에!"

"어, 아, 잠깐만요, 키리시마 군!"

하야토는 마침 잘됐다는 것처럼 그 자리를 빠져나가고, 하루키는 그를 뒤쫓았다.

복도로 나선 순간 교실이 일제히 술렁거렸다. 너무나도

큰 그 소리에 한순간 어깨를 움찔 떨었다. 복도에서 기다리던 하야토와 얼굴을 마주 보고 쓴웃음. 그리고 둘은 누가 먼저라고 할 것도 없이 현관으로 달려갔다.

"하루키는 옛날부터 행동이 원 패턴이네. 전학 첫날이랑 똑같아."

"시, 시끄러워! 겸사겸사 들르고 싶은 곳이 있으니까 어울려줘."

"그래, 알았어."

방과 후라고는 해도 여름의 태양은 아직 높은 곳에 있었다.

하루키가 향한 곳은 자신의 집이었다.

"들르고 싶은 곳이란 게 너희 집이야? 무슨 일 있어?"

"으—음, 어떨까……. 왠지 모르게?"

"하루키?"

의외였는지 하야토의 목소리에는 당황한 기색이 배어 있었다.

솔직히 무슨 일이 있는 것은 아니었다. 하루키 스스로도 영 알 수가 없었다. 어쩌면 다이어트 때문에 뇌에 제대로 당분이 가지 않는 것일지도 모르겠다.

그래서 가슴으로 느끼는 생각을 그대로 입 밖으로 흘렸다.

"저기 그게, 어쩐지 모르겠지만, 요전에 했던 액션RPG를 이어서 하고 싶었거든."

"……그러고 보니 그거, 나랑 같이 할 때만 진행한다고 그랬던가."

"아하하, 그랬지―."

서로 쓴웃음 지으며 익숙한 태도로 신발을 벗고 방으로 향했다.

방에 도착하자마자 하루키는 에어컨을 틀고 양말을 휙 벗어던졌다. 하야토도 그에 따라서 쿠션에 앉더니 "하아아~"라며 맥이 풀린 목소리를 흘렸다.

"하야토, 아저씨 같아."

"시끄러워, 네가 할 말이냐!"

"후히히."

그러는 하루키도 블라우스 옷깃을 풀고 바닥에 다리를 내던지며 더위로 칠칠치 못하게 추욱 녹아내렸다.

하루키가 허겁지겁 게임기를 켜려고 했더니 문득 하야토가 중얼거렸다.

"……가끔은, 이런 것도 좋네."

"어?!"

갑작스러운 말에 심장이 두근 뛰었다. 하지만 그러는 한편으로, 그 말은 가슴으로 스르륵 파고들어 퍼져나갔다. 돌아보니 하야토가 부끄러운 듯이 머리를 긁적이고 있었다.

'…………아.'

생각해보면 최근에는 저녁식사 문제도 있다 보니 하야토네 집으로 가는 경우가 많아서, 이렇게 하루키네 집으로 오는 것은 오랜만이었다.

학교와도, 그리고 키리시마가에 있을 때와도 다른, 마음을 터놓을 수 있는 분위기가 흘렀다. 그래서 하야토에게 컨트롤러를 건네는 하루키의 얼굴에는 어릴 적과 같이 천진난만한 미소가 퍼져 있었다.

"그러네. 자, 이거."

"엇, 차. 히메코가 배고파서 화내기 전에는 돌아갈 거야."

"아하하, 알았어."

그리고 얼굴을 마주 보고 짓궂은 웃음을 흘렸다.

과거의 일이 뇌리를 스쳤다.

산속 깊은 곳에서 한가득 흐드러지게 핀 나팔꽃 군락지를 찾았을 때.

평평한 돌을 쉽게 찾을 수 있는 강변 포인트를 발견했을 때.

버려진 신사를 이용해서 비밀기지를 만들었을 때.

그런 둘만의 비밀을 공유했을 때와 같은 웃음이었다.

여름날 오후의 태양은 그때와 똑같이 환하게 빛나고 있었다.

의지할 수 있는 뒷모습

어느 점심시간. 수업이라는 지루한 속박에서 해방되는 순간.

그것은 히메코가 다니는 중학교도 마찬가지다. 식당으로 서두르는 사람, 교실에서 친한 그룹으로 모여 도시락을 펼치는 사람, 또는 다른 교실이나 부실로 나서는 사람 등등, 행동은 각양각색이었다.

히메코도 많은 사람들과 마찬가지로 이 시간을 무척 좋아했다.

특히 도시락인 것이 좋았다. 초등학교, 중학교가 같은 건물인 츠키노세에서는 급식이었지만 이쪽에서는 학생식당을 가든지 도시락을 준비해야만 했다.

급식이 아니라 도시락——그것이 히메코에게는 조금 어른이 된 것 같은 기분을 느끼게 해주어서 무척 좋아하는 부분이었다. 히메코는 단순하고 간단했다.

"으에······."

하지만 히메코는 도시락을 연 순간, 얼굴을 찌푸리며 이상한 목소리를 냈다.

대체 무슨 일이냐며 같은 반 친구 토리가이 호노카가 들여다봤더니, 그곳에는 오므라이스를 중심으로 무슨 장식처

럼 방울토마토와 브로콜리가 곁들여져 있는 지극히 평범한
도시락이 있을 뿐.

"왜 그래, 히메? 맛있어 보이는 도시락이잖아."

"……나, 토마토 싫어하거든."

"뭐야, 우연히 싫어하는 게 들어 있었을 뿐인가."

"우연이 아니야, 이건 틀림없이 오빠의 보복이네. 최근에
만들어준 저녁을 있지, 보기에 너무하다고 몇 번인가, 어제
도 놀렸으니까."

"호오, 아니 잠깐만! 이 도시락, 혹시 오빠가 만들었어?!"

"응, 그래. 항상 만들어주는 건 좋은데………… 아니, 아―
그게, 한 입 먹을래?"

"부탁할게!"

히메코는 호노카의 압력에 져서 그녀의 도시락 뚜껑에 한
입 덜어줬다. 토리가이 호노카는 그것을 빤히 노려보고 "호
오"라든지 "헤에"라는 소리를 흘리며 관찰했다.

그렇게까지 흥미진진하게 살펴보니 아무리 히메코라도,
스스로 만든 것도 아니라지만 자기 오빠 일이라서 어쩐지
부끄러워지고 말았다.

"잘 먹겠습니다―…… 음, 이건! 두부, 아니 비지?! 버섯이
가득하고 치킨라이스라기보다 일본풍으로 간을 해서……
아― 정말, 맛있어! 히메네 오빠 요리 잘하잖아, 아니, 그냥
대단하지 않아?!"

"어어어, 할 줄 안다고 그래도 기본적으로 술자리 안주 같

은 거라고? 게다가 아침에 깨울 때는 난폭하고, 멋대로 내 방을 청소하고, 그렇게 좋은 것도 아니야— 그건."

"뭐, 라고……. 요리를 잘하고 도시락도 만들어주는 데다가 아침에 깨워주거나 방도 청소해주며 돌봐준다고……."

"호, 호노카……?!"

히메코로서는 오빠에 대한 일상적인 불평이었다. 하지만 어쩐지 감명을 받았는지 호노카는 눈을 화악 크게 뜨고 몸을 잔뜩 앞으로 내밀며 히메코의 손을 붙잡았다.

그리고 감명을 받은 것은 아무래도 그녀만이 아니었나 보다.

"키리시마, 그 오빠 이야기를 좀 더 자세하게."

"오빠는 어떤 사람이야? 키는 커? 학교는 어디야? 사진 같은 건 있어? 그보다, 중요한 일인데 여자친구는 있어?!"

"키리시마네 친오빠 얼굴이고, 요리를 잘하고 남을 잘 돌봐주고…… 이건 포인트가 높아……."

"살짝, 다음 휴일에라도 소개해주지 않을래?!"

"어, 어어……?"

히메코는 곤혹스러웠다. 히메코에게 오빠 하야토는 잔소리꾼에 참견쟁이이고 섬세함이 부족한 존재였다.

식사에 대해서는 감사한다지만 기르는 그대로 내버려 둔 난잡한 머리카락이나 밀짚모자를 쓰고서 도회지로 외출하려는, 조금 그런 패션 센스의 소유자이기도 했다.

그렇기에 어째서 반 친구들이 오빠에게 흥미를 가지는지

알 수 없었다.

하지만 호노카를 비롯한 반 친구들에게는 달랐다.

히메코는 안타까운 구석은 있지만 그녀들의 눈으로 봐도 상당한 미소녀. 그런 그녀와 피를 나눈 오빠에 대한 기대치가 작을 리 없었다.

"그, 그렇게 좋은 게 아니라고? 한 살 차이밖에 안 나는데 엄청 빼기고, 입는 것도 이래저래 촌스러우니까 여자친구 따윈 있었던 적도 없고, 생길 기미도 없으니까."

"응응. 히메코, 알겠으니까!"

"다음에 같이 놀자고 데려와."

"노래방 같은 거면 되니까!"

"어—, 오빠는…… 아니, 노래방?! 노래방이라니 설마, 마을회관이나 버스에서 부르는 게 아니라 부스나 개인실에서 부르는, 그 노래방?!"

""""…………."""

이번에는 히메코가 몸을 불쑥 내밀 차례였다.

진짜 시골인 츠키노세에 노래방 따위는 없다. 있어도 노인들의 사교장인 마을회관에 낡은 기계가 설치되어 있는 정도로, 최신 노래 같은 것은 기대할 수 없었다.

그러니까 히메코에게 반 친구들과, 그것도 방과 후에 같이 노래방에 간다는 것은 창작의 세계에서밖에 본 적이 없는, 동경에 가까운 일이었다.

눈을 반짝반짝 빛내는 히메코를 본 그녀들의 눈빛은 더없이 다정했다.

"응응, 오늘은 끝나고 노래방에 갈까."

"역 앞에 거기면 되겠지? 쿠폰 있으니까."

"좋—아, 언니들이 히메코 몫은 쏴버릴게—!"

"어? 어? 어?"

당황한 히메코를 제쳐놓고 들뜬 반 친구들.

오늘 방과 후의 예정이 결정된 순간이었다.

여름의 석양은 참으로 느리다.

방과 후에 여자 넷이서 한 시간 반을 실컷 노래했지만 아직 해가 질 때까지는 시간이 있을 듯했다.

친구들과 헤어진 히메코는 홀로 터벅터벅 힘없이 역 앞의 상점가를 걷고 있었다.

"……하아."

조금 전 노래방을 떠올리자 크게 한숨이 새어 나왔다.

'다들, 노래 잘했지…….'

그뿐만이 아니라 그녀들은 다들 익숙한 모습으로 흥겹게 시간을 보냈다.

특히 호노카는 그중에서도 잘 부르고, 또한 분위기를 띄우는 데도 한몫했다.

반대로 오늘이 노래방 첫 경험인 히메코는 어땠느냐면, 터치패널에 허둥지둥 우왕좌왕, 마이크를 들면 하울링, 가창법도 잘 몰라서 노래는커녕 소곤소곤 중얼거리는 꼴.

그런 히메코의 모습을 다른 친구들은 놀리지 않고 흐뭇하게──히메코의 관점에서는 싱글싱글하는 느낌으로 바라봤다. 제아무리 히메코라도 조금 침울해져 버릴 만했다.

'다, 다음에 갈 때까지는, 오빠랑 하루를 불러서 연습해야겠어!'

회복이 빠른 히메코는 마음을 다지고 기합을 넣었다. 그때 문득 아는 얼굴과 조우했다.

"히, 히메?!"

"어라, 하루…… 으응?!"

우연히도 맞닥뜨렸기에 말을 건네려고 했더니 하루키와 같은 교복을 입은 여자들에게 금세 둘러싸이고 말았다. 낯을 가리는 경향이 있는 히메코는 어깨를 움찔 떨며 경계했다.

"아, 이 아이! 그 니카이도 소꿉친구야!"

"홋호, 키리시마 군의 여동생이라던!"

"한 살 아래인 중3이었던가? 이 교복, 조금 그립네―."

"아, 키도 꽤 커―, 늘씬해서 모델 같아. 그러네, 이런 레벨의 미소녀라면 남자한테 소개하기 좀 그럴 만도 해."

"어어, 저기, 아니, 그게…… 아으으으…….'"

사람이 적은 시골, 츠키노세 출신인 히메코는 이렇게 사람에게 둘러싸이는 것이 익숙하지 않았다. 둘러싸인 경험이라면 고작해야 닭이나 양이나 개 정도였다.

상대가 모르는 연상 여자들이라면 당황하는 것도 당연했다.

'하, 하루~!'

도움을 청하듯이 하루키를 봤지만, 반대로 하루키 본인도 "아하하"라며 도움을 원하는 것 같은 쓴웃음을 흘릴 뿐이라서 의지가 되지 않았다.

"머리카락, 엄청 찰랑찰랑하잖아! 어, 이거 어떻게 손질한 거야?!"

"살짝 앳된 느낌의 세일러복도 느낌 있네―. 나는 중학교도 블레이저였으니까 한번 입어보고 싶을지도."

"다음에 내 거 빌려줄까, 아, 응응……. 이건 키리시마의 기분도 알 수 있을지도."

"있지있지, 니카이도랑은 평소에 뭘 하면서 놀아?"

잘 모르는 연상 여자들이 흥미진진한 눈빛으로 빤히 쳐다보고, 머리카락이나 교복을 찰딱찰딱 만지고, 그리고 자기들끼리 대화를 펼친다. 히메코는 어쩌면 좋을지 몰라서 굳어버렸다.

머리가, 감정이 가득 차서는 코끝이 찡해졌다.

"정말이지, 히메가 겁먹었잖아요! 그 이상은 안 돼요!"

"……아."

문득 히메코의 눈앞에서 길고 검은 머리카락이 나부꼈다.

아직 익숙하지 않은 뒷모습, 하지만 묘하게 기시감이 있는 등이 뛰어들자 반사적으로 그 여름용 니트 옷자락을 붙잡고 말았다.

어깨 너머로 돌아본 하루키가 안심하라는 듯이 씨익, 안심이 가는 미소를 드러냈다. 그것은 어릴 적부터 계속 보았던 **하루키**와 같은 미소였다.

"히메는 이쪽으로 이사 와서 여러모로 아직 익숙하지 않아요. 좀 더 부드럽게 대해주겠어요?"

"읏, 미안……. 조금 지나치게 들떴을지도."

"우리도 좀 지나치게 흥분한 것 같네…… 미안."

"어, 저기 그게, 저도 너무 좀 놀랐을 뿐이라…… 괘, 괜찮아요."

하루키가 나무라자 그녀들은 살짝 억지스러웠다는 것을 깨닫고 겸연쩍은 표정으로 사죄했다. 그리고 히메코도 허둥지둥하면서도 그것을 받아들이자, 하루키는 싱글싱글하며 살짝 발돋움해서 자신보다 조금 큰 히메코의 머리를 쓰다듬었다.

"예, 히메도 잘했어요. 그래그래."

"잠깐, 하루 그만해! 어린애도 아니니까!"

장난처럼 투닥거리는 하루키와 히메코.

어쩐지 언니처럼 구는 하루키와 싫어하면서도 신뢰한다는 것이 잘 드러나는 히메코의 모습은 무척 사이가 좋아 보여서, 그녀들도 흐뭇하게 지켜볼 뿐이었다.

~~~~ ♪

그리고 히메코의 스마트폰이 울렸다.

"오빠가 보냈어. 우유랑 요구르트, 간장 사 오래…… 으, 미묘하게 무거운걸."

"아하하, 나도 반 들 테니까. 그러니까 여러분, 내일 또 봐요."

하루키는 미소로 작별의 인사를 하고, 히메코를 재촉해서 그 자리를 떠났다.

남겨진 소녀들은 두 사람의 뒷모습을 지켜보고, 그리고 누가 먼저라고 할 것도 없이 툭하니 중얼거렸다.

"무척 친해 보였지."

"응, 그런 니카이도 처음 봤어."

"그것보다도 들었어?"

"저 아이, **오빠**라고 그랬지?"

"게다가 니카이도, 저 애 집에 같이 간다고 그런 것 같기 도⋯⋯."

그녀들 사이의 대화에서 놓칠 수 없는 단어가 있었다.

재회한 소꿉친구.

그런 그녀의 오빠라는 존재.

최근 니카이도 하루키의 변화.

소녀들은 서로 얼굴을 마주 보고 상상력을 가속시켰다.

""""꺄————악!!""""

해 질 녘의 패스트푸드 가게 앞에서 소녀들의 새된 목소리가 울려 퍼졌다.

단골 슈퍼에서 장을 보고 히메코와 하루키는 함께 아파트로 이어지는 길을 걸었다.

눈앞에 뻗어 있는 것은 과거와 달리 크기가 나란한 그림자.

"그리고 보니 하루랑 같이 돌아가는 건 처음이네."

"아하하, 다니는 학교 자체가 다르니까."

"뭐, 그렇지만……. 어, 그리고 보니 하루, 학교에서는 그런 느낌이야? 그 사람들이랑 자주 논다든지 그래?"

"아니, 오늘은 우연히, 억지로. 하야토도 다른 사람들이 데리고 가버렸고…… 그게, 이상……했을까……?"

"음—, 이상하다고 할까, 평소의 모습을 알고 있는 만큼 신기한 느낌? 그리고 보니 처음에 편의점에서 만났을 때도 그런 느낌이었던가."

"그리고 보니 그랬나. 응, **밖**에서 나는 대부분 그런 느낌이야."

"그런가. 그런 지금 하루의 모습은, 우리만의 **비밀**이구나."

그것은 히메코가 아무것도 아니라는 듯이 중얼거린 말이었다.

그런데도 어찌 된 일인지 하루키가 멈춰 서서 눈을 끔벅거렸다.

"왜 그래, 하루?"

"읏! 아니, 아무것도 아니야! 비밀…… 응, 그래, 비밀이구나!"

그러면서 비밀을 연호하는 하루키의 얼굴은 묘하게 기뻐하는 미소가 되어 있었다.

히메코는 무슨 일일까 고개를 갸웃거렸지만, 조금 전의

기시감이 더 마음에 걸렸다. 문득 그것이 말이 되어 새어 나왔다.

"뭐, 하지만 거기서 만난 게 오빠가 아니라 하루라서 다행이야."

"어? 어째서?"

"그럴 때는 말이지, 오빠는 의지가 안 되기도 하고, 나한텐 역시 하루가 자주 지켜주던 기억이 있거든."

──그래서 그 뒷모습을 보고 좋아하게 되었다.

히메코는 이어지는 그 말을, 입술을 삐죽이며 집어삼켰다.

하지만 하루키는 의외라는 듯이 눈을 끔벅거리고, 으──음 신음하고 팔짱을 끼며 검지를 턱에 댔다. 그 모습은 과거의 골목대장 같은 모습에서는 상상할 수 없을 만큼 가련하고 귀여웠다. 히메코의 미간 주름이 점점 더 새겨지던──그때였다.

"그렇지는 않다고 생각하는데 말이지. 뭐, 하지만 하야토는 그런 거 알아보기 어렵──."

"멍! 멍멍! 아우~~⋯⋯ 멍!"

""읏?!""

히메코와 하루키 옆으로 갈색과 흰색 대리석 무늬의 무언가가 기세 좋게 뛰어왔다.

상당한 크기의 개였다. 몸높이는 허리 정도나 되고 일어서면 히메코의 키보다도 클 것이다. 혹시 뛰어든다면 별일 없이 넘어갈 수는 없다.

대체 어째서? 주인은? 빨리 여기를 벗어나야 하나?

갑작스러운 일에 사고가 빙글빙글 공회전하는데 하루키가 가방을 휙 던졌다.

"히메, 이거!"

"하, 하루?!"

그리고 동시에 시위를 팽팽히 당긴 화살처럼 달려나갔다. 영문을 알 수 없었다.

하지만 하루키의 뒷모습 너머로 자그마한 여자아이의 모습이 보여서 상황을 파악하고 숨을 삼켰다.

"위험해!"

"후에…… 앗?!"

"꺄후!"

하루키는 대형견에게 비스듬히 뒤쪽에서 뛰어들었다. 멋진 솜씨로 달라붙어서 주의를 자그마한 여자아이한테서 하루키 쪽으로 돌렸다──거기까지는 괜찮았다.

"멍! 멍멍! 와후…… 헥헥헥헥."

"미얏?!"

털썩 소리가 울렸다.

하루키의 품을 스르륵 빠져나간 대형견은 몸을 빙글 뒤집는가 싶더니 그녀를 넘어뜨렸다. 엉덩방아를 찧은 상태인 하루키 위에 그대로 덮쳐들었다.

머릿속이 새하얘졌다. 어쩌면 좋을지 알 수 없었다. 하지만 자연스럽게 오빠의 얼굴이 떠올라서 스마트폰으로 손을 뻗고 있었다.

『무슨 일이야, 히메코? 슈퍼에서 안 팔——.』

"어, 어어어쩌지 오빠, 하루가 습격을 당해서 쓰러져서 큰일이야!"

『어?! 잠깐만, 그게 무슨 소리야, 대체 무슨 일이 벌어진 거야?!』

"이, 이 녀석, 렌토! 니카이도한테서 떨어져—!"

"와읍, 잠깐, 움직일 수가…… 미야아아아 핥지 마 머리카락 먹지 마?!"

"멍, 멍! 헥헥헥헥, 멍! 와후!"

"……그게, 침 범벅이 될 것 같아서 큰일이라, 어쩌면 좋지……?"

『어, 개? 침? 대체 무슨 일이 벌어지는 건데……?』

슈퍼 근처의 주택가에 있는, 놀이 기구가 적은 자그마한 공원.

그곳의 벤치에 앉은 하루키는 시무룩하게 몸을 웅크리며 히메코의 잔소리를 듣고 있었다. 시선은 적신 손수건으로 덮인, 하루키의 발목으로 쏟아지고 있었다.

조금 전에 개한테 떠밀려서 쓰러졌을 때에 삔 것이었다. 히메코는 눈썹을 추켜 올렸다.

"정말이지! 정말정말정말! 하루는 옛날부터 오빠처럼 생각 없는 구석이 있다니까! 다리가 아니라 얼굴이라도 다쳤으면 어쩔 생각이었어?!"

"으으, 면목 없습니다요…….."

"저기, 니카이도는 절 구해주려고 했으니까 그게, 살살해 주시지 않겠나요."

"괘, 괜찮아요! 가끔은 제대로 혼내지 않으면 하루, 못 알아들으니까요!"

그 옆에서 대형견에게 습격을 당할 뻔했던 여자아이가 자자, 라며 달랬다.

참고로 개는 꼬리를 흔들며 그녀에게 몸을 붙이고 얌전히 앉아 있었다. 러프 콜리, 렌토 군은 그녀의 이웃집 아이라는지 무척 잘 따랐다.

다시금 가까이서 봤더니 자그맣고 귀여운 여자아이였다. 히메코의 시점에서도 부스스한 곱슬머리의 가마가 보일 정도로 작았다. 장을 보고 돌아가는 길이었는지 들고 있는 장바구니에서는 대파가 파란 부분을 삐죽 내밀고 있었다.

하지만 입고 있는 수수한 연두색 셔츠를 풍만하게 밀어 올리고 있는 장소로 시선을 향하면 입가가 굳어 버린다. 그리고 히메코는 얼버무리듯이 어흠 헛기침을 했다.

"그보다도 너, 괜찮아? 다친 곳은 없어? 대단하네, 심부름하고 돌아가는 길이었어? 그보다도 평소에 뭘 먹으면 커지는 걸까, 요즘 아이는 발육이 좋네—?"

"어, 아, 왓, 그게 괜찮아요, 아니, 먹어요? 발육?!"

시선을 가슴에 못 박은 채, 그녀는 마치 효험을 바라듯이 여자아이의 머리를 슥슥 쓰다듬었다. 부끄러워서 몸을 꿈틀댔지만 알 바 아니었다. 히메코의 눈빛은 진지했다.

"그러고 보니 하루를 니카이도라고 그랬는데 말이지─, 아는 사이야─?"

"그게 학교에서, 채소, 원예로."

"아─ 히메, 그 아이는 미타케. 우리 학교 같은 학년."

"…………어?"

쓰다듬던 손길이 멈췄다. 끼기긱 굳은 목을 돌려서 하루키를 봤더니 과장스럽게 어깨를 으쓱이고 히죽히죽하는 시선을 보냈다.

"어라어라~ 혹시 연하라고 생각해버렸어? 히메보다 훨씬 어른스러운 곳을 가지고 있는데~?"

"하, 하루 시끄러워, 미타케 씨 죄송해요! 게다가 아직 성장기인걸, 지금부터인걸!"

"그러네─, 그렇다면 좋겠네─."

"그기기기…… 여유로운 그 얼굴, 짜증나!"

"……아하, 무척 사이가 좋네요. 게다가 니카이도, 학교 밖에서는 그런 느낌이구나……. 후훗, 조금 의외예요."

""윽?!""

미타케 미나모의 웃음소리에 히메코는 정신을 차렸다. 무척 들떠 있었던 모양이라 조금 부끄러웠다.

그리고 무언가가 걸렸다.

"아하하, 들켜버렸나─…… 이상, 할까?"

"아뇨, 그렇지 않아요! 이쪽이 더 친근하다고 할까, 그⋯⋯."

그러고 보니, 라며 조금 전의 일을 떠올렸다.

하루키는 같은 반 학생들에게 내숭을 떨고 있었다. 하지만 지금은 처음부터 애써 꾸미려고 하지도 않았다. 어쩐지 딱 와 닿는 것이 있었다.

"아, 과연, 그런가. 미타케 씨는 하루의 학교 친구구나."

"후에엣, 제가 니카이도의 친구?! 세상에, 친구라니 황송하다고 할까⋯⋯."

"어, 아닌 거, 예요?"

히메코의 예상과 다르게 미타케 미나모는 이상하게 얼굴을 붉히며 허둥댔다.

고개를 갸웃거리며 옆으로 시선을 옮겼더니 이상하게 부끄러워하는 하루키가 손을 내밀고 있었다.

"친구⋯⋯ 응, 친구네, 학교, 원예⋯⋯ 그렇지?!"

"어, 아, 예! 그러네요, 학교 원예 친구! 저기 그게 잘 부탁한다고 할까, 렌토 군을 주인한테 돌려보내야 하니까 이만 실례할게요!"

"""아!"""

"꺄후?!"

하루키의 손을 맞잡고 위아래로 과격할 만큼 붕붕 흔든 미타케 미나모는 얼굴을 새빨갛게 물들이는가 싶더니 그 기세 그대로 렌토를 잡아끌듯이 떠났다.

순식간에 벌어진 일이었다. 하루키도 "여전하네"라며 쓴웃음을 흘릴 뿐.

"히메코, 하루키! 대체 무슨 일이 있었던 거야?"

"아, 오빠!"

히메코가 어안이 벙벙해진 사이, 그녀와 엇갈려서 의아하다는 표정의 하야토가 찾아왔다.

그리고 삐어서 빨개진 하루키의 발목을 보더니 여봐란듯이 후우, 기가 막힌다는 한숨을 내쉬고 미간을 찌푸렸다.

"멍청아, 뭘 하는 거야."

"갑자기 너무하잖아?!"

"정말이지, 하루키는…… 자."

"웃?!"

그리고 하야토는 딱히 사정을 묻지도 않고 하루키의 눈앞에 쪼그려 앉아서 등을 향했다.

무척 자연스러운 행동이었다. 히메코는 그 순간, 무언가가 가슴으로 쿵 떨어졌다.

"저기―, 아무리 나라도 이런 나이가 되어서 어부바는 부끄럽다고 할까요……."

"하지만 그런 다리로 걷는 건 큰일이잖아? 일단 우리 집이면 될까?"

부끄러워하는 하루키를 억지로 업고 걸어갔다. 자못 당연하다는 태도라서 묘하게 와닿았다.

그것은 과거 어릴 적, 츠키노세에서 자주 본 광경이기도 했다.

산에서 다쳤을 때.

강에서 신발을 잃어버렸을 때.

집에서 낮잠을 자다가 그대로 깨지 않았을 때.

'······아, 그런가.'

대단한 일은 아니다.

히메코가 하루키의 뒷모습을 보았던 것처럼, 하루키도 하야토의 뒷모습을 보았던 것이다.

──그 무렵부터, 계속.

가슴에 손을 얹자, 히메코의 가슴에 따끔하게 박혀 있던 가시 같은 것이 통증과 함께 빠졌다.

"······아무리 그래도 어릴 적이랑 비교하면 무거워졌네."

"잠깐, 다이어트 중인 아가씨한테 무겁다니! 이게~~!"

"아니, 잠깐만, 잘못했어, 귀 잡아당기지 마!"

눈앞에서 그 무렵과 변함없이 아옹다옹하는 오빠와 소꿉친구의 모습.

"정말이지, 오빠는 여전히 섬세하질 못하다니까!"

"그래, 히메. 좀 더 말해버려!"

"예예."

하아, 한숨을 한 번. 히메코는 두 사람 앞으로 총총히 뛰어나갔다.

그리고 등을 돌려 두 사람을 앞장섰다.

그녀의 얼굴은 조금 쓸쓸하면서도 화창한 표정이었다.

놀러 가자!

구름 한 점 없는 아침. 여름의 태양은 눈부시게 아스팔트를 비추어 뜨겁게 만들었다.

하야토는 지긋지긋하다는 듯이 태양을 흘끗 쳐다보고 학교로 향했다.

"더워……."

녹음이 적은 도시는 그저 걷는 것만으로도 땀이 흠뻑 배어 나올 만큼 더웠다.

땀으로 들러붙은 셔츠에 기겁하며 교문을 지나서, 이랑을 만들어둔 화단으로 향했다. 걸어가며 가방 안의 입부서를 다시 확인했다.

주위에 태양을 막을 것이 없는 그 장소는, 햇볕이 잘 든다고 하면 듣기에는 좋겠지만 이른 아침임에도 불구하고 이미 푹푹 찌고 있었다.

"우와, 토마토 줄기에 알맹이 같은 게 빼곡하게 나 있는데?! 미타케, 이거 괜찮아? 병 걸린 거 아냐?"

"니카이도, 그건 기근(氣根)이라는 뿌리예요."

"어, 이게 뿌리야?!"

"예. 물이나 영양분이 부족하면 나온다고 그러는데, 토마토 자체가 건조 지대의 농작물이라서 좀처럼 조절이……."

하야토는 놀란 심정을 감추지 못했다.

미타케 미나모만이 아니라 어찌 된 영문인지 하루키도 함께 채소와 씨름하고 있었으니까. 둘 다 이마에 커다랗게 땀이 맺혀서는, 잡초를 뽑고 있었는지 얼굴에는 잎이나 흙이 묻어 있었다.

"……뭐 하는 거야?"

"아, 키리시마! 안녕하세요."

"안녕, 키리시마 군. 뭐기는…… 수확이라든지 이것저것 화단? 일 돕기."

그것은 보면 알 수 있는 일이었다. 어째서 하루키가 이곳에 있는지를 알 수 없었다.

완전히 학교에서는 하야토한테만 드러내는 본래의 모습도 드러내어, 미타케 미나모와도 무척 친근하게 보였다. 지금도 대화를 나누면서 분담하여 가지를 치고, 이따금 "여길 자르는 게 나을까?" 등등 미타케 미나모에게 묻고 있었다. 가슴이 살짝 술렁거렸다.

'뭐, 하루키가 좋다면 상관없는데…….'

의외인 광경이기는 했다. 하지만 둘 다 사이좋게 채소를 돌보고 있었다.

기분 좋은 모양인 하루키의 모습을 보니 아무 말도 할 수가 없게 되어버렸다.

"저기, 키리시마……."

"아! 무슨 일이야, 미타케?"

"토마토 기근 말인데요, 그게, 이건 괜찮을까요……?"

그때 미타케 미나모가 몰래 말을 건넸다. 어쩐지 불안해 보이는 표정이었다.

토마토의 기근은 사마귀 같은 것이 몇십 개나 밀집해서 빼곡하게 나 있는 모습이었다. 솔직히 조금 꺼림칙했다. 하루키에게는 자신만만하게 대답했지만 역시나 신경이 쓰이는 모양이었다.

"최근에 비도 안 내렸으니까 물이 부족한 거겠지. 괜찮아, 병 같은 것도 아니고 열매에 영향은 없어. 실제로 잘 여물었으니까 말이지."

"그런가요. 다행이다……."

그 말을 듣고 미타케 미나모는 헤실헤실 안심한 미소를 지었다. 머리로는 알고 있어도 걱정이 됐겠지. 몸소 돌본 농작물은 자식이나 마찬가지인 것이다.

미타케 미나모는 근심 없는 모습으로, 신이 나서는 곱슬머리를 흔들며 화단으로 돌아갔다. 그런 뒷모습이 역시나 겐 영감네 양과 닮았다며 크큭, 웃음을 흘렸다.

"흐~응."

"우왁, 하루…… 니카이도."

그리고 어느샌가 하루키가 곁으로 와 있었다. 빤히 노려보며 그런 소리를 흘렸다.

하루키는 팔짱을 끼고서 고개를 끄덕였다. 그리고 하야토와 미타케 미나모를 교대로 보고는 후우, 크게 한숨을 내쉬고 어깨를 으쓱였다.

"아니, 미타케구나 해서."

"뭐야, 그게."

하루키가 웃었다. 무슨 의미인지 알 수가 없었다.

하야토는 미간에 주름을 만들며 몰래 하루키에게 말을 건 넸다.

"……그, 괜찮아?"

뭐가, 라고는 묻지 않았다. 굳이 말하지 않더라도 하루키에게는 이것으로 통할 것이다.

"미타케는 착한 아이고, 그게, **원예 친구**인걸. 그러니까 괜찮아."

"그런가……. 아니, 그것도 있지만, 볕에 타는 건 괜찮겠어? 대책을 세우지 않으면 꽤 타버릴 거라고."

"웃…… 조, 조금 정도라면, 아니, 키리시마 군은 어때. 살짝 탔는데?"

"야, 잠깐!"

짓궂은 미소를 띤 하루키는 하야토의 셔츠를 훌렁 들추었다.

그리고 "호오호오" 같은 소리를 흘리며 빤히 배나 팔, 얼굴을 비교했다.

하야토는 갑작스러운 하루키의 행동에 놀라서 주춤하고, 거침없는 그 시선에 부끄러워지고 말았다.

"그렇구나그렇구나, 복부는 멋들어지게 하얗구나. 아주

하얘. 아니, 우와, 꽤나 괜찮은 복근이잖아?! 있지, 있지, 잠깐 끝부분만, 끝부분만이니까!"

"와하하, 그만, 그만하라고! 손가락 간지러워……"

"아하하, 괜찮아괜찮아. 표면은 부드러워서 어쩐지 이상한 느낌~."

"잠깐, 이제 그만…… 니카이도……!"

"어―, 조금 정도는 괜찮잖아, 응?"

"그게, 아니라! 그거! 미타케……!"

"…………아."

하야토가 가리킨 곳에는 얼굴에 손을 대고서 안절부절못하는 미타케 미나모의 모습이 있었다.

그녀의 시선은 하루키와 하야토의 얼굴, 그리고 하야토의 배를 향하고 있었다. 아무리 봐도 익숙하지 않은 이성의 피부에 얼굴을 붉히며 진정하지 못하는 모습이었다.

"저기 그게, 사이가 좋다는 건 좋은 일이지만, 여긴 밖이고, 아으으…… 야, 야한 건 안 된다고 생각해요!"

"미타케…… 잠깐, 하루키! 아― 젠장, 입부서도 아직 안 줬는데."

"아, 아하하, 미안. 조금 지나치게 신이 났을지도."

미타케 미나모는 순정이었다. 복부라는, 보통은 남에게 드러내지 않는 이성의 부분을 맞닥뜨리고 수치스러운 나머지 기세 좋게 떠나버렸다.

"……어쩌냐고."

"내, 내 쪽에서도 나중에 오해를 풀어둘게……."

하루키는 겸연쩍은 듯이 말하면서도 어쩐지 기분 좋은 음색이었다.

어릴 적에 자주 본 실패해버렸다, 라든지 다음부터는 조심할게, 같은 표정. 반성을 하는지 안 하는지 모를 장난꾸러기의 얼굴 그 자체였다.

어쩐지 기가 막힌다는 한숨이 나왔다.

"자, 우리도 늦지 않도록 교실로 가자고?"

"……그래."

하야토는 어쩐지 하루키가 평소보다 붕 떠 있는 것처럼 느껴졌다.

아침, 하루키와 그런 일이 있었지만 그 후로는 평소 그대로의 모습이었다.

그리고 점심시간.

비밀기지로 향하려고 했더니 또다시 카이도 카즈키가 하야토를 찾아왔다.

"여, 키리시마 군. 점심은 어떻게 할래?"

"나는 딱히 너랑…… 아니, 갑자기 옆에 자리 잡지 마 눌러앉지 마!"

"자자, 그런 소리 말라고, 키리시마."

그에 이어서 모리도 다가오고, 하야토는 두 사람에게 둘러싸인 모양새가 되었다. 둘 다 이히힛 나쁜 흉계를 꾸미는 것 같은 미소를 짓고서 하야토를 보낼 생각은 없는 듯했다.

'어째서 카이도는 나랑 엮이려고 드는 거야……'

어찌 된 영문인지 그는 하야토가 마음에 드는 모양이었다.

참고로 이전과 다르게 다른 남자나 여자들이 다가오는 기척은 없었다.

『하하, 키리시마 군이랑 남자만의 이야기를 하고 싶으니까 말이지, 여자들은 좀 사양할게.』

전날 카이도 카즈키가 부탁한 말이었다. 그에 따라 여자들은 떨어지고, 또한 여자를 노리던 남자들도 목적이 어그러졌다는 듯이 멀어졌다. 타산적인 태도였다. 여자친구가 있는 모리만이 여전히 재미있어하며 다가왔다.

어쨌든, 어째서 카이도 카즈키가 하야토를 마음에 들어하는지는 알 수 없었다. 알게 된 계기를 생각하면 그다지 좋다고 할 수는 없는 인상일 터.

'게다가 이 녀석, 하루키를——좋아한다고 했지……'

소문을 떠올렸다. 그런 생각을 하자 하야토는 벌레라도 씹은 것 같은 표정이 되었다.

그것을 어떻게 해석했는지 모리와 카이도 카즈키는 서로 얼굴을 마주 보고 놀리듯이 말을 건넸다.

"혹시 키리시마 군은 여자가 있는 편이 좋았을까?"

"하하, 그게 말이지 카이도, 키리시마한테는 이미 마음에 둔 상대가 있는 모양이야."

"호오, 누구야? 내가 아는 사람?"

"니카이도의 소꿉친구인——으읍."

"야, 모리, 이게!"

카이도 카즈키의 눈이 빛났다. 하야토는 일을 복잡하게 만들려는 모리를 필사적으로 막았다. 더 이상 이 이야기로 주위에 오해를 부르고 싶지 않았다. 아무리 그래도 주위의 반응이 마음에 걸렸다.

그리고 지금은 하루키의 반응도 신경 쓰였다.

전날에도 점심시간에 못 빠져나가서 **약속**을 지키지 못했다. 쭈뼛쭈뼛 시선을 향했더니 싱긋 미소 짓는 하루키와 눈이 마주쳤다. 그녀의 눈동자는 불만스러운 기색을 감추려고도 하지 않았다.

'나중에 불평을 듣는 것도 곤란하니까.'

그리 생각하고 모리와 카이도 카즈키에게 거절의 뜻을 전하려던, 그때였다.

"미안해, 오늘은 나——."

"저랑 약속이 있었죠?"

"——허?"

갑자기 하야토의 말을 이어받아서, 평소처럼 생글생글 미소인 하루키가 그들 사이로 끼어들었다.

"호오. 그렇구나, 니카이도."

"예. 그래요, 카이도 군."

"잠깐, 아니!"

하루키는 그것만이 아니라 억지로 하야토의 팔을 잡아당

겼다. 주위에서도 무심코 놀라서 소리 높였다.

기묘한 광경이었다. 당연하게도 모두의 주목이 모였다. 하지만 하루키와 카이도 카즈키는 주변의 시선 따위는 알 바 아니라며 하야토를 사이에 두고서 생글생글 노려봤다.

"그 약속, 어느 정도면 끝날까? 여기서 기다려도 될까?"

"도서준비실 정리예요. 상당한 수고가 드니까 오늘은 이만 다른 볼일을 하는 편이 낫지 않을까요."

"호오, 그렇다면 나도 돕는 게 낫지 않을까, 키리시마 군?"

"그럴 수는 없어요. 좁은 장소라서 인원이 많다고 마냥 좋은 것도 아니니까요…… 그렇죠?"

"어? 아니 그건, 으음……."

그리고 갑자기 하야토 쪽으로 이야기를 돌리니 당황하고 말았다. 물론 도서준비실 정리 이야기 따위는 처음 들었다.

어찌 된 영문인지 소문의 중심인 니카이도 하루키와 카이도 카즈키가, 마치 키리시마 하야토를 두고서 다투는 것 같은 구도가 되어버렸다. 하야토가 아니라도 어떻게 대답하면 좋을지 알 수 없을 것이다.

'위, 위장은 어떻게 된 거야?!'

어떻게 된 일이냐며 하루키를 봤지만 사나운, 그리고 어쩐지 화난 것 같은 눈빛이 싱긋 돌아올 뿐.

카이도 카즈키는 그런 하루키의 모습이 진심으로 재미있다는 것처럼 어깨를 떨었다. 그것을 본 하루키는 울컥한 표정으로 바뀌었다. 무어라 형용하기 어려운 분위기였다.

"자, 가죠, 키리시마 군!"

"어? 어, 어어……."

그리고 참다못한 하루키는 더 이상 이야기할 것은 없다는 듯이 하야토의 손을 꾹꾹 잡아당겨 교실을 뒤로했다.

교실을 나설 때에 돌아봤다. 어안이 벙벙한 모리와 웃음을 참는 카이도 카즈키의 얼굴이 보였다.

"어—라라, 차여버렸나."

그런 카이도 카즈키의 혼잣말과 함께, 교실은 소란으로 뒤덮였다.

"……어떻게 고양이 요괴를 퇴치했는지 신경 쓰이네."

그리고 그가 중얼거린 말은 주위의 목소리에 가려서 지워지고 말았다.

도서준비실은 그야말로 도서실에 인접한 곳이었다.

도서실 자체가 교실 등이 있는 장소에서는 벗어난 곳에 있고, 또한 학생식당과는 반대쪽에 있기도 해서 점심시간에는 인기척이 거의 없었다. 어쩐지 쓸쓸한 느낌이 드는 곳이기도 했다.

"하루키, 이건 어떻게 하면 되는데?"

"내 옆에 둬. 그리고 여기 구분한 거, 그쪽으로 들고 가."

"알았어."

그곳에서 하야토와 하루키는 묵묵히 작업을 계속하고 있었다. 담담하게 하면서도 아주 살짝 어색한 분위기였다.

하지만 하루키 쪽을 흘끗 봤더니 목덜미와 귀가 붉었다.

아무래도 조금 전의 행동을 떠올리고 부끄러워진 모양이었다.

'……정말이지.'

하야토는 어이없다는 한숨을 내쉬고 주위를 둘러봤다.

도서실 접수 카운터 안쪽에서 들어올 수 있는 도서준비실은 평소에 하야토와 하루키가 사용하는 비밀기지와 같이 세 평 정도의 넓이였다. 틀림없이 같은 규격일 것이다.

여기저기에 업자가 신규로 납입한 책, 반납해서 그대로 쌓여 있는 책, 세월에 따른 열화 등으로 파손되어 수리가 필요한 책 따위가 잡다하게 놓여 있어서, 이것들을 정리하고 대출 카드를 처리하는 등등이 하루키가 말한 용건이었다.

어쨌든 숫자가 많아서 하루키가 말했듯이 시간이 걸렸다. 단순하지만 수수한 작업이었다.

'이것도 **위장**의 일환, 인가…….'

하루키 쪽을 흘끗 봤더니 작업을 하는 손길은 무척 익숙해 보였다. 이런 상태라면, 분담해서 하면 금방 전부 끝날 것이다.

그런 여유를 느꼈기에, 하야토는 신경이 쓰이던 것을 입 밖으로 흘렸다.

"그래서, 오늘은 어쩐 일이야?"

"어쩐 일, 이라니?"

"오늘 아침도 그렇고, 아까도 그렇고. 뭐랄까, 그게……."

"어— 응, **나답지** 않았어?"

"······그래."

자각은 있는 모양이었다. 하루키는 작업의 손길을 멈추고 어쩐지 곤란하다는 표정으로 바라봤다.

최근의 하루키는 조금 이상했다.

어쩐지 벽 같은 것을 만들고 있었지만 그것을 어느 정도 걷어내어 같은 반 여자들에게 귀여움을 받는 모습도 보았다. 틀림없이 그것은 좋은 일일 것이다. 하지만 하야토의 음색은 조금 비난을 머금은 기색이었다.

"**위장**, 풀리면 위험한 거 아냐?"

"······으—응, 그렇지만 말이지. 조금 생각하는 것이라든지, 그런 것도 있어서."

"음, 생각하는 거?"

"게다가 말이지, 아마도 이제는 필요 없다······는 생각도 들어."

"그런가?"

"아하하, 그래도 오랜 버릇으로 배어버린 게 있긴 하지만."

"············그런, 가."

위장. 착한 아이인 니카이도 하루키로 있는 것. 필요가 있어서 하는 것.

하지만 그것은 하루키를 인기인답게 만드는 요인이기도 하고, 지독한 고독으로 속박하는 것이기도 했다.

"있지, 하야토. 뭐라고 할까, 제대로 말은 못 하겠지만,

135

으—음……."

"뭔데?"

하루키는 갑자기 하야토의 이름을 부르는가 싶더니 검지로 자신의 긴 머리카락을 빙글빙글 만지작거리기 시작했다. 뺨을 어렴풋이 붉게 물들인 채 머뭇머뭇 주저하는 것을 알 수 있었다.

이내 그녀는 부끄러워하면서도 뜻을 다졌다는 듯이 입을 열었다.

"나 있지, 이것저것 노력하고 싶어. 변하고 싶어."

"…………그런, 가."

뭐라고 대답하면 좋을지 알 수 없었다.

변하는 것이 나쁠 리가 없다. 사실 최근에 하루키의 변화를 보면 머리로는 좋은 방향으로 작용하고 있다고도 생각했다. 하지만 어째선지 가슴이 답답해지고 만다.

미간에 주름이 생겼다. 틀림없이 복잡한 표정을 짓고 있을 것이다.

"뭐, 뭐 그렇다고!"

하루키는 그런 하야토의 얼굴을 보고 부끄러워겼는지 황급히 시선을 피했다. 그리고 눈앞의 서류 따위를 그러모았다.

"자, 자! 이걸 접수 카운터에 돌려놓으면 끝…… 앗!"

"하루키!"

어지간히도 부끄럽고, 동요했었나 보다. 그것들을 얼버무리듯이 조급하게 굴던 하루키는 쌓여 있던 책에 다리가 걸려버렸다.

　얼굴부터 바닥에 부딪히려던 하루키를 하야토는 간발의
차로 받아냈다. 몸을 내밀어 정면에서 끌어안는 형태였다.
퍽, 등이 슬라이드식 문에 강하게 부딪쳤다.

　"아얏―!"

　"하야토?!"

　"하루, 키, 는, 괜찮아……?"

　"으, 응, 나는 괜찮아!"

　"그런가, 다행이다…….."

　간발의 차였다.

　눈앞의 하루키는 하야토의 품속에 폭 파묻혀 있었다.

　여성 특유의 부드러운 감촉이나 코를 간질이는 살짝 달콤
한 향기를 충분히 즐길 수 있는 상황――이기는 했지만, 그
대가는 컸다.

　머리를 부딪치지는 않았지만 욱신욱신 아픈 등이 심상치
가 않아서 도저히 품속에 있는 교내에서도 유수의 미소녀를
즐길 여유는 없었다.

　"미, 미안해, 조금 저려서 움직일 수가 없어. 잠시 이대로
있어도 될까?"

　"으, 응. 나는 괜찮은데."

　"미안."

　"하, 하야토 잘못이 아니야!"

　하루키의 뺨은 더없이 붉게 물들어 있었다.

당연했다. 옆에서 보면 무척 아슬아슬한 모습이었다.

문에 기댄 하야토에게 안겨서 여성 상위의 자세로 올라타고 있는 모습은, 견해에 따라서는 마치 하루키가 덮친 것처럼도 보이겠지. 무엇보다 더없이 밀착한 상태라는 게 컸다.

더없이 하야토의 존재를 강하게 느끼고 말아서, 하루키의 심장은 터질 것처럼 요란한 소리를 울리고 있었다. 하지만 하야토 본인은 그런 하루키의 상태를 신경 쓸 상황이 아니었다.

"저기, 선배! 봐요, 말했다시피 아무도 없는 것 같아요."

"정말이네. 뭐, 장소도 장소니까 말이지."

""읏?!""

그때, 도서실 문이 드르륵 열리고 누군가가 들어왔다.

목소리로 봐서는 남녀, 그것도 커플 같았다. 누가 왔든 지금 하야토와 하루키의 모습은 보여줄 수 있는 상황이 아니었다. 그 자리에서 가만히 숨을 죽였다.

"그런데 도서실에서 밥을 먹어도 괜찮나?"

"어, 안 될지도. 하지만 아무도 없으니까 키스는 할 수 있어요."

"아니, 무슨 논리…… 읍."

"응…… 쪽, 으응…… 에헤헤, 만날 수 없어서 쓸쓸했으니까 선배 성분을 보급했어요♪"

"만날 수 없다니, 오늘 아침에도 만났고 매일 얼굴 보잖아?"

"그런 게 아니라고요! 심술궂은 소리나 하고, 정말이지,

으으응~!"

"으응, 잠깐, 아니, 밥은 어쩌려고."

"선배를 맛보는 게 먼저라고 할게요~ 으흐."

그냥 커플이 아니라 심각한 바보 커플이었다. 남들의 시
선이라는 족쇄가 풀린 두 사람의 폭주를 막을 것은 이 자리
에 존재하지 않았다.

덕분에 하야토와 하루키 사이에는 더없을 만큼 거북한 분
위기가 가로놓였다.

""······.""

문 너머로 들리는 거칠고 관능적인 숨결과 흐릿한 목소
리, 그리고 이따금씩 들리는 요염하게 옷 스치는 소리. 하
야토와 하루키는 서로 얼굴을 새빨갛게 물들이며 이 바보
커플이 떠나기를 기대했지만, 점점 들뜨기만 하는 분위기
에서 그런 기적은 전혀 찾아오지 않았다.

위험한 상황이었다.

등의 통증이 점차 가셨다. 하야토는 정면으로 느껴지는
하루키의, 남자와는 다른 무게나 열기, 부드러움을 선명히
느끼게 되었다.

("──읏!")

("······아.")

이대로는 안 된다.

당황해서 끌어안은 팔을 천천히 풀어도 하루키는 작게 애
절한 목소리를 흘렸다. 끝내는 촉촉한 눈으로 슬프게, 항의

하듯이 바라봤다.

통증이니 하루키의 부드러움이니 달콤한 향기니 너무 많아서, 머리가 어떻게 되어버릴 것만 같았다. 평소에 그다지 신경 쓴 적이 없지만 하루키가 여자아이라는 것을 더없이 의식하게 되어버렸다.

'……아아, 이런!'

하지만 하루키를 상대로, 이 소꿉친구를 상대로 그런 열정에 불이 붙을지도 모른다는 것은 지독한 배신행위로 여겨졌다. 스스로 더러운 존재라고 생각해버렸다.

하야토는 조용히 머리를 긁적이고 작게, 천천히 숨을 내쉬었다.

그리고 가능한 한 문 너머에 들리지 않도록 하루키의 귀로 입을 가져다 대고 중얼거렸다.

("어쩌지?")

("읏?!")

그 찰나에 하루키의 어깨가 펄쩍 뛰었다.

꼬옥, 떨리는 자그마한 손으로 하야토의 가슴을 붙잡았다.

("…………히.")

("히?")

"…….."

"…….."

몹시 찌푸린 표정을 짓는 하야토의 표정을 들여다보고 무언가를 깨달았는지, 그녀의 얼굴이 조금씩 붉게 물들었다.

"……미야~~~~~~앗!!?!?!?"

""""윽?!""""

그리고 갑자기 수치심의 고함을 내질렀다. 양손을 들며 몸을 젖히고, 그녀의 눈은 빙글빙글 돌고 있었다. 하지만 놀랐다는 점에서는 하야토도 지지 않았다.

"어, 야! 갑자기 무슨……저쪽에 들킨다고!"

"그, 그그, 그치만! 지금 나 그게 어어…… 미야~~~~앗!"

"하루키?!"

사사삭, 하루키는 하야토한테서 휙 물러나더니 얼굴을 손으로 덮으며 붕붕 고개를 내저었다. 이제는 문 너머의 일 따위는 알 바 아니라는 태도였다.

"나, 나는 그게…… 미, 미안합니다?!"

"아니, 잠깐?!"

그러면서 하루키는 도서실 밖으로 튀어나갔다. 순식간에 벌어진 일이었다.

다행히도 이쪽의 목소리를 알아차린 예의 커플은 이미 빠져나간 뒤였다.

"……뭐냐고."

남겨진 하야토는 혼자 중얼거렸다.

"……하아."

점심시간이 지나고 오후 수업, 고전문학 시간.

우울한 표정으로 연신 한숨을 내쉬는 하루키에게 모두의 시선이 모였다.

평소의 하루키는 교사진에게도 좋게 인식되는 우등생이다. 교사로서도 평소와 다른 수업 태도인 하루키를 보고는 무슨 일이냐며 말을 걸 수밖에 없었다.

"어— 저기, 니카이도. 어디 모르는 부분이 있었나?"

"어…… 그게, 딱히 없어요……."

"그런가…… 그럼 수업을 계속하지. 여기는——."

하지만 하루키는 애매한 미소를 짓고서 얼버무릴 뿐. 그렇게 말하니 교사로서도 딱히 아무런 말도 할 수 없게 되어 버렸다.

오늘의 니카이도 하루키는 어쩐지 이상하다. 그것이 교실 안에서의 공통적인 인식이었다.

하야토는 무슨 일이냐며 하루키의 모습을 살폈지만, 그 시선을 깨닫자 황급히 시선을 피해버렸다. 흘끗 보이는 귀는 어렴풋이 붉게 물들어 있었다.

'……아무리 생각해도 아까 그 일이겠지.'

하야토도 점심시간의 일을 떠올리는 바람에 머리를 벅벅 긁적였다.

무언가 묘안이 떠오를 리도 없이, 이런 어색한 분위기 그대로 수업은 지나갔다.

그리고 찾아온 방과 후.

아직 점심시간에 있었던 일의 영향이 있는지 하루키는 근심을 드리운 안색 그대로였다.

하루키는 좋든 나쁘든 대쪽 같은 성격이다. 옛날부터 무언가를 질질 끄는 일은 없어서 싸워도 다음 날에는 태연하게 같이 놀자고 했다.

실제로 재회한 뒤로도, 아까 점심시간처럼 아슬아슬한 일이 몇 번인가 있었다. 하지만 길게 끌지 않고 다음 날에는 천진난만한 미소로 마주해주었다. 그러니까 어째서, 이번에만 이렇게나 길게 끄는지 알 수 없었다. 상태가 영 좋지 않았다.

'……점심 때 그건 그냥 사고잖아. 일단 나는 아무런 생각도 안 들었다는 말이라도 해둘까.'

무언가 이야기는 필요할 것 같았다. 좋아, 그리고 자기 뺨을 때려서 마음을 다잡은 하야토는, 뜻을 다지고 하루키에게 말을 걸어봤다.

"저기, 니카이도."

"무, 무무무무슨 일인가요, 키, 키리시마 군?!"

"어―, 그게 말이지……."

과도한 반응이었다. 말을 건넨 하야토 쪽이 깜짝 놀라고 말았다.

이래서는 이야기는커녕 주위에서도 무슨 일이 있었다고 그럴 것만 같았다. 실제로 질투 어린 남자들의 시선과 흥미

어린 여자들의 시선이 박히는 것을 느꼈다.

"어, 그게, 아무것도 아니야."

"그런, 가요……."

그런 주제에 이야기를 끝내면 시무룩한 표정을 보이니까 격렬한 죄책감을 품게 된다.

하지만 안타깝게도 하야토는 이렇게 기이한 주목을 받는 상황에서 이야기를 계속할 배짱과, 그들을 납득시키고 얼버무릴 커뮤니케이션 능력을 가지고 있지 않았다.

'아아, 이런. 환갑을 넘은 할아버지, 할머니가 상대라면 이래저래 신경 쓰지 않고 말할 수 있는데!'

자신의 이런 경험치 부족을 한탄하고, 스스로가 한심해서 한숨을 쉬며 머리를 긁적이려는데──그런 하야토의 어깨를 툭툭 때리는 사람이 있었다.

"그래그래. 키리시마 군, 됐으니까 지금은 나한테 맡겨."

"……어? 으음, 그러니까 이사미……?"

돌아보니 그곳에는 최근에 하루키와 자주 얽히는 여자가 있었다. 밝은 머리카락과 성격이 특징적인 여자였다.

그녀는 히죽 사나운 미소를 짓더니 하야토를 향해 엄지손가락을 세워 들며 하루키 옆으로 달려갔다.

"니카이도, 잠깐 괜찮을까?"

"이사미? 예, 괜찮아요──미얏?!"

그리고 평소와 분위기가 다른 하루키에게 모여든 것은 딱히 그녀만이 아니었다.

"우리도 살─짝 물어보고 싶은 게 있거든."

"고민이라든지, 이래저래 들어주고 싶어지잖아?"

"겸사겸사 소꿉친구네 가족 이야기도 들어볼까!"

하루키는 순식간에 포위당하고 말았다. 미야~미야~ 하는 한심한 목소리도 들렸다.

하야토도 놀랐지만 그 상황을 위한 해답은 가지고 있지 않다. 가까이서 귀를 기울여도 여자 특유의 요란하고 어지러운 상황 변화에 따라가지 못하고 미간에 주름을 지었다.

"하하, 미안해. 우리 **여자친구**가 좀."

"모리…… 어, 여자친구?!"

이번에는 모리가 툭툭 어깨를 때렸다. 그 안에 놓칠 수 없는 단어가 있어서 가슴이 지독히 술렁거렸다.

"에마 녀석, 억지스럽다니까……. 참으로 안 됐구만, 니카이도. 자."

모리의 재촉으로 하루키 쪽을 봤더니, 그녀의 귀에 대고 이사미가 귓속말을 하는 모습이 보였다.

그리고 하루키가 금세 얼굴을 새빨갛게 물들이면서도 고개를 끄덕이자 "꺄~~~~악!" 하고 여자들의 흥분한 목소리가 들렸다.

"아니, 니카이도가 순순히 오겠다니 별일이네."

"그만큼 고민하는 일이라고?"

"그, 그런 거 아닌데요?!"

그리고 하루키는 모리의 여자친구, 이사미 에마 일당에게 이끌려가는 형태로 교실을 나갔다. 필사적으로 무언가를 변명하지만 그녀의 표정은 어쩐지 팔려가는 송아지처럼도 보였다.

이사미 에마는 떠나면서 하야토와 모리를 향해 『그렇게 됐으니까 미안해』라는 듯 짓궂은 표정으로 손을 흔들었다. 애인이라기보다는 친구라는 느낌으로, 무척 속속들이 잘 아는 사이로 보였다.

하야토는 그런 그녀와 모리의 얼굴을 교대로 봤다. 어쩐지 어안이 벙벙하다는 듯한 하야토의 시선을 깨달은 모리는 어깨를 으쓱이며 쓴웃음 지었다.

"에마는 말이지, 지긋지긋한 인연의 소꿉친구거든."

"앗! 그런, 가……."

하야토는 모리의 말에 무심코 어깨를 들썩이며 동요했다.

소꿉친구. 지금의 하야토와 하루키를 나타내는 관계.

"그래서 말이지, 키리시마."

"왜?"

"돌아갈 때, 어디 좀 들르지 않을래?"

"……그래."

그래서 하야토는 반사적으로, 그리고 얌전하게 고개를 끄덕였다.

모리와 함께 온 곳은 역 앞에 있는 패밀리 레스토랑이었다. 방과 후의 아직 이른 시간이기도 해서 그들 같은 학생 손님도 그럭저럭 볼 수 있었다.

"크큭, 아하하하핫! 키리시마는 정말로 패밀리 레스토랑이 처음이었구나!"

"……뭐 잘못됐냐고."

"하핫, 미안, 미안하다니까!"

칸막이석에서는 모리가 배를 붙잡고서 웃고 있었다. 맞은 편에 있는 하야토는 뾰로통한 표정으로 입술을 삐죽였다. 하야토가 터치패널과 드링크바에 당황해서 무참한 모습을 드러내고 말았기 때문이었다.

불안으로 뒤집어진 목소리로 『이거 제대로 주문이 되고 있나?』『정말로 얼마든지 마셔도 괜찮나?』 같은 대사가 모리의 포인트를 제대로 건드리고 말았나 보다.

하야토는 겸연쩍어하면서 아이스티를 홀짝였다.

그리고 모리는 한바탕 웃은 뒤, 불쑥 이야기를 다시 꺼냈다.

"그래서?"

"응?"

"점심시간에 무슨 일이 있었는데?"

"무슨 일이라니……."

직설적인 질문이었다. 하지만 무턱대고 솔직하게 말할 수 있는 일도 아니었다.

쪼오옥, 빨대 소리를 내며 얼굴을 찌푸렸다.

'그래도 말이지…….'

하지만 아무런 이야기도 하지 않는다면 오늘 하루키의 태도 때문에 이상한 방향으로 상상이 진행될지도 모른다. 어쩌면 좋을지 필사적으로 생각하고 말을 골랐다.

"그게, 준비실 쪽에서 이것저것 정리를 하고 있었더니 도서실 쪽에 커플이 와서는 꽁냥대고, 그래서 뭐, 응. 그런 느낌이야."

"그렇구나. 그건 이래저래 난감했겠네. 니카이도, 인기 있는 것치고는 그런 게 거북한가?"

"음―, 인기 있다고는 해도 어쩐지 벽이 있어서 경원시된다고 할까, 직접 고백을 받은 적 따윈 없다고 그랬으니까 그런 일에 내성이 없는 거 아닐까?"

"호오, 그렇구나. 그보다도 키리시마, 니카이도의 사정을 꽤나 잘 아네?"

"그런가?"

"응. 니카이도는 좀처럼 자기 이야기는 안 하니까."

"…………하핫."

실수했다, 그리 생각했을 때에는 이미 늦었다.

모리는 히죽히죽 하야토의 얼굴을 바라봤다. 하루키와 자신 사이에 특별한 관계가 있다고 시인한 것이나 마찬가지였다. 이상한 웃음이 새어 나오고 등줄기에 땀이 흐르는 것을 느꼈다.

자, 어떻게 할까――하야토는 크게 한숨을 내쉬며 머리를 마구 휘저었다.

"뭐, 그건 제쳐두고."

"어?"

"나 말이지, 이사미——에마 녀석이랑 사귀고 아직 세 달 좀 넘었거든."

"어, 어어…… 그렇구나?"

갑작스러운 화제 전환이었다.

틀림없이 하루키와 어떤 사이인지를 추궁할 것이라 생각했기에 맥이 빠져버렸다.

"유치원에 다닐 적부터 얼굴을 마주했으니까 뭐든지 안다고 생각했는데…… 그게, 내 착각이었다고 할까."

"……호오."

무슨 의도인지는 알 수 없었다.

하지만 몹시 진지한 분위기를 드리운 그 표정을 보면 흘려들을 수는 없을 것 같았다.

"게임센터에서 인형을 모으는 게 취미라든지, 자기한테 안 어울린다고 하는 주제에 하늘하늘한 옷을 좋아한다든지, 부모님이 알레르기가 있지만 계속 고양이를 기르고 싶어 한다든지……. 사귄 뒤로 그렇게 몰랐던 것들만 발견했거든."

"……애인 자랑인가?"

"하하, 그러게."

"그런 것치고는, 학교에서 애인답게 구는 걸 본 적이 없네. 아직 사귀고 3개월 정도라고 그랬지?"

모리는 어쩐지 부끄러워하며 코를 문지르고 눈을 피했다.

하야토는 어쩐지 모리가 말하고 싶은 바를 알 것 같았다.

"친구인 기간이 길었고, 굳이 둘이서 외출할 일도 없었으니까. 하지만 말이지, 데이트를 하게 되어서 새로운 발견을 하고 놀라면서도 당황할 뿐이라…… 하지만 다양한 에마를 알게 되어서, 신선해."

"……그런가."

"뭐 그게, 그런 거야. 같이 놀면서 말이지, 서로의 많은 모습을 알게 된다는 이야기. 딱히 니카이도 이야기만이 아닌데, 다음에 우리랑 같이 어디 안 갈래? 키리시마, 항상 빨리 돌아가니까."

"그러네. 그것도 괜찮네."

괜한 참견으로 여겨질 수도 있는 조언.

이상한 착각을 당하는 것보다야 낫지만 어떤 식으로 생각되고 있을지 생각하면 부끄러워졌다. 그보다도 하루키 이야기라며 사고를 전환했다.

'그러고 보니 스마트폰을 같이 사러 갔을 뿐이지 어딜 간 적은 없네……'

얼굴 자체는 매일 마주하고 있다. 하지만 특별한 일은 딱히 없이 하루하루 생활의 연장선상에서 함께 있을 뿐이었다.

문득 옛날 일을 떠올렸다.

츠키노세의 산이나 논두렁에 냇가, 신사나 대나무밭에 근처 공방. 다양한 장소를 놀이터로 삼고 근처에 굴러다니는 많은 것을 장난감으로 삼아서, 미소와 추억을 쌓아 올렸다.

하루키는 학교의 누구보다도 잘 알지도 모른다.

매미 잡기를 좋아하는 것, 라무네를 좋아하는 것, 나무 폐자재를 사용해서 비밀기지 만들기를 좋아하는 것——하지만 그것들은 전부 과거의 일.

과연 지금의 하루키는 얼마나 알고 있을까?

여전히 게임을 좋아하고, 편의점 도시락이나 냉동식품만 먹고, 사복 센스가 궤멸적이고——그리고 외톨이. 우연히 드러내는 쓸쓸한 얼굴이, **그때**의 히메코를 떠오르게 만들기도 했다.

"놀러 간다, 인가……."

그래서 그것은 무척 묘안으로 여겨졌다.

설령 장소나 물건은 다를지라도 옛날과 같이 논다면 미소와 추억이 분명 늘어날 것이다. 하야토와 하루키 사이에 있는 공백을 조금은 메울 수 있을지도 모른다.

그런 생각을 하자 하야토의 입가는 자연스럽게 풀어지고——그리고 미간에 주름이 생겼다.

"……키리시마?"

"아니, 그러네……."

그것을 본 모리가 의아해서 말을 건넸다.

확실히 모리는 멋진 제안을 했지만 단 하나 치명적인 문제도 존재했다.

"논다니, 대체 어디서 뭘 하면 되지?"

"아—, 그것부터인가—…… 크크큭."

츠키노세에 오락 시설 따위는 존재하지 않는다. 휴일에는 게임을 하거나 근처의 밭일을 돕기만 했던 하야토에게 그것은 너무나도 어려운 문제이기도 했다.

하야토는 웃음을 눌러 참으며 어깨를 부들거리는 모리를 원망스럽게 노려보았다.

"그럼 잘 가."
"그래, 이것저것 잘 봤어."

저녁 준비가 있으니까 이야기도 적당히 마무리하고 패밀리 레스토랑을 나왔다.

도시의 여름 석양은 해가 기울어도 좀처럼 더위가 가시지는 않는다. 가게를 나온 순간에 뿜어 나온 땀은 그대로 가시지를 않고, 교복이 피부에 들러붙어서는 귀갓길을 걸어갔다.

그 후, 하야토는 모리한테서 추천하는 놀 장소를 몇 군데 들었다.

그것들 가운데는 인터넷이나 텔레비전 등에서 들은 적이 있는 명칭도 있었지만 잘 모르니까 썩 와닿지 않았다. 떨떠름한 표정으로 식재료를 고르는 하야토의 모습은 주위에 무척 이상하게 비쳤을 것이다.

'하루키랑 히메코라면 알고 있을까?'

하지만 한편으로 그런 일들을 생각하면 자연스럽게 웃음이 나오고 슈퍼 비닐봉투가 경쾌하게 춤을 췄다. 아무래도 하야토는 스스로 생각하는 것 이상으로 어딘가에 놀러 가는 것이 기대되는 모양이었다.

"다녀왔어."

"어서 와, 하야토!"

"……하루키? 어쩐 일이야, 그거?"

집으로 돌아오자마자 현관에서 맞이해준 것은 어찌 된 영문인지 앞치마 차림의 하루키였다.

정석적인 파스텔컬러 앞치마로, 가슴께에는 프린트된 얼룩 고양이가 춤추고 있었다.

"샀어. 어때? 어울려?"

"그건, 뭐, 응."

"에헤헤."

어울리느냐고 묻는다면 어울린다고 말할 수밖에 없었다.

내용물은 어찌 됐든 하루키의 외모는 청순가련하고 고풍스러운 미소녀.

그런 하루키가 교복 위에 앞치마를 착용하면 가정적 요소가 진하게 부여된다. 게다가 현관에서 맞이해준다니, 또래 남자라면 누구라도 동경하고 꿈꾸는 시추에이션이리라. 기습적이었다고는 해도 하야토 역시 저도 모르게 두근대고 말았다.

하루키는 무척 들뜬 모습이었다.

앞치마를 샀기 때문인지, 그 후로 여자들과 이야기를 했기 때문인지는 알 수 없었다. 어쩌면 억지로 기분을 끌어올리는 것일지도 모른다.

하지만 방과 후와 다르게 평소의 하루키로 돌아온 모습을 보니 자연스럽게 눈꼬리가 내려갔다.

그런 하야토의 시선을 깨달은 하루키는 조금 부끄러워하며 앞치마 옷자락을 붙잡았다. 하지만 그녀의 눈빛은 몹시 진지했다.

"요즘 나 말이지, 너무 하야토한테 신세만 진다고 생각했거든요."

"그런가? 고작해야 저녁 정도잖아? 식비도 제대로 지불하면서."

"그것만으로도 충분히 받는 건데 요전에도 업어줬고."

"그야 옛날부터 자주 있던 일이잖아?"

"뭐, 하야토라면 그렇게 말할 거라고 생각했어."

하루키는 곤란하다는 듯이 아하하 웃었다.

사실 하야토에게 돌봐준다는 인식 따위는 없었다. 말하자면 히메코 2인분을 상대하는 듯한 감각이었다.

"어쨌든 나도 생각을 했지요. 우선은 가능한 일부터 하자고. 그래서 이제부터는 식사 준비나 다른 가사를 돕게 해주세요. 부탁이에요."

"아니, 잠깐, 하루키!"

하루키는 꾸벅 머리를 숙였다.

마치 견본처럼 정중하고 예의 바른 부탁이었다. 이제까지의 인생에서 누군가가 이렇게까지 하야토에게 제대로 머리

155

를 숙인 적은 없었다. 게다가 상대는 속속들이 아는 사이였던 하루키다.

놀라움보다도 당황스러운 심정이 앞서는 바람에 어쩌면 좋을지 몰라 허둥대고 말았다.

"안, 될까……?"

머리를 든 하루키는 그런 하야토의 모습을 보고 불안한, 그리고 슬픈 목소리를 흘렸다. 하야토는 크게 한숨을 한 번 내쉬고 머리를 긁적이며 미묘하게 하루키한테서 시선을 피했다.

"아니, 그냥 놀란 거야……. 어— 그러네, 요리는 취미이기도 하니까, 그렇게 신경 쓸 필요도 없어."

"으음, 하지만 내 마음이 풀리질 않거든."

"그래도 좀……."

"게다가 있지, 나도 여자라는 거예요. 혼자 살고. 요리나 다른 가사도 할 줄 아는 게 낫겠죠?"

"……여자?"

"잠깐, 그 반응은 뭐야?!"

"하핫, 그런 이미지가 없어서 말이지."

"뭐어~, 이런 미소녀를 두고서 무슨!"

"자기 입으로 할 소리야?"

"응, 직접 말하고 나니까 어쩐지 살짝 오싹했어!"

"하핫."

"아핫."

하지만 대화를 나누는 사이, 어쩐지 하야토와 하루키다운 대화가 되어버렸다.

서로 얼굴을 마주 보자 웃음이 새어 나오고, 두 사람 사이에 흐르는 분위기도 어쩐지 편안해졌다.

하지만 역시 하야토는 하루키가 진지하게 부탁한다는 것을 깨닫고 말았다. 농담 같은 대화 중에도 하루키의 손은 앞치마 옷자락을 여전히 꽉 붙잡고 있었다.

"그래도, 신세만 지고 있으면 분하잖아……."

"…………아."

그리고 하루키는 툭하니 진심을 흘렸다. 무엇보다도 하루키다운 말이었다. 어쩐지 토라진 것처럼 입술을 삐죽이는 모습을 보자 하야토의 가슴에 이해의 빛이 퍼져나갔다.

문득 자신이 하루키의 입장이었다면, 하고 생각했다.

'그런가, 일방적으로 『빚』을 만들기만 하는 게 싫었나.'

옛날부터 무엇을 하든 함께였던 것이다. 어깨를 나란히 하고, 대등했다. 그렇게 생각하면 지금의 관계는 어딘가 하야토가 일방적이라, 어쩐지 오늘의 행동도 이해가 될 것 같았다.

"그러네, 도와줄래?"

"아…… 응!"

그리고 하야토는 손을 뻗었다. 하루키는 앞치마 옷자락에서 손을 떼고 그 손을 잡았다.

"오빠, 언제까지 현관에 있어. 그보다도 둘이서 뭐해? 재미있는 이야기? 밥은 아직이야?"

그때 문득, 어쩐지 불만스러운 분위기의 히메코가 얼굴을 내밀었다. 아무래도 웃음소리를 듣고 나온 모양이라, 자기만 따돌린다고 생각했는지 뾰로통한 태도였다.

"하하, 아무것도 아니야."

"잠깐, 오빠! 머리 쓰다듬지 마 머리 흐트러지잖아 얼버무리지 마!"

"아하하, 히메. 단순히 교복에 앞치마는 야하다는 이야기였으니까 하야토도 말하기 어려울 거야."

"……오빠?"

"잠깐, 하루키?! 아니, 히메코!"

당황한 하야토를 빤히 노려보는 히메코.

하루키는 그런 두 사람을, 눈이 부시다는 것처럼 살짝 가늘게 뜬 눈으로 보고 있었다.

하루키에게 놀림을 당한 하야토는 총총히 부엌으로 도망쳤다. 뒤에서는 하루키도 따라왔다.

오늘 메인은 닭 가슴살을 사용한 방방지(닭고기를 가늘게 찢어서 소스를 뿌리는 중국 요리)였다.

커다란 냄비에 술과 대파와 함께 고기를 삶아서 식힌 다음 손으로 찢고, 그 밖에도 양파, 당근, 무, 오이, 토마토, 차조기 잎을 얇게 썬다. 소스용으로도 대파, 생강을 잘게 썰고 깨소금이랑 간장, 미림, 두반장을 섞는다. 일단 써는 재료가 많아서 수고가 든다.

하지만 이렇게 완성된 방방지는 차가워도 매콤해서 식욕이 도는, 여름에 반가운 일품이었다. 게다가 저지방 고단백이라 다이어트에도 적절했다.

거기에 달걀을 풀고 미역을 넣은 중화풍 스프를 더하면 오늘의 저녁식사 완성이었다.

"잘 먹겠습니다ㅡ. 아, 오빠, 내 거에 토마토는 안 넣었지?"

"……혹시 보이면 내 접시로 옮겨."

"응~ 맛있어. 어라, 오늘은 밥 없어?"

"사놓은 즉석밥이라면 있는데?"

"다이어트 중이니까 오늘은 딱히 됐어."

그렇게 평소처럼 식사를 하는 하야토와 히메코 옆에서 하루키는 홀로 부정적인 오라를 피워 올렸다.

"으으으……"

"……오빠, **저거** 무슨 일이야?"

"아, **저거** 말이지……."

히메코가 슬며시 귓속말을 했다.

이야기가 나온 참에, 하야토가 식재료를 자르는 동안에 하루키에게는 이래저래 도움을 부탁했다.

쌀을 씻어서 밥을 해달라고 했더니 어째선지 보온 버튼.

청소기 필터를 교환해달라고 했더니 그만 손이 미끄러져서 참극.

세탁기를 돌려달라고 했더니 세제를 깜박.

막상 가사에 도움을 받으려고 해도 자주 있는 실수를 거듭하고 말았다. 원래 하루키는 옛날부터 여러모로 손재주가 있다. 그것은 우등생으로 위장하고 있는 현재의 평소 모습에서도 잘 알 수 있었다.

하지만, 지금처럼 의욕이 오히려 과해서 실수를 하는 경우가 많은 것도 사실이었다.

'그리고 보니 옛날부터 신작 게임을 하면 너무 흥분해서 초반에 쓸데없이 죽고는 했던가.'

하야토는 그런 추억을 떠올리며 큭큭 웃음을 흘렸다.

하루키는 그런 하야토의 모습을 보고 더더욱 어깨가 움츠러들고 말았다.

"아― 그게, 오늘 밥은 어때? 처음 만들었는데, 입에 맞아?"

"……분하네."

"그런가, 분한가."

평소라면 무슨 소리냐고 한마디 했을 참이었다. 하지만 도저히 그런 소리를 할 수 있는 분위기가 아니었다. 생각한 것보다도 심각해서 입가가 굳어졌다.

한편으로 히메코는 그런 하루키를 보면서 어쩐지 의기양양한 표정으로 고개를 끄덕였다.

"응응, 뭔지 알겠어. 나도 저러다 진즉에 포기했으니까."

"히메는 연하에다 동생이잖아. 나는 나이도 같은데?"

"아―, 하루는 그렇지―."

"그러니까 열심히 할 거야……. 오늘 밥도 맛있으니까, 참 그렇단 말이지―."

"말이지―."

"……너희는 대체 무슨 소릴 하는 거야?"

막연한 대화가 시작되는가 싶었더니 함께 고개를 끄덕이는 소녀 둘.

하야토로서는 영 이해가 되지 않았지만 그보다도 오늘은 해야 할 말이 있었다.

"있잖아, 다음 휴일에 다른 예정 있어?"

"음―, 게임 업데이트는 아직 멀었지만 쌓여 있는 게임이랑 만화랑 애니메이션을 소화할 일이 있어. 최근에 하야토네 집에 눌러앉은 탓인지 쌓여버렸거든."

그러니까 아무런 예정도 없다는 말이었다. 그러나 하루키의 얼굴은 이상하게 진지해서 농담인지 판단이 망설여졌다.

"그런가……. 아니, 한가하면 어디 놀러 갈까 생각했는데."

"어, 갈게. 반드시 갈 테니까. 가자!"

"아, 응. 일은 어쩌고?"

"응, 그쪽보다 이쪽이 중요해!"

굉장한 의욕이었다.

조금 전까지의 침울하던 모습은 어디로 갔는지, 그녀는 어쩐지 눈을 반짝반짝하며 식탁에서 몸을 내밀었다. 돌변이라고도 할 수 있을 태세 전환이었다.

어째선지 기시감 같은 것을 느끼고 말았다.

'아, 그런가…….'

어릴 적, 츠키노세에 있던 무렵. 하루키는 조금 전처럼 침울해서는 어두운 표정을 짓고 있을 때가 많았다. 지금이라면 그것이 가정환경에서 기인한 것임도 추측할 수 있다.

하지만 당시의 하야토는 그런 걸 알 수도 없으니, 그저 같이 놀자며 부르고——그리고 **하루키**의 웃음만을 보았다. 그래서이리라.

같이 놀면 웃는다. 단순한 이야기다. 조금 더 빨리 권유하면 좋았을 거라는 생각에, 하야토는 머리를 벅벅 긁적였다.

"그래서 말이지, 하야토. 어디 갈 거야? 아, 혹시 어디 좋은 곳을 찾았어?!"

"아니 그게, 전혀. 오히려 몰라서 이러는 거야……. 하루키는 어디 몰라?"

"윽, 나는 그게, 인도어파라고 할까요, 으음……."

"그랬지……."

놀러 가고 싶지만 어디로 가면 좋을지, 어떻게 놀면 좋을지 알 수 없었다. 쓸모없는 구석을 제대로 선보이는 하야토와 하루키.

하지만 놀 계획을 잡는 두 사람의 얼굴은 어쩐지 미소로 넘쳐났다.

'아, 그러고 보니 모리한테…….'

문득 그 사실을 떠올린 하야토는 스마트폰 메모장을 열려고 했다. 그때였다.

히메코가 진지한 표정으로 한 손을 척 들었다.

"예! 저, 영화관에 가고 싶어요."

"영화? 히메코, 보고 싶은 영화 있어?"

"768석."

"⋯⋯⋯⋯허?"

"768석, 그러니까 최대 768명이 한 번에 볼 수 있다는, 거대 스크린이 있는 영화관이 있다고 해요. 있지있지, 흥미 없어?"

"말도 안 돼! 한 번에 츠키노세의 주민 절반 이상이 볼 수 있잖아!"

츠키노세에서 영화라고 한다면 기본적으로 대여나 인터넷 서비스라는 인식이다. 그러니까 가정에서 보는 것이다.

덧붙이자면 가장 가까운 영화관이 차로 두 시간은 걸리는 데다가 학교의 교실보다 조금 더 큰 정도의 미니 시어터일 뿐.

그래서 하야토, 그리고 히메코에게도 그만한 규모의 영화관은 완전히 미지의 존재임과 동시에 강한 흥미를 끄는 존재였다.

"얼마나 큰지 보고 싶지 않아? 나, 한 번은 가보고 싶어!"

"그러네, 그만한 영화관이라면 한 번은 봐야겠지. 하루키도 괜찮아?"

"⋯⋯어, 아, 응, 나도 좋아."

"있지있지, 역시 팝콘도 팔겠지?"

"그보다도 체험형으로 4D⋯⋯ 등등 여러 종류가 있는데, 이건 어떤 거야?!"

"⋯⋯⋯⋯⋯."

영화관 화제로 신이 난 하야토와 히메코 옆에서 하루키는 깜짝 놀란 표정으로 눈을 끔벅거렸다.

"……어— 그게, 당연히 히메도 같이 가는 거지?"

"당연하지. 그게 어쨌는데?"

"그러고 보니 셋이서 외출하는 거, 오랜만이네!"

"아, 아하하…… 응, 그러네."

그러면서 하루키는 애매한 미소를 지었다.

제7화 미나모

그날의 하늘은 아침부터 어두침침하게 흐렸다.

하야토는 통학로를 걸으며 킁킁, 코를 움직였다.

'냄새는 옅지만 내릴지도 모르겠는데, 이건.'

하야토는 실수했다는 듯이 미간을 찌푸렸다. 오늘 아침 집을 나서기 전에 하늘을 보고 내리지는 않을까 생각했는데, 확실하게 비의 전조를 느끼고 말았다. 아무래도 이쪽은 비 냄새가 무척 옅은 듯했다. 그런 부분에서도 시골과 도시의 차이를 느끼고 만다.

하지만 날씨와는 달리 하야토의 얼굴은 어쩐지 기분 좋아 보였다. 발걸음도 가벼웠다.

사실 하야토는 주말로 다가온 영화를 기대하며 들떠 있었다.

히메코에게 들은 영화관의 규모는 완전히 자신의 이해를 초월한 미지의 존재로, 모험심이라고도 할 수 있는 마음을 간질였다. 게다가 하루키도 함께 가는 것이다.

마른 우물, 생활용 모노레일 터, 산속 깊은 곳에 방치된 신사──한때 다양한 장소를 탐험이라는 이름으로 돌아다니던 일이 떠올라서, 그것이 더더욱 가슴을 기대감으로 부풀게 했다.

"여, 무슨 좋은 일 있었어, 키리시마 군?"

"으엑, 카이도…… 아무것도 아니야."

하지만 학교가 가까운 대로에서 카이도 카즈키와 만나서 미간에 주름을 지었다.

"그렇게 기뻐 보이는 표정이었는데?"

"기분 탓 아냐?"

"하하, 그럼 기분 탓으로 하자."

"……칫."

카이도 카즈키는 하야토의 그런 반응 따위 알 바 아니라는 듯 단숨에 거리를 좁혀 나란히 걸었다. 명백히 험악하게 대하는데도 뭐가 즐거운지 싱글싱글 미소를 짓고 있었다.

그에 비해 하야토는 찌푸린 얼굴로 점점 기분이 상하고 있었다. 카이도 카즈키가 그를 놀리는 것은 명백했다. 날카롭게 그를 쳐다봤다.

훤칠하고 하야토보다 조금 큰 키에 부 활동으로 단련되어 탄탄한 몸, 짧게 다듬었으면서도 제대로 공을 들인 헤어스타일은 그의 상쾌하고 시원스러운 눈매와 잘 어울렸다. 같은 남자가 봐도 인기가 있겠다고 생각했다. 사실 카이도 카즈키는 무척 눈에 띄었다.

"안녕, 카이도."

"여!"

"아, 카이도 군이다. 안녕―."

"그래, 다들 안녕."

지금도 남녀 불문하고 스쳐 지나가는 학생들이 말을 건넸다.

그런 그가 상쾌한 미소와 함께 대답한다면 나쁜 인상을 가지는 것이 더 어렵다. 옆에 뾰로통한 하야토의 얼굴이 덧붙여진다면 그 효과는 한층 더 발군이리라.

그만큼, 하루키에게 지지 않을 정도로 인기가 있었다.

실제로 이쪽 교실에 와서는 가끔씩 남자들 사이에 섞여서 짓궂은 농담이라고도 할 수 있는 멍청한 이야기에 신이 난 모습을 보는 사이에, 하야토로서는 참으로 유감스럽게도 그리 나쁜 녀석이 아니라는 생각을 품고 있었다.

'이 녀석은…… 어라……?'

하지만 옆에서 걷다 보니 무언가 마음에 걸렸다.

붙임성과 미소를 흩뿌리는 인사를 나누고 있음에도 불구하고 그에게 다가오는 사람은 아무도 없었다. 그것이 아무래도 하야토가 ──를 연상하게 만들어버렸다.

"……."

"응? 내 얼굴에 뭐 묻었어?"

"아니, 딱히. 그냥 아이돌 같다고 생각해서. 동생이 텔레비전에서 자주 보는 거랑 닮았고."

"아이돌, 우상인가……. 하하, 괜찮은 소리를 하네."

"열심히 **팬 서비스**하는 모습을 보여주니까, 말이야."

"……그런가."

한순간 카이도 카즈키는 눈을 크게 뜨는가 싶더니, 곤란하다는 표정으로 눈을 깜박였다.

하야토는 그런 그를 보며 이상하게 마음에 걸리던 것 중 하나의 정체가 기시감이었음을 깨달았다. 그리고 머리를 벅벅 긁적이며 말을 던졌다.

"그렇구나, 그 얼굴은 그야말로 내숭이라는 이름의 가면 인가."

"──!"

저벅저벅 앞서 나아가는 하야토의 등 뒤에서 숨을 삼키는 목소리가 들렸다. 그리고 카이도는 걸음을 멈추고, 한숨을 내쉬고 말았다.

누구나 멋진 표정으로 상대하는 주제에, 그 누구와도 거리를 두고 있는──세상에나, 카이도 카즈키는 **니카이도 하루키**와 닮은 것이었다.

그에게 대체 무슨 이유가 있는지는 알 수 없다. 어쩌면 그냥 처세술일지도 모른다. 애당초 잘 모르는 상대이고, 알고 싶다는 생각도 없다. 흥미도 없다.

하지만 하야토는 그가 하루키와 겹쳐 보이는 바람에, 전날 스마트폰을 사러 갔을 때에 보았던 쓸쓸한 표정을 다시 떠올리고 말았다.

'아아, 이런!'

실례였고 무례한 말이었다는 자각은 있었다. 카이도 카즈키와 하루키의 소문도 신경이 쓰이지 않는 것은 아니었다. 스스로도 무슨 생각을 하는 것인가 싶었다. 하지만 등 뒤에 있는 그의 표정이 떠오르자 무시하거나 내버려 두는 건 어쩐지 개운치가 않았다. 하루키가 겹쳐 보였기 때문이다.

하야토는 다시 한번 크게 한숨을 내쉬며, 많은 생각과 함께 머리를 긁적이며 돌아봤다.

"아니, 뭘 가만히 서 있어? 두고 간다."

"아! 어, 어어! 하하, 아하하하핫!"

하야토의 목소리에 정신을 차린 카이도 카즈키는 한순간 얼굴이 확 일그러졌지만 금세 평소의 표정으로 돌아왔다. 그리고 종종걸음으로 다시 나란히 걸었다.

그의 얼굴에는 놀라움과 함께 산뜻한 기색이 드리워서, 그런 표정으로 빤히 바라보자 하야토도 그저 곤혹스러웠다.

"……뭐야, 나한테 그런 취향은 없어."

"우연이네, 나도 그래."

"그럼 뭐야, 신기하다는 표정도 아니겠지?"

"아니, 키리시마 군은 좋은 녀석이라고 생각해서."

"허어?! 갑자기 뭐야, 기분 나빠."

"하하, 그건 그래."

카이도 카즈키는 진심으로 유쾌하다는 듯이 어깨를 흔들더니 눈꼬리에 맺힌 눈물을 손끝으로 훔쳤다.

그리고 그대로, 살짝 복잡한 심정인 하야토 옆에서 어깨를 나란히 하고 걸어갔다.

"그리고, 소문은 소문이니까."

"무슨 소문 말이야."

그리고 하야토한테만 들리도록 목소리를 낮추어, 그 이야기를 꺼냈다.

"──니카이도 하루키 말이야."

"……?!"

갑자기 나온 그 이름에 하야토는 무심코 경계했다. 자연스럽게 주먹을 움켜쥐고 노려보듯이 눈을 가늘게 뜨고서 돌아봤다.

하지만 카이도 카즈키는 그런 하야토의 시선을, 오히려 그것이 바람직하다는 듯이 가볍게 받아넘기며 싱긋 미소 지었다.

"나한테 니카이도는, **그런 게** 아니야."

"……호오."

"그러니까, 신경 쓸 필요 없어."

"따, 딱히 나는 그게, 니카이도랑 딱히 **그런 게** 아니니까."

"하하, 그래. 그렇구나. ……흐응?"

그때 문득 카이도 카즈키의 표정에 드리운, 그답지 않게 어쩐지 짓궂은 표정을 깨달았다.

"……뭐야."

친근한 느낌을 받았다. 정말이지, 이 녀석과 하루키는 무척 닮았다──문득 그런 생각을 해버리고, 곧바로 그것을 부정했다.

'무슨 생각을 하는 거야, 나는.'

그런 하야토의 태도에 카이도 카즈키는 마치 그것을 즐기는 것처럼 홀로 응응, 이해의 뜻을 나타냈다.

"그 특대 고양이 요괴의 가죽을 벗겨놓고, ……그렇구나, **그런 게** 아니라는 건가."

"아니 너, 고양이 요괴라니."

"내가 했지만 절묘한 표현이지?"

"……부정은, 못 하겠네."

카이도 카즈키는 상쾌한 얼굴로 하야토의 시선을 받아넘기고, 그리고 놀리듯이 이야기를 돌렸다. 그는 하야토보다 한두 수는 위에 있었다.

그리고 하늘도 그의 편인지 뚝뚝, 비가 지면을 때리기 시작했다. 그렇지만 빗발이 약한 소나기라서 우산을 쓸 필요도 없을 정도였다.

"서두르자, 키리시마 군. 경주야!"

"어, 야! 아니 무슨, 어린애냐!"

도발하는 것 같은 말을 듣자 하야토도 무심코 그를 뒤쫓듯이 달려갔다. 그의 입가는 어렴풋이 미소를 머금고 있었다.

등교해서 교실로 들어왔더니 이번에는 기분이 몹시 좋은 하루키의 모습이 시야에 들어왔다.

당장에라도 콧노래를 부를 것 같이, 평소보다 5할은 더 싱글싱글 미소를 흘뿌리며 교과서를 꺼내어 수업을 준비 중이었다. 그리고 이따금 무언가를 떠올린 것처럼 메모를 하거나 스마트폰을 만지며 안절부절못하는 모습을 보면 아무

일도 없다고 생각하는 편이 어려웠다. 실제로도 주변의 흥미를 모으는 중이었다.

"안녕, 무척 기분 좋은 모양인데?"

"⋯⋯예? 뭐, 평소랑 다름없는데요?"

"그런가? 마치 소풍 가기 전의 초등학생 같다고?"

"그, 그렇지 않은걸요!"

아무래도 하루키도 영화를 무척 기대하는 듯했다. 참고로 전날, 영화관에 간 적은 있느냐고 물었더니 『지금은 동영상 서비스가 충실하잖아!』라는 힘찬 대답이 돌아왔다.

"하핫, 그럼 그런 걸로 해두자."

"으음!"

하루키는 큰 목소리로 어린아이처럼 항의의 목소리를 높이고 입술을 삐죽 내밀었다.

그런 하루키의 마음을 이해하는 하야토이기에, 조금 전에 카이도 카즈키한테 지적받은 것도 있어서 그만 예전의 분위기로 놀라고 말했다.

잠시 서로 눈싸움을 벌인 뒤 하루키는 무언가를 깨달은 것처럼 혁하고 작게 숨을 삼켰다. 그리고 몸을 빙글 돌리는가 싶었더니 두 사람을 보고 있던 이사미 에마에게 다가갔다.

이사미 에마는 굉장히 진귀한 광경을 본 것처럼 눈을 크게 뜨고 있었다.

"이사미, 잠깐 괜찮을까요?"

"어? 아, 응⋯⋯ 무슨, 일일까?"

"상담을 하고 싶은 일이 좀 있어서…… 아, 츠루미랑 시라나미도 이쪽으로!"

"나, 나도?"

"어, 어어……?"

평소 하루키가 학교에서 드러내지 않는 짓궂은 표정과 기세에 이사미 에마는 쩔쩔맸다. 그리고 그녀만이 아니라 놀라고 있는 다른 여자들도 끌어들여서 점점 분위기가 고조되었다.

'저거, 변변한 생각은 아니겠는데…….'

기억이 있는 표정이었다.

예전, 츠키노세에 있던 무렵에 함정을 파거나, 개미 대열을 중간에 가로막거나, 겐 영감네 양이나 개한테 양말을 신기며 놀 때와 같은 표정이었다.

하야토는 그렇게 주위를 끌어들이는 폭풍 같은 하루키의 모습을 보고 머리를 벅벅 긁적이며 어이없다는 느낌의 한숨을 내쉬었다.

하지만 입가는 느슨하게 풀어져 있어도 어찌 된 영문인지 가슴이 따끔거려서 미간에 주름을 지었다.

"여자친구, 뺏겨버렸네."

"……여자친구 아니라고."

"아니, 내 여자친구. 에마 말이야."

"……."

"헤헷, 노려보지 마."

그런 하야토 옆으로 모리가 다가오는가 싶었더니 놀리는 통에 표정이 확 일그러졌다.

　그는 평소처럼 경박한 모습으로 "미안미안" 하고 사죄의 말을 입에 담으며 하루키와 이사미 에마의 그룹으로 시선을 향했다.

　"있잖아, 에마가 나한테 상담을 하더라고."

　"상담?"

　"어떻게 하면 니카이도랑 친구가 될 수 있겠냐고."

　"……호오, 친구, 라."

　"그게, 니카이도는 어쩐지 벽이 있고 특정하게 사귀는 상대도 없어서 고고하잖아, 근데 최근에 변했다고 할까……. 뭐, 이런 분위기라면 문제없겠네."

　"그러게……."

　시선을 되돌리자 화기애애하게 여자들끼리 대화를 나누고 있었다.

　무척 친해 보여서 흐뭇한 광경으로, 모리도 자기 여자친구를 바라보면서도 눈매를 가늘게 떴다.

　그런데도 하야토의 표정은 어째선지 밝지 않았다.

　"키리시마?"

　"음, 아무것도 아니야."

　어째서 자신의 얼굴이 그렇게 되어버렸는지 알 수 없었다. 그 이유도 짚이지 않았다.

　모리와의 대화로 생겨난 가슴에 따끔하게 박힌 가시 같은 것은, 고개를 내저어 삼키려고 했지만 그것마저 제대로 되지 않았다.

"그래서, 모리는 어때? 여자친구를 니카이도한테 뺏겨도 되겠어?"

그러니까 그것은 화풀이 같은 질문이었다.

"그러네, 이번에야말로 친구가 생기면 좋겠네……."

"……모리?"

"하하, 아무것도 아니야. 잊어줘."

"그런가……."

하지만 돌아온 것은, 어쩐지 기분 나쁜 듯한 하야토의 음색과는 대조적으로 이사미 에마를 걱정하는 말이었다.

명백하게 신경이 쓰이는 말투였지만, 모리의 기묘하다고도 할 수 있는 표정을 봤더니 이 이상 딴죽을 거는 것은 지나치다고 여겨버렸다.

'누구에게든 이런저런 일이 있다, 인가…….'

그런 생각이 든 하야토는 또다시 머리를 벅벅 긁고는 자기 자리에 앉았다.

방과 후의 종소리가 울렸다.

"이사미, 아까 말한 가게에 가죠!"

"응, 맡겨줘!"

그 후 하루키와 이사미 에마의 나쁜 계략이라고도 할 수 있는 일은 점심시간에도 이어지고, 방과 후가 되어서도 끝이 나지를 않았다. 그만큼 이야기가 신이 나는 모양이었다.

가방을 정리한 하루키는 하야토 쪽으로 득의양양한 표정을 한 번 내비치고 그녀들 쪽으로 갔다. 아무래도 함께 어딘가로 놀러 가는 모양이었다.

"……응?"

그런 하루키의 뒷모습을 지켜보던 하야토는 스마트폰에 메시지가 온 것을 깨달았다. 그것을 확인하고 한층 더 찌푸린 표정을 짓게 되었다.

"차였구나, 키리시마."

"뭐야, 모리."

"차인 사람들끼리, 어디 들렀다 가자는 권유."

"……아니, 나는 따로 들러야 되는 곳이 있으니까."

"뭐야, 저녁 장보기?"

"아니, 병원."

"……어?"

하야토는 무어라 형용할 수 없는 얼굴로 가방을 움켜쥐고 교실을 뒤로했다.

일단 집으로 돌아간 하야토는 시간이 지정된 택배를 받고 있었다.

아버지한테서 스마트폰으로 연락이 왔던 물건이다.

"도장이나 사인 부탁드립니다."

"……사인으로 할게요."

무척 가벼운, 교과서 정도의 크기였다. 내용물 항목에는
자수 키트라는 문자가 적혀 있었다.

'……재활을 위한 물건인가. 자기가 전해주면 될 텐데.'

아무래도 아버지가 어머니를 위해서 구입한 물건인 듯했
다. 하야토는 머리를 벅벅 긁고는 교복 그대로 병원으로 향
했다.

아파트를 나와서 하늘을 올려다봤다. 날씨는 안개비. 조
금 음울했다.

애석하게도 날씨는 우산을 쓸 정도는 아니지만 불쾌해질
정도로는 하야토의 머리카락이나 옷을 적셨다. 하야토는
얼른 일을 마치고자 역을 향해 서둘러 몸을 움직였다.

그것은 마치 새하얗고 거대한 수용소였다.

이 지방 최대 규모를 자랑하는 종합병원은 하야토가 다니
는 고등학교보다도 크고, 독특한 위용과 견고함을 자랑했다.
안으로 삼킨 사람을 밖으로 내보내지 않겠다는 의지마저 느
껴져서 감옥처럼 느끼고 만다. 사실 하야토의 어머니도 이곳
에, 병이라는 사슬에 묶여서 갇혀 있었다.

여기까지 와놓고서도 하야토는 아직 마음이 내키지 않았
다. 날씨 탓인지 병원이라는 장소 탓인지, 아니면 하루키나
카이도 카즈키가 신경이 쓰여서 그런지는 알 수 없었다.

하지만 슬슬 어머니한테 얼굴을 비추어야 한다는 사명감
같은 심정이 있는 것도 분명해서, 아버지의 심부름은 딱 적

당한 명분이라고도 할 수 있었다.

"……하아."

크게 한숨을 내쉬며 내키지 않는 병문안 수속을 진행했다. 생각해보면 츠키노세에서 이사를 온 가장 큰 요인은 어머니의 입원이었다. 아버지도 무척 대담한 결단을 했다고 생각했다.

이래저래 생각하는 바는 있었다. 하지만 이사를 왔기에 하루키와 재회할 수 있었던 것도 사실이었다.

'아아, 이런!'

복잡한 심경이었다. 생각은 제대로 정리되지 않았다.

부탁받은 물건을 얼른 전달하면 어딘가 답답한 이 마음을 내다 버릴 수 있도록 쓸데없이 품이 드는 고로케라도 만들어주자──그런 생각을 하며 엘리베이터를 타고 어머니의 병실이 있는 6층을 눌렀다.

"허?"

엘리베이터에서 내린 순간, 하야토는 저도 모르게 얼빠진 소리를 내고 말았다.

눈앞에 펼쳐진 예상 밖의 광경에 이해가 따라가지를 못했다.

"안 돼, 여자니까 머리는 제대로 해야지! 곱슬머리라서 더 어울리는 스타일도 있으니까. 실력을 보여줘야겠네!"

"핫핫, 미안하구먼, 키리시마 씨. 우리 집은 남정네뿐이라서. 잘됐구나, 미나모."

"아으으으~~웃."

엘리베이터를 나오면 바로 있는 담화 공간.

그곳에서 어찌 된 영문인지 하야토의 어머니가 열심히 미타케 미나모의 머리를 만지고 있었다.

주위에서는 그녀의 할아버지나 같은 병실 사람으로 보이는, 기억이 있는 사람들이 따뜻하게 지켜보는 중이었다.

생기가 넘치는 어머니의 얼굴과 붉게 물들어서는 꼼짝도 못 하는 미타케 미나모의 얼굴은 대조적이라서 미나모가 장난감 취급을 당하는 것처럼도 보이지만, 아무도 비난하는 사람은 없었다. 오히려 홀린 듯 바라보는 사람조차 있었다.

당연했다. 화려한 손놀림으로 순식간에 미타케 미나모의 머리를 빗고 땋는 모습은 그녀에게 마치 마법 같은 변화를 초래했다. 당연히 주목을 모을 수밖에 없다.

사실 하야토도 그중 하나였다. 불과 몇 분 사이에 그곳에는 몰라볼 만큼 귀여워진 미타케 미나모의 모습이 있었다.

"조금 수고는 들었지만 완성도는 완벽해. 응응, 귀여워귀여워!"

"오, 오오오, 미나모가…… 미나모가 굉장한 미인이……."

"이것 참, 미나모, 몰라보겠구나. 굉장해."

"여자는 머리 모양 하나로 이렇게까지 인상이 바뀌는 법이구나."

"어, 어, 이게 저……?!"

머리를 반만 올려 가볍게 땋은 헤어스타일. 평소의 촌스러운 분위기는 어디로 갔는지, 오히려 곱슬머리이기에 드러나는 풋풋함에 조금 어른스러운 분위기까지 자아내어 하야토도 무심코 숨을 삼켰다.

미타케 미나모의 할아버지는 감동해서 합장하고, 친숙한 사람들도 소리 높여 극찬했다.

하야토의 어머니는 거울을 건네고, 변한 스스로에게 부끄럽고 놀라면서도 수줍어하는 미타케 미나모의 반응을 즐기고 있었다.

'으—음, 대체 뭐지?'

완전히 하야토의 이해를 뛰어넘었다.

다만 유일하게 알 수 있는 점이라면, 머리카락을 제대로 세팅한 미타케 미나모는 상상 이상으로 귀엽다는 것이었다. 평소와 다른 모습으로 부끄러워하면서도 기뻐서 표정이 풀리는 모습을 봤더니 저도 모르게 심장이 두근거리고 말았다.

"어머, 하야토. 가져와 줬구나."

"어, 응."

"후에?! 키리시마, 저기, 그게, 이건……!"

"음? 네놈은 그때 그 자식!"

그런 하야토의 모습을 알아차린 어머니가 묘한 웃음을 거두지도 않고 이리 오라며 손짓했다.

하야토는 조금 전의 동요를 드러내지 않으려 품고 있던 짐을 어필했지만 어머니의 이상한 얼굴은 변함이 없었다. 그

리고 부끄러워서 할아버지 뒤로 숨으려던 미타케 미나모의 어깨를 억지로 붙잡고 하야토 앞으로 내밀었다.

"어때? 미나모, 엄청 귀여워졌다고 생각하지 않니?"

"어— 그게, 응, 되게 귀엽네…….

"후에?! 아, 아와와, 나는 그게…….

"아니, 이 자식! 뭘 미나모를 꼬드기고 있느냐!"

자신만만하게 그런 소리를 들으니 하야토도 순간적으로 생각이 입 밖으로 나왔다. 지극히 자연스러운 발언이었다. 하지만 본심이기도 했다.

"어—, 그게, 그거야…….

"아, 예…… 그거, 네요…….

동요해서 눈을 끔벅거리는 미타케 미나모와 시선이 마주치자, 하야토도 자신의 부주의한 말에 동요해서는 서로 시선을 피해버렸다. 나누는 대화는 의미를 이루지 못했다.

그런 두 사람을 생글생글 지켜보는 어머니나 가까운 사람들의 시선, 그리고 할아버지의 살기. 그걸 한 몸에 받으니 불편해서 빨리 이 자리를 떠나고 싶어져 버렸다.

"으음, 어쨌든 이거! 아버지가 부탁한 거!"

더는 견딜 수가 없었던 하야토는 억지로 헛기침을 하고 짐을 떠넘기려 했다.

그때였다.

"……아."

투욱, 하는 소리가 주위에 울렸다.

그 소리와 함께 주위가 점점 침묵으로 덧칠되었다. 간단한 전달이었을 터.

하야토는 어머니의 손에 제대로 들려주었음에도 불구하고, 짐은 호쾌하게 바닥으로 떨어져버렸다. 어머니는 그만 실수했다는 느낌으로 곤란하다는 표정을 지었지만, 힘이 들어가지 않아서 가늘게 떨리는 손은 주변 사람들의 말을 빼앗아 버리기에 충분한 것이었다.

이곳은 병원이다. 그거야말로 입원의 원인이라는 사실을 크게 이야기한 거나 같다.

"으음, 아니 그게 말이지. 가끔씩 이렇게 되거든. 하야토, 가져다줘서 고마워."

"……딱히, 이 정도는."

하지만 하야토의 어머니는 애써 밝은 표정과 목소리를 꾸미고, 조금 전까지 떨고 있던 손을 흔들면서 깔깔 아무 일도 없는 척했다. 하야토도 거기에 따랐다.

"이걸로 재활도 열심히 할게. 그리고…… 미나모."

"아, 예!"

"이제부터 할아버지 병문안을 올 때, 또 머리카락을 만지게 해줄래? 내 재활에도 딱 좋으니까."

"어, 어엇?! 아니, 그게, 저는 괜찮은, 데요……."

갑자기 자신에게 이야기가 돌아오자 미타케 미나모는 놀라서 눈을 끔벅거렸다. 상황을 파악하는 시선이 하야토의 얼굴과 하야토 어머니의 손으로 왕복했다.

하야토도 평소라면 한마디 끼어들 참이었지만 조금 전의 일도 있어서 어쩌면 좋을지 알 수 없었다. 애매한 표정으로 답할 수밖에 없었다.

기묘한 분위기였다. 하지만 두 사람의 심경 따위는 알 바 아니라는 듯, 하야토의 어머니는 미타케 미나모의 손을 잡고 얼굴을 불쑥 가져다 대며 미소 지었다.

"우리 딸은 있지, 최근에 만져줄 수가 없게 되어버려서…… 어머, 손이 거치네. 게다가 피부도…… 제대로 손질하고 있니? 이러면 안 돼, 여자아이니까!"

"하으, 그게, 저기, 채소를 길러서, 흙을 만지고 있으니까 이건……."

어머니는 이번엔 떨림 없이 단단한 손길로 미타케 미나모를 찰딱찰딱 만지작거렸다.

하야토의 어머니는 참견쟁이인 구석이 있다. 그리고 사양이라는 것을 좀처럼 모른다.

그대로 당하던 미타케 미나모는 하야토에게 도움을 청하듯이 곤란하다는 표정으로 바라봤다.

"오늘은 이만 돌아가자."

"키, 키리시마?!"

무어라 말하면 좋을지 알 수 없었던 하야토는, 어머니에게 희롱당하는 미타케 미나모의 손을 억지로 붙잡고 그대로 엘리베이터 쪽으로 당겼다.

그녀도 이 상황이 곤혹스러웠기에 마침 잘됐다며 그대로

따라왔다.

"어머, 아쉬워라. 하야토, 제대로 바래다주렴."

"이, 이 자식, 미나모한테 무슨 짓을?!"

"미나모, 또 와라—."

"채소 가져오는 거, 기대할게—."

등 뒤에서는 놀리는 기색이 섞인 모두의 목소리와, 미타케 미나모 할아버지의 노성이 들렸다.

그리고 엘리베이터에 탄 하야토는 1층 버튼을 누르고서야 처음으로 미타케 미나모의 손을 잡고 있다는 것을 깨닫고 황급히 놓았다.

"이런, 미안해."

"아뇨……."

단둘인 엘리베이터 안, 무어라 형용할 수 없는 분위기가 흘렀다.

하야토 어머니의 입원, 손 마비, 재활.

장난감처럼 대해지던 미타케 미나모로서도 신경 쓰이는 일이리라.

그녀는 또한 그녀의 할아버지와도 무척 친해 보였다. 같은 입원환자끼리 친밀해졌을지도 모른다. 필연적으로 앞으로 미타케 미나모와도 접촉이 늘어날 듯했다.

'어떻게 하지.'

하야토는 어깨를 떨어뜨리면서 한숨을 내쉬고, 미타케 미나모의 모습을 흘끗 시야에 포착하고는 숨을 삼켰다.

"윽!"

조금 전까지는 어머니나 주위에게 휘둘리는 부분에만 의식이 향했지만, 이렇게 다시금 찬찬히 그녀를 봤더니 평소와는 무척 다르다는 걸 인식해버렸다.

평소에 마주치는 자그마한 그녀가 열심히 채소를 돌보는 모습은 작은 동물 같아서 흐뭇한 분위기다. 하지만 이렇게 머리카락을 공들여서 세팅하고 나니, 살짝 어린 느낌이면서도 가벼운 곱슬머리가 어른스러운 색기라고도 할 수 있는 고혹적인 분위기를 자아내고 있었다.

그런 평소와 다른 미타케 미나모가 가슴 앞으로 손을 맞잡고서 무언가를 신경 쓰는 기색으로 하야토 쪽으로 시선을 보내면, 건전한 사춘기 남자인 하야토로서는 두근거릴 수밖에 없었다.

'여자는 헤어스타일 하나로 이렇게까지 인상이 바뀌는 건가…….'

하야토는 미타케 미나모한테서 시선을 피하며 그런 가슴속을 얼버무리듯이 이야기를 건넸다.

"저기, 어머니가 억지스러워서 미안해."

"저는 딱히, 그게…… 키리시마의 어머니는, 입원하고 계셨군요."

"전학 온 것도 그게 이유라서."

"키리시마도…… 그래서 요리라든지……."

"그게, 어머니는 저렇게 말하지만, 머리카락 같은 곳을 만지는 게 싫다면 내 쪽에서…… 미타케……?"

"…………."

어찌 된 영문인지 미타케 미나모는 얌전한 표정 그대로 고개를 숙이고 신음했다. 엘리베이터 안의 분위기는 더더욱 무거워졌다.

영문을 알 수 없었다. 원래부터 또래 여자와의 대인 스킬이 빈약한 하야토에게 그녀의 심경을 헤아리라는 것이 말도 안 되는 이야기였다.

하야토가 겸연쩍은 듯이 얼굴을 찡그리고 머리를 긁적이려던 그때, 눈앞의 정돈된 머리카락이 흔들렸다.

"저, 저기!"

"윽?!"

느닷없이 미타케 미나모가 얼굴을 가져다댔다.

하야토는 갑자기 눈앞으로 들이닥친 귀여운 그 얼굴 때문에 무심코 뒤로 물러났다.

"이래저래 힘들 거라고 생각해요! 제가 뭔가 도울 수 있는 게 있다면 말해줘요!"

"어, 어어."

하야토는 한순간 미타케 미나모가 던진 말의 의미를 알 수 없었다.

하지만 말이 부족하기는 해도 묘하게 진지한 그 눈빛과 가슴 앞으로 움켜쥔 양손을 보면, 아무래도 하야토를 걱정하는 것임이 전해졌다.

'……아.'

잠시 생각하면 알 수 있는 일이기도 했다. 어머니가 없는 생활이라는 것은 고등학생에게 무척 큰일이다. 아무래도 미타케 미나모 역시 무척 참견쟁이인 듯했다.

그리고 그녀의 진지한 마음을 정면으로 맞닥뜨리자 하야토는 가슴속에 생겨난 간지러운 심정을 어쩌면 좋을지 몰라서 허둥대고 말았다.

"아, 도착했네."

"그러네요."

마침 그때, 엘리베이터가 1층을 알렸다.

하야토는 잘됐다며 도망치듯이 몸을 밖으로 움직였지만, 미타케 미나모는 마치 양치기를 따라가는 양처럼 하야토 뒤를 쫄래쫄래 따라왔다.

병원 로비이기도 해서 걸음을 천천히 멈췄다. 머리를 벅벅 긁고서 돌아보니 하야토의 부탁을 이제나저제나 기다리는, 의욕이 가득한 표정인 얼굴이 있었다.

'……곤란하네.'

솔직히 미타케 미나모의 호의는 기쁘지만 어쩌면 좋을지 알 수가 없다는 것이 본심이었다. 그래서 하야토는 애매하게, 이 상황을 얼버무리듯이 말을 꺼냈다.

"지금 당장은 안 떠오르지만 무슨 일이 있다면 부탁하도록 할게."

"저 그게, 집안일이라든지 서류 관계로는 잘 아니까요!

다음에는 제가 힘이 될 테니까요!"

"다음에는……?"

"채소 재배, 여러모로 신세를 졌잖아요!"

"아, 그렇구나. 그럼 그때는 사양 않고 부탁할게."

"예!"

아무래도 미타케 미나모는 원예부에서 채소를 가꾸며 도움을 받는 것에 무척 은혜를 느끼는 모양이었다. 그래서 하야토도 납득하기는 했지만, 어찌 된 영문인지 묘한 데자뷔와도 같은 위화감을 느꼈다.

'어, 라……?'

뇌리에 떠오른 것은 어린 **그때의** 동생, 그 모습.

눈의 초점은 맞지 않고, 눈가는 붉게 부어오르고, 뺨에는 말라붙은 눈물 자국. 쓰러진 어머니 곁에서 아무것도 못 하고 그저 망연자실하게 서 있던, 어린 동생의 모습.

과거의 기억. 지금의 하야토를 형성하게 된 사건.

처음으로 어머니가 쓰러진 모습을 발견했던 순간.

'어째, 서……'

잊은 것은 아니었다. 잊을 리도 없다.

하지만 어째서 평소에는 마음속 깊이 묻고 뚜껑을 덮어둔 일이 갑자기 넘쳐 나왔는지 짐작도 가지 않았다.

등줄기에 기분 나쁜 땀이 흘렀다. 되살아난 기억에 당시의 무력감과 초조함이 이상하게도 플래시백 되어, 하야토는 몸을 휘청거리며 이마에 손을 짚었다.

"키, 키리시마?!"

"어, 아무것도 아니야. 괜찮아, 미타케."

"하지만 안색이……."

"하하, 병원의 음울한 기운 탓일지도."

"……그런, 가요."

하야토는 미간을 찡그린 채로 미타케 미나모에게 아무 일도 없다는 듯이 웃었지만, 그녀는 석연치 않은 표정으로 눈빛이 흔들렸다.

무언가가 걸렸다. 하지만 그것이 무엇인지 알 수 없었다. 이 상황이 이상하게 그녀의 보호욕을 불러일으키는 요인을 만들어버리는 것 같았다.

"괜찮아, 무슨 일이 있다면 부탁할 테니까."

"무리하면 안 된다고요?"

그러면서 출구를 향해 걸어갔다. 여전히 두 사람 사이의 분위기는 미묘.

"……큰일이네."

그 말은 무심코 굴러 나온 속내였다. 게다가 밖에서 본격적으로 비가 내리기 시작한 탓도 있었다.

빗발은 그리 강하지는 않지만 우산이 없으면 확실히 곤란할 정도였다.

하야토는 얼굴을 찌푸렸다. 하지만 미타케 미나모는 마침 잘 되었다는 듯, 힘이 넘치는 목소리로 말했다.

"저, 접이식 우산 가지고 있어요!"

벌써 의지할 일이 생겼네요, 라는 듯 환한 미소였다.

하야토는 곤란한 표정으로 "부탁할 수 있을까?"라고 대답했다.

촉촉하게 비가 내리는 해 질 무렵의 길.

하야토와 미타케 미나모는 서로 한쪽 어깨를 조금씩 적시며 걸었다.

학교에서 돌아가는 길이었던 미타케 미나모의 가방에 상비된 접이식 우산은 그럭저럭 크고, 파스텔컬러의 천에 양과 구름이 그려진 귀엽고 그녀다운 디자인이었다.

또래 여자와 함께 그런 우산을 쓰고 있는 상황은 하야토의 얼굴을 수치심의 빛깔로 덧칠하기에 충분한 일이었다. 하지만 비에 젖지 않는 것은 고마워서, 자신 안에서 타협을 지으며 역으로 향했다.

"……항상 같이 있던 가족이 어느 날 갑자기 집에서 사라지는 거, 괴롭죠."

"미타케……?"

문득 미타케 미나모가 별일 아닌 듯이 중얼거렸다. 계속 앞을 보고 있어서 표정은 보이지 않았다.

그것은 사실 그녀의 혼잣말이었을지도 모른다.

하지만 생각지 못한 타이밍에 새어 나온 본심이기도 했다. 그것은 상대가 하야토라서, 마찬가지로 친지가 입원한 사람이라서였을지도 모른다. 어쩌면 비 탓일지도 모른다.

"……."

"……."

그 후로 아무런 이야기도 없이 후둑후둑 우산을 때리는 빗소리를 들으며 역으로 걸어갔다.

미타케 미나모의 어쩐지 쓸쓸한 혼잣말을 듣고 하야토 안에서 부끄러운 기분은 진즉에 흩어져버렸다.

이렇게 필사적으로 도움을 주려고 하는 모습에서 그녀의 강한 심지를 느꼈다. 어째선지 그것을 알고 말았다.

무언가 말을 해야 할 텐데——그리 생각했지만 적절한 말을 갖고 있지 않았다.

하야토는 머리를 긁적이며 그녀의 모습을 흘끗 바라봤다. 그리고 한순간 화난 것 같은, 기가 막힌다는 것 같은 히메코의 얼굴이 어른거려서——아직 말하지 않았다는 것을 깨달았다.

"아— 그게, 미타케."

"예, 뭔가요?"

"그 헤어스타일, 어울려. 평소보다도 지금 그게 더 귀여운 것, 같아."

"삐얏?!"

또래가 극단적으로 적은 츠키노세에 있던 하야토. 히메코는 옷이나 헤어스타일을 새로이 마련하면 하야토에게 자주 의견을 청하고는 했다.

그리고 하야토는, 경험상 확실하게 구체적으로 어디가 좋은지를 이야기하면 기분이 좋아진다는 사실을 알고 있었다.

"머리를 묶으니까 전체적으로 윤곽이 확 정리돼서 예쁘고, 거기서 보이는 곱슬기가 폭신해 보여서 귀엽지만 동시에 어른스럽다고 할까."

"아으, 그게…… 하으으……."

"그러니까 그게, 앞으로도 그런 헤어스타일로 다니는 편이 좋겠다고 생각——어, 미타케?"

"……삐."

"삐?"

하야토는 히메코의 비위를 맞춰줄 때처럼 칭찬을 할 생각이었다.

하지만 점점 얼굴이나 귀까지 새빨갛게 물드는 그녀를 보고서야 간신히, 자신의 발언이 적절하지 않았음을 깨달았다. 그때에는 이미 늦었다.

"삐야아아아아아아아아아앗!"

"앗!"

미타케 미나모는 가랑비가 내리는 가운데, 더 이상은 견딜 수 없다는 듯이 뛰어갔다.

뒤에 남겨진 것은 그녀의 팬시한 우산을 든 하야토뿐.

역까지 얼마 남지 않은 것이 다행인가.

"큰일났네……."

그런 하야토의 혼잣말은 빗소리 안으로 빨려 들어갔다.

제 8 화

특별하니까

"아. 어서 와, 하야토."

"오, 오빠!"

"다녀왔……어……?"

병원에서 돌아오자마자 하야토는 이상한 위화감 때문에 미간을 찌푸렸다.

눈앞에는 거실 테이블에서 히메코의 공부를 봐주는 하루키의 모습.

최근에는 그다지 드물지도 않은 광경이었다. 하지만 하루키의 모습이 평소와 조금 달랐다.

온화한 미소를 머금고 등줄기를 쫙 편 자세로 교과서에 눈과 손가락을 움직이는 모습은 마치 학교에서 본 내숭 그 자체였다. 불편하게 등을 구부린 히메코와는 대조적이었다.

"저녁 준비할 거지? 나도 도울게, 오늘은 뭐야—?"

"……비지 고로케."

"튀김이야? 칼로리 괜찮을까?"

"오븐으로 만들 거야. 기름을 안 쓰는 음식이니까 뭐, 괜찮지 않을까."

"호오, 그렇구나."

하루키는 이상하게 싱글싱글하는 표정으로 치맛자락을 신경 쓰며 일어서서 얼른 앞치마를 입었다. 평소의 맥이 빠지는 태도와는 정반대로, 느꼈던 위화감이 그대로 곤혹으로 변화했다.

기분은 무척 좋아 보였다.

말투를 봐서는 딱히 내숭은 아닌 듯했다.

"나, 손 씻고 올게."

"어, 어어."

그런 하루키의 뒷모습을 보며, 마찬가지로 곤혹스러워하는 히메코와 눈이 마주쳤다.

"……뭐야, 저거?"

"내, 내가 묻고 싶어. 오늘 하루, 학교에서 무슨 일 있었어?"

"모르겠어. 뭔가 꾸미는 것 같은 기색은 있었는데."

"으으~, 어쩐지 등줄기가 오싹오싹해!"

"나도 그래."

하야토와 히메코는 함께 몸을 오싹 떨었다.

무슨 생각인지는 알 수 없다. 그저 꺼림칙하게 느껴지는 태도였다.

"하야토―?"

"그래, 지금 갈게."

하야토는 히메코의 『어떻게 좀 해』라며 빤히 바라보는 시선을 흘려넘기고, 어깨를 으쓱이며 부엌으로 향했다.

그곳에서 기다리는 하루키는 시원스러운 미소를 머금고

서 조리용 기구를 준비 중이었다. 평소와 다르게 의연한 분위기. 자세히 봤더니 오늘은 양말도 벗지 않았다.

하루키의 변화가 신경 쓰이는 것은 하야토도 마찬가지였다.

"그래서, 어떻게 된 거야? 무슨 일 있었어?"

"아, 역시 평소랑 다르다는 거 알겠어?"

"모를 리가 있겠냐. 히메코도 고개를 갸우뚱한다고."

"신경 쓰여?"

"그야 그렇지."

"하지만 안 돼. 아직 비밀이야, 쿡쿡."

그러면서 하루키는 검지로 하야토의 코끝을 쿡 찔렀다.

그녀의 얼굴은 무언가를 꾸미고 있다기보다는 무언가를 해낸 용사의 얼굴, 혹은 일선을 넘어서 깨달음을 얻은 현자의 표정 같기도 했으며, 어쩐지 거만한 시선처럼 느껴지기도 했다.

"⋯⋯⋯⋯짜증."

"후훗."

아무래도 이야기할 생각은 없는 듯했다. 항의하는 하야토의 목소리도 그녀는 천연덕스러운 표정으로 흘려 넘겼다.

이럴 때, 하루키가 입을 열지 않는다는 사실은 잘 알고 있었다.

의문이나 당혹보다도 그런 하루키에 대한 짜증 같은 감정이 앞선 하야토는, 포기와도 닮은 한숨을 내쉬고는 요리를 시작했다.

오늘 메뉴는 오븐으로 만드는 비지 고로케.

물을 채운 볼에 감자와 호박을 넣고 랩을 씌워서 전자레인지로 익힌다. 감자류를 식히는 동안에 다진 양파, 양배추, 비지, 그리고 닭 허벅지살을 프라이팬으로 볶는다. 술, 미림, 간장으로 밑간을 해두는 것도 잊지 않는다.

이 두 가지를 섞어서 모양을 빚고, 다른 프라이팬으로 갈색이 될 때까지 물기를 날린 빵가루를 묻혀서 오븐에 던져넣는다. 굽는 동안에 양배추를 채 썰고, 남은 채소로 된장국을 만들고, 이제는 기본 반찬이나 다름없는 가지절임을 내면 완성이다.

"오랜만에 튀김, 잘 먹겠습니다—! 아니, 뜨거워! 오빠, 물!"

"히메코, 너는 말이지……."

"나도 잘 먹겠습니다. 음음, 오늘도 맛있네, 하야토."

"어, 어어……."

하루키의 태도는 식사 때가 되어도 그대로였다.

고상하게 젓가락을 사용해서 식사를 하는 모습은 아름답지만 어쩐지 붕 떠 있었다.

하야토는 수상쩍다는 표정을 지으면서도, 그 밖에 신경쓰이는 점을 입에 담았다.

"그러고 보니 이제 곧 주말인데, 영화는 뭘 보러 갈지 정했어?"

"……아."

히메코의 입에서 맥 빠진 목소리가 새어 나왔다. 영화관에 가는 것 자체는 결정했지만, 그것 자체가 목적이 되어서 무엇을 보는지까지는 아직 정하지 않았다.

"음―, 굳이 말하면『나유타의 시간』일까?"

"가끔씩 방송에 광고하는 영화지? 그거…….."

"그래그래, 지금 방송하는 십 년의 고독 감독이랑 주연인 타쿠라 마오가 같이 찍은 영화인데, 그런 이유도 있어서 무척 화제가―."

"――웃."

타쿠라 마오――그 말에 반응한 하루키가 몸을 움찔 떨었다.

한순간의 일이었다. 히메코는 못 알아차렸다. 하야토가 그런 하루키의 이변을 알아차린 것은 전날 타쿠라 마오를 보았을 때, 하루키의 모습이 신경 쓰였기 때문이었다.

"어― 있지, 히메코――."

"――저요."

무슨 일이 있는 것은 명백했다. 하지만 억지로 밝히거나 떠들어댈 일도 아니었다.

그래서 하야토는 넌지시 화제를 다른 쪽으로 유도하려고 했고, 그때 하루키가 무척 진지한 표정으로 손을 들고 말했다.

"Faith 극장판 제3장을 보러 가고 싶어요."

조금 전의 표정은 어디로 갔는지 이상하게 찌릿찌릿한 분위기였다.

Faith——그것은 옛날에 19금으로 지정된 PC 게임을 원작으로 하는 대형 콘텐츠다. 독특한 세계관으로 사람들을 계속 매료시켜서 현재까지도 스핀오프나 세계관을 계승한 애니메이션, 만화, 게임 등등 다양한 미디어로 전개 중. 하야토도 그렇게 잘 아는 것은 아니지만 몇몇 작품을 접한 적이 있었다.

아무래도 하루키의 얼굴을 보니 열광적인 팬임을 느낄 수 있었다.

"나는 딱히 특별하게 보고 싶은 것도 없으니까 그걸로 문제없어."

"그건 지금 하는 애니메이션이지? 나, 이름밖에 모르거든. 3장이라니, 갑자기 거기서부터 봐도 괜찮아?"

"……어? 히메, Faith 본 적 없어……?"

"재미있어? 전부터 흥미는 있었지만 말이지—."

"……호오."

히메코의 발언을 들은 순간, 하루키가 흘려넘길 수 없다는 것처럼 눈을 가늘게 뜨며 젓가락을 탁 놓았다.

싱긋 미소 지었지만 눈매는 전혀 웃지 않아서, 조금 전부터 미묘하게 내숭을 떠는 모드이기도 한 탓에 이상하리만큼 박력이 있었다.

"히메."

"뭐, 뭔데?"

"굉장히 말이지, 재미있어. 엄청나게 뜨겁고 감동적이야.

보지 않는 건 인생의 절반 이상, 손해 보는 겁니다."

"하, 하루?!"

그리고 하루키는 서서히 히메코 옆으로 가는가 싶더니 익숙한 손놀림으로 키리시마 가의 텔레비전 리모컨을 조작해서 동영상 서비스에 접속했다.

"자, 제3장이 개봉하기도 해서 극장판 제1장이랑 제2장도 서비스 중이야. 그 밖에 TV 시리즈도 있어. 나로서는 2기 루트를 추천. 그건 신이야. 액션 장면도 당연하지만, 주인공이 살아가는 모습에 감동해서 울지 않을 수가 없어, 몇 번이나 울었어."

"헤, 헤에, 그렇구나. 하지만 지금은 밥 먹는 시간이잖아? 밥 먹자, 응?"

"그래그래, 나는 애니메이션 2기 오프닝만으로 밥 세 그릇은 먹을 수 있어. 좋은 반찬이 되거든."

"저, 저기 하루⋯⋯? 오, 오빠!"

"⋯⋯어―, 오늘 절임은 좀 짜게 됐네―."

그것은 포교였다.

작품에 흥미를 가진 사람의 발목을 붙잡고 늪으로 끌어들이는, 오타쿠 특유의 본능적인 행동이었다.

히메코는 갑자기 스위치가 켜지고 만 하루키를 타이르려고 했지만 이미 들을 기미라고는 없었다. 하야토는 경험상, 저렇게 된 하루키에겐 무슨 소리를 해도 소용이 없다는 것을 알고 있었다.

게다가 하루키가 명백하게 억지로 스스로를 끌어올리려고 한다는 것도 깨닫고 말았다. 그러니까, 하야토는 마음속으로 히메코에게 애도를 표하며 머리를 숙이고 쓴웃음 지었다.

"가능하다면 원작 게임을 하는 걸 추천해! 전연령판 콘솔 게임 말고 19금 쪽! 야한 건 거의 없고, 있어도 그 야한 부분이야말로 작품의 세계관을, 그 야한──."

"다녀왔다──. 어라, 혹시 너는……."

"──야한 게…… 그…… 야……한……."

""""……""""

마침 하루키가 야하다는 말을 연호하고 있을 때, 어딘가 하야토와 히메코의 인상이 있는 중년 남성이 거실로 들어왔다. 하야토와 히메코의 아버지, 카즈요시였다.

좀처럼 집에 들르지 않는다고는 해도 이 집의 가장이다. 손에 들고 있는 종이봉투에서는 구깃구깃한 셔츠가 머리를 내밀고 있었다. 아무래도 갈아입을 옷을 가지러 온 모양이었다.

하루키와 맞닥뜨린 것은 최악의 타이밍이었다. 참으로 어색한 상황이었다.

오랜만에 얼굴을 마주한 소꿉친구의 아버지를 앞에 두고, 꽃도 무색하게 아름다운 여고생의 입에서 야하다는 말이 계속 튀어나오는 상황. 누구든 어떻게 대처해야 할지 알 수 없으리라.

하야토는 더 이상 봐줄 수가 없어 어흠, 헛기침을 한 번

하고 분위기를 바꾸고자 입을 열었다.

"어―, 아버지. 그게, 문자로 이야기는 했는데, 여기―."

"오랜만에 뵈어요, 아저씨――니카이도 하루키에요."

"'''''――엇.''''"

하루키가 청초한 미소로 가볍게 인사를 하자 순식간에 각이 잡힌 분위기로 덧칠되었다. 무심코 하야토도 히메코도, 그리고 카즈요시도 숨을 삼켰다.

곧게 편 등줄기에 단아한 행동거지, 그리고 오늘만큼은 단정한 교복 착용. 그야말로 청순가련하고 전통적인 미소녀, 완벽한 **위장**.

"어, 하루키는 그게, 무척 변했구나……?"

"후후, 7년이나 지났으니까요."

"으음, 하야토랑 히메코랑은……."

"제게 무척 친근하게 잘 대해주고 있어요."

모범적, 그리고 이상적인 인사 방법이었다. 소꿉친구의 부모를 상대로는 만점이리라. 그렇게 되도록 계산된 대화로 이끌고, 그 자리의 흐름을 지배한다――그런 하루키의 연기가 펼쳐지고 있었다. 하야토도, 그리고 히메코도 말문을 잃었다.

평소와 같은 식탁.

평소와 같은 **가족**과 하루키가 있는 거실.

평소와 같이 조금 전까지 펼쳐지던, 바보 같은 대화.

그래서 하야토는 눈앞의 **니카이도 하루키**가 괜히 마음에 들지 않았다.

"그럼 하루키, 앞으로도 이 아이들을 잘 부탁하마."

"아뇨, 저야말로 신세를——."

"뭘 갑자기 딱딱하게 구는 거야, 조금 전까지 야한 게 어쩌고 그랬던 주제에!"

"——미얏?!"

"하, 하야토?!"

"오빠?!"

하야토는 갑자기 양손으로 하루키의 뺨을 잡아당겼다. 그리고 동요해서 눈물을 글썽이는 하루키를 보고 히죽 웃는 것과 동시에 놀랐다.

'말랑말랑하고 부드러워……'

하루키의 뺨을 꼬집었더니 손가락이 빨려들 것 같이 매끄러운 피부에 떡 같은 탄력이 있어서 자유자재로 모습을 바꾸었다. 그 감촉에 빠져들고 말았다.

하루키가 그에 항의하는 듯한 눈빛으로 "미얏!" 하는 울음소리를 높이자, 뭉게뭉게 피어오르는 장난기를 억누를 수가 없게 되어버렸다.

"하핫, 이렇게나 늘어나네."

"함한, 하햐호—! (잠깐, 하야토—!)"

주위의 시선 따위는 알 바 아니었다. 하야토는 그저 하루키의 뺨을 가지고 노는 것에 몰두하고 말았다. 마치 초등학생이 마음에 둔 아이한테 장난을 치는 것과도 닮은 광경이었다.

고등학생이나 되어서 할 일이 아니었다. 역시나 보다 못한 히메코가 말리고 들었다.

"자, 잠깐만 오빠! 여자애 얼굴에 무슨 짓──."

"히헤!"

"무앗?!"

"하루?!"

하지만 언제까지고 당하기만 할 하루키도 아니었다.

"그기기."

"으그그."

하루키는 반격하듯이 하야토의 뺨을 꼬집고 꿈틀꿈틀 움직여서는 도발을 했다. 하야토도 맞서듯이 뺨을 당기며 돌리고 꾹 눌렀다.

그것은 그야말로 아이들 사이의 장난 그 자체였다. 하야토도 하루키도 오기가 생겨서는, 그럼에도 서로 웃음을 머금고서 이건 어떠냐며 유치한 응수를 펼쳤다.

나무라려던 히메코도 그런 하야토와 하루키의 모습을 봤더니 힘이 빠지고 어이가 없어서 하아, 크게 한숨을 내쉬었다.

"하핫, 아하하하하하하하핫!"

"하허히? (아버지?)"

"하허히? (아저씨?)"

"아빠?"

갑자기 하야토와 히메코의 아버지 카즈요시가 크게 웃음

을 터뜨렸다. 참으로 우습다는 표정으로 배를 부여잡고, 그 시선이 하야토와 하루키를 오갔다.

"아니, 실례했다. 옛날과 다름없이 사이가 좋구나, 싶어서."

"따, 딱히 그런 거 아니야."

"저기, 그거, 그거예요, 그거!"

"오빠, 하루……."

지적을 당하자마자 하야토와 하루키는 허둥지둥 서로에게서 손을 떼고, 얼굴을 새빨갛게 물들이고서 반론했지만 히메코는 어이없다는 듯이 한숨을 내쉴 뿐이었다.

"어— 아버지, 저녁은 어떻게 할래? 집에 온다는 말은 못 들었지만 남은 건 있으니까."

"그럼 먹어볼까."

카즈요시가 자리에 앉자 하야토는 저녁 준비를 변명 삼아서 총총히 부엌으로 도망쳤다. 히메코는 어이없다는 태도로 젓가락을 놓았다.

"배불러, 잘 먹었습니다!"

"두, 둘 다 배신자~!"

그리고 히메코는 저녁 식사를 마무리하고 자기 방으로 돌아가는 것이었다.

식탁에는 하루키와 카즈요시가 남겨졌다.

조금 전과는 다른 의미로 어색한 분위기였다. 그리고 하루키는 긴장 탓에 몸이 굳어졌다.

키리시마 카즈요시는——**츠키노세의 어른**은 하루키의 조부모와 타쿠라 마오의 사정을 알고 있다.

어쩌면 달갑게 생각하지 않을지도 모른다. 그런 생각이 뇌리를 스쳤다.

하지만 그런 하루키의 모습을 본 카즈요시는 다시 한번 부엌에서 저녁 준비를 하는 하야토과 그녀를 번갈아서 보고 큭큭 웃음을 흘리더니, 얼굴을 마주하고서 눈에 살짝 호를 그렸다.

"하루키, 고맙다. 저렇게나 즐거워 보이는 하야토를 보는 건 무척 오랜만이라서 말이야."

"…………예?"

그것은 예상 밖의 말이었다.

그에 이끌려서 하루키도 부엌으로 시선을 향했지만, 그곳에는 최근에 익숙해진 저녁을 준비하는 하야토의 뒷모습이 있을 뿐. 평소 그대로의 모습이었다. 저도 모르게 고개를 갸웃거리고 말았다.

"자, 다 됐어. 간장이든 케첩이든 소스든, 취향대로 먹어."

"고마워. 아, 그리고 오후에도. 물건도 병원에 있는 어머니한테 잘 전해준 모양이더구나. 덕분에 살았어."

"……병, 원?"

"어라, 하야토한테 못 들었나?"

"어―, 그게……."

하루키가 눈을 크게 떴다. 처음 들었다.

소꿉친구인 하야토와 히메코의 집을 방문하게 된 뒤로 그럭저럭 시간이 지났지만, 생각해보면 아버지와 만난 것도 이것이 처음이었다. 어머니의 모습은 없어서 무언가 사정이 있음은 명백했다.

신경이 쓰이지 않는 것은 아니었다. 하지만 홀로 사는 하루키에게도 부모라는 존재에 관해 속에 담아둔 것이 있기에 파고들 수 없었던 것이다.

하지만 그래도 하루키에게 병원이라는 단어는 예상 밖이었다. 동요를 감추지 못하는 표정으로 하야토를 봤지만 겸연쩍은 듯이 머리를 긁적이며 시선을 피할 뿐.

"아버지, 갈아입을 옷 가지러 왔지? 세탁소에 맡겨둔 채로――."

"아, 그렇구나. 역시 하야토에게 하루키는 특별하지."

"미얏?!"

"아, 아버지?!"

하야토가 억지로 이야기를 돌리려고 했을 때, 생각지도 못한 말이 튀어나왔다. 무슨 뜻인지는 알 수 없었다. 다만 하루키의 심장은 몹시 요란스럽게 뛰기 시작했다.

하야토의 얼굴을 봤더니 이제까지 본 적도 없을 만큼 새빨개져서는, 입을 뻐끔뻐끔 움직이고 있음에도 제대로 말이 나오지 않았다.

하지만 카즈요시는 무척 납득한 표정으로 고개를 끄덕였다.

"그래그래, 하루한테 어머니에 대해서 말하지 않았던 건, 그것 때문에 조금이라도 이상한 동정이나 배려를 받는 게 싫어서——."

"하루키, 그게, 오늘은 이만 바래다줄게!"

"어, 아, 응!"

더는 견딜 수가 없었는지, 하야토는 아직 식사를 마치지 않은 하루키의 손을 억지로 붙잡고 나가자며 재촉했다. 하루키 역시도 이 이상은 목으로 넘어갈 것 같지가 않아서 하야토를 따랐다.

갑작스러운 행동에 어안이 벙벙하던 카즈요시는 의아하다는 표정으로 두 사람의 뒷모습을 바라봤다.

"하루키, 앞으로도 편하게 우리 집에 오렴. 아, 이참에 아예 열쇠를 만들어줄까?"

"아버지!"

터벅터벅 아스팔트를 두드리는 소리가 밤의 주택가에 울렸다.

"……."

"……."

서로 아무 말도 없었다. 무슨 말을 나누면 좋을지 알 수 없었다.

어쩐지 근질거리기는 했지만 결코 나쁘지는 않았다. 기분 탓인지 걸음이 빨라졌다.

문득 고개를 들어 밤하늘을 올려다봤다. 빌딩이나 네온사인 조명에 가로막힌 상태에서도 희미하게 빛나는 별들이 몇몇 있었다. 하지만 과거의 기억 속 츠키노세와는 달리, 별보다도 사람이 마련한 불빛이 더 강하게 빛나서 숫자가 많지는 않았다.

옛날과는 다르다. 그렇게 생각하자 문득 하루키의 가슴에서 말이 흘러나왔다.

"하야토는 있지, 나한테 아무것도 안 물어보네."

재회한 뒤로 상당한 시간이 흘렀다.

하야토와 하루키 사이에는 공백의 시간이 있고 많은 변화가 있었다. 그것이 신경 쓰이지 않는다면 거짓말이다. 틀림없이 하야토도 그럴 것이다.

옆을 걷는 하야토는 여전히 앞을 바라보며 머리를 벅벅 긁적였다. 그의 표정은 보이지 않았다.

"옛날에 말이지──아니, 옛날에도라고 해야 하나. 나, 하루키네 집안 사정이라든지 학교에 안 간 거라든지, 전혀 몰랐어."

"……응, 그러네."

"그래도 같이 노는 게 즐거워서 신경이 쓰이지 않았다고 해야 되나……. 아, 그래. 그런 건 자잘한 일이라 생각했고 그건 지금도 마찬가지라서, 뭐 그거야, 그렇게 된 거……아마도?"

"……풉, 뭐라는 거야."

"뭐야, 뭐 잘못됐냐."

"아니, 하야토다워…… 아, 잠깐만!"

토라졌는지 하야토의 다리가 더욱 빨라졌다. 하루키는 뒤처지지 않겠다며 뒤를 쫓아가서 손을 잡았다. 옆에 나란히 섰다.

그것은 일찍이, 어릴 적부터 수도 없이 되풀이된 광경과 똑같았다.

"나한테도 있지, 역시 하야토는 특별하니까."

"…………그런가."

서로 얼굴은 새빨갰다. 그런 주제에도 손은 여전히 잡은 채, 떨어질 기미도 없었다.

그리고 그런 부끄러운 심정을 애써 뿌리치듯이, 하루키의 집을 향해 평소보다 빠른 걸음으로 걷게 되었다.

제 9 화

마음에 안 들어

"있잖아, 아직도 더 할 거야?"

"오빠, 움직이지 마!"

일요일 이른 아침의 키리시마가에 히메코의 날카로운 목소리가 울렸다.

히메코는 거실 소파에 하야토를 억지로 앉혀놓고는 이러니저러니 30분 가까이 그의 머리를 세팅하고 있었다. 아무래도 좀처럼 히메코가 납득할 만한 완성도가 나오지 않는 모양이었다.

오늘은 약속했던 영화관에 가는 날이었다.

거친 콧김의 히메코가 멋에 둔감한 오빠를 "오늘은 나도 같이 가니까 말이지!"라며 기를 쓰고서 꾸미고 있었다.

그런 히메코의 복장은 소매 없이 차분한 디자인의 블라우스에 좌우가 비대칭인 남색의 긴 스커트. 늘씬한 스타일도 곁들여져 어른스러운 부분도 있어서, 모르는 사람이 본다면 누가 연상인지 알 수 없을 구도였다.

"됐다!"

"……어쩐지 이상한 느낌이네."

이윽고 히메코는 만족스러운 표정으로 고개를 끄덕였다. 하야토는 처음 느끼는 왁스로 정돈된 머리카락의 뻣뻣한 감각에 조금 한심스러운 목소리를 흘렸다.

"자, 하루키를 기다리게 만드는 것도 그러니까 얼른──."

"허? 잠깐만, 오빠. 혹시 그 복장으로 갈 거야?"

"어? 이상해?"

"……하아."

하야토가 막상 집을 나서려고 일어나자 의아하다는 표정의 히메코가 말을 던졌다.

이유는 알 수 없었다. 이리저리 자신의 모습을 둘러봤지만 황록색의 오버핏 셔츠에 검은색 치노 팬츠라는 지극히 평범한 복장이었다.

곤혹스러워하는 하야토를 본 히메코는 크게 한숨을 한 번 쉬었다. 그리고 한 손을 허리에 대고서 다른 한 손으로 손가락질했다.

"그 셔츠! 색깔은 바랠 지경이고 옷깃도 구깃구깃해! 게다가 소매도 닳아버렸잖아!"

"화, 확실히 그러네."

듣고 보니 오래 입은 탓에 꽤 낡았다. 아무리 히메코라도 그냥 넘어갈 수는 없는 모양이었다. 그 후로 하야토는 자기 방으로 강제 연행되어 동생이 골라주는 옷으로 갈아입게 되었다.

휴일 오전의 역 앞은 평일만큼은 아니더라도 역시나 혼잡했다. 평소에 전철을 이용하지 않는 사람들도 이용해서 그런지 티켓 발매기에도 몇 사람이 서 있었다. 하야토도 그중 하나였다.

"으음, 얼마였더라……."

시골인 츠키노세에 살다보면 일단 표를 산다는 습관은 몸에 붙지를 않는다.

당연하다. 자가용 차량이 없다는 것은 꼼짝도 못 한다는 것과 같은 뜻이고, 소형 트럭이야말로 절대적 정의인 땅인 것이다.

하야토는 티켓 발매기 앞에 와서 요금표를 확인하고, 다음으로 지갑을 꺼냈다. 그 행위는 무척 느릿느릿했다.

"빨리 하라고, 오빠."

"미안해……. 아니, 히메코는 표 안 사도 돼?"

"흐흐~응, 나한테는 이게 있으니까!"

그러면서 히메코는 득의양양하게, 멜론 마크가 특징적인 IC 카드를 내밀었다. 전철이나 버스만이 아니라 가게에서도 전자화폐로 쓸 수 있는 물건이었다. 아무래도 하야토가 모르는 사이에 입수한 모양이었다.

"이게 있으면 일일이 표를 안 사도 되고, 편의점에서 계산도 스무스하니까!"

히메코는 짜증스러울 만큼 득의양양한 얼굴로 IC 카드를 하야토에게 과시하고 개찰구를 지나갔다.

『잔액이 부족합니다. 충전해주세요.』

삐익— 무기질적인 안내음이 울렸다.

"……히메코."

"으으……."

히메코는 울먹거리며 하야토와 함께 발매기에 나란히 섰다.

가장 가까운 역에서 쾌속으로 세 역, 전철을 타고 20분 남 짓. 전날 하루키와 함께 스마트폰을 고르러 왔을 때와 같은 도심부, 새 오브젝트 앞. 그곳이 오늘의 약속 장소였다.

이곳에 오는 것은 두 번째였지만 잡다하고 복잡하게 뒤얽 힌 역사를 이동하는 것은 아직 익숙해질 것 같지 않았다. 인 파를 가르며 느릿한 움직임으로 목적지를 향해 나아갔다.

참고로 하야토는 집도 가까우니까 하루키도 같이 가는 게 어떠냐고 그랬지만, 초승달 같은 미소로 거절당했다. 그것 은 변변찮은 생각을 하고 있을 때의 표정이었다.

약속 장소에 도착한 히메코는 진정이 안 되는지 연신 손 거울을 꺼내어서는 앞머리를 만져댔다.

하야토에게 어지럽게 흘러가는 인파는 신기한 광경이라 바라보는 것만으로도 지루하지는 않았다.

만약 너무나도 많은 저 인파 속으로 들어가면 금세 파묻 혀서 빠져버릴 것이다. 그런 생각을 했다. 실제로 하야토와 히메코는 사람의 흐름에 농락당하며 이 자리로 찾아왔다.

"……허?"

"……아."

"아, 하루다! 어, 그거 뭐야 귀여워—! 게다가 화사해—!"

그렇기에 그 인파 안에서 더욱 눈에 띄는 소녀를 보고 무심코 이상한 소리가 나와 버렸다. 히메코도 함성을 터뜨렸다.

오늘의 하루키는 무척 귀여운 모습이었다.

하늘색 천에 꽃을 장식한 짧은 캐미솔 원피스. 치마 부분은 층이 져 있고, 높게 잡힌 허리 라인에서 갈라지기 시작해 이너 웨어와의 컬러 차이로 악센트를 주었다. 그 위로 레이스 카디건을 짧은 재킷처럼 조합한 그것은 여성스러움을 무척 강조한 걸리시 코디였다.

게다가 오늘의 하루키는 특별히 머리카락을 트윈테일로 세팅하고 리본까지 달았다. 히메코가 화사하다고 하는 것도 납득이 가는 모습이었다.

조금 어려 보이긴 하지만 10대 중반 특유의, 소녀의 천진난만함과 위험한 느낌이 도드라져서 하야토도 놀란 나머지 눈을 끔벅거릴 수밖에 없었다.

그리고 그것은 하루키도 마찬가지였다.

평소처럼 그냥 내버려 두지 않고 히메코가 공들여서 손질한 머리는 상쾌한 인상이고, 히메코가 선별한 옷도 잘 어울려서 세련되었다.

저도 모르게 하루키도 벌린 입을 그대로 두었을 만큼 변모했다.

"누, 누구야—?!"

"누구냐니, 너무하네."

먼저 경직에서 풀려난 것은 하루키 쪽이었다. 놀란 심정과 함께 하야토를 척 가리켰다.

"흐흐~응, 오빠도 이렇게 하면 상당하지?"

"큭, 기습이라니! 그래, 하야토한테는 히메가 있었어……!"

"어, 야…… 나 참."

하루키는 분하다는 듯이 신음을 흘리더니, 히메코가 완성도 좋은 작품을 자랑하듯 하야토를 내밀자 입술을 잔뜩 삐죽였다.

하야토는 오늘의 룩처럼 어린아이같이 반응하는 그녀를 향해 어이없다는 목소리를 흘렸다.

그걸 본 하루키가 무언가를 떠올린 것 같은 표정을 짓고서 어흠, 헛기침했다. 그리고 익숙하지 않은 레이스와 프릴로 장식된 짧은 치맛자락을 바로 하고, 최근에 보여주던 어쩐지 기분 나쁜 느낌의 도발 같은 표정을 지은 채 다가왔다.

"흐흥, 처음에는 제대로 당했지만 오늘의 나는 이제까지와는 다르니까."

"그, 그런가. 뭐, 확실히 평소와 이미지가 달라서 놀랐어."

"사실은 그것만이 아니거든~. 있지, 어디가 달라진 거 같아? 알고 싶어? 알고 싶어?"

"어, 아니 별로……."

"으음~~, 그런 소리나 하고~! 있지, 사실은 알고 싶잖아?"

오늘의 하루키는 겉모습만이 아니라 감도는 분위기도 무척 달라서 떨렸다. 솔직히 말해서 하야토는 완전히 두근두근했다. 자연스럽게 쌀쌀맞은 태도가 되어 버린다.

하지만 하루키는 그런 하야토의 심경을 모르고 뾰로통하게 입술을 삐죽였다.

"흐응, 이걸 봐도 그런 소리를 할 수 있을까~? ……에잇."

"~~~~뭐라고!!?!?!?!?"

참다 못한 하루키는 하야토와 히메코 앞으로 다가오더니 가슴께의 캐미솔을 확 잡아당겼다. 그리고 다음 순간, 하야토는 잠시 급탕기가 되어버렸다. 하루키는 끝도 없이 빨개진 채 허둥대는 하야토를 보고서야 속이 후련한 듯했다.

하야토랑 히메코에게 흘끗 드러낸 그것은 검은 속옷이었다.

시크한 느낌의 레이스로 장식된 그 속옷은 묘한 색기를 드리운 어른스러운 분위기라서 하루키가 입고 있는 소녀 느낌의 옷과는 무척 미스매치이며, 또한 그렇기에 두드러지는 것이었다.

하야토는 완전히 그 갭에 당해버렸다. 머릿속이 완전히 엉망진창이라 표정으로도 드러나 버렸다.

하루키는 해냈다는 듯이 득의양양하게 웃고, 히메코는 하야토의 심경을 대변하듯이 작고 낮은 목소리를 흘렸다.

"야해애애애애애!"

하루키는 그런 두 사람의 반응에 만족해 일찍이 츠키노세에서 장난이 성공했을 때처럼 득의양양한 표정으로 더더욱 까불거리기 시작했다.

기분이 좋아진 하루키가 지금이라는 듯이 하야토에게 짜증스레 얽혀들었다.

"있지있지, 두근두근했어? 해버렸어? 얼굴 새빨갛네~, 후후, 말 안 해도 알겠어~. 역시 말이지, 겉만이 아니라 보이지 않는 곳까지 집착했으니까 그렇겠지? 나의 내면에서 배어나오는 색기? 알겠느냐―, 아니, 아니까 하야토는 이렇게나 새빨――."

"시끄러워―!"

"――미얏?!"

그리고 놀림을 당한 하야토는 새빨간 얼굴 그대로, 하루키의 트윈테일을 뿌리부터 빙글빙글 돌리고 잡아당겼다. 말로 갚아줄 수 없으니까 그만 손이 나가고 마는…… 어린아이한테서 자주 볼 수 있는 그것과 완전히 같은 행동이었다.

"이, 이게!"

"아얏?!"

하루키도 당하고만 있지는 않았다. 하야토의 정돈된 머리카락을 붙잡고는 억지로 빙글빙글 휘저었다. 그것은 완전히 아이들끼리의 싸움이자 오기 싸움이었다.

둘 다 모처럼 꾸민 것도 소용없이 무참한 꼴이 됐다.

히메코는 지난번과 똑같구나 하며 진심으로 어이없다는 표정과 함께 빤히 시선을 보냈다. 그녀가 타이밍을 봐서 나무라려고 하던 그때였다.

"오빠, 하루, 눈에 띄니까 그만——."

"——크크, 하하, 아하하하하하하! 대체 뭐 하는 거야, 너희는…… 하하하핫!"

갑자기 시원스러운 웃음소리가 하야토와 하루키에게 쏟아졌다.

목소리의 주인은 진심으로 재미있다는 듯이 배를 부여잡고 있었다. 그것은 평소의 어쩐지 차분한 학교의 모습에서는 생각할 수도 없을 만큼 천진난만한 웃음소리였다.

그래서 하야토는 더더욱 표정을 찡그린 채 중얼거렸다.

"…………카이도."

하야토와 하루키는 서로 얼굴을 마주 보고, 그제야 간신히 코를 꼬집고 찌르고 귀를 잡아당기는 우스꽝스러운 모습을 사람들에게 훤히 드러내고 있다는 사실을 깨달았다.

주변 통행인의 시선과 소리 죽인 웃음이 그것을 알려주었다.

하야토와 하루키는 황급히 손을 떼고 거리를 벌렸다. 하지만 카이도 카즈키는 그런 하야토와 하루키를 보고 재미있다는 듯이 어깨를 흔들며 눈꼬리의 눈물을 훔쳤다.

"하핫, 그, 우연이네, 키리시마 군이랑 니카이도."

"그러, 게."

"나랑 다르게 두 사람은 우연이 아닌 모양이지만."

"……어, 그래."

하야토는 머리를 벅벅 긁적이며 하아, 체념한 것처럼 한숨을 흘렸다.

조금 전의 상황을 다시 떠올렸다. 어린애 싸움 그 자체였다. 도저히 막 전학 와서 옆자리가 된 남녀가 할 법한 일이 아니었다.

카이도 카즈키는 턱에 손을 대면서 과장스럽게 응응, 고개를 끄덕이고 있었다. 무척 재미있다는 표정이었다.

'……아―, 멍청했어. 게다가 하필이면 들킨 게 이 녀석이라니…….'

휴일, 거리에서 학교 사람과 만난다――그처럼 말을 건네지는 않더라도 누군가의 눈에 띄는 것은 당연한 일이었다.

그렇지 않더라도 하루키라는 소녀는 무척 눈에 띈다. 외모에 기합을 넣은 오늘은 훨씬 더.

지난번에 들키지 않았던 것은 체류 시간이 짧았던 것과 주로 가게 안에 있었던 것, 그리고 드라마 촬영이라는 따로 시선을 끄는 일이 있었기 때문이리라.

"그쪽 여자애가 소문의 소꿉친구인가? 처음 만나네요, 두 사람이랑 같은 학교인 카이도 카즈키예요."

"아!"

"어, 아니, 히메코!"

다시금 하야토와 하루키를 관찰하던 카이도 카즈키는, 히메코의 존재를 깨닫고 싱긋 웃음을 건네며 자기소개를 했다.

카이도 카즈키는 외모가 괜찮다. 이른바 미남이다. 수많은 여자를 포로로 만들었던 그 미소를 맞닥뜨린 히메코는 어떻게 반응하면 좋을지 알 수가 없어서, 그리고 낯가림을 유감없이 발휘해서 하야토의 등 뒤로 숨어버렸다. 이 모습에는 하야토도 카이도 카즈키도 쓴웃음을 흘릴 수밖에 없었다.

"아쉽네, 차여버렸어. 그건 그렇고 히메코라…… 이름으로 부르는구나."

"어ー, 그건 말이지……."

어깨를 으쓱이는 카이도 카즈키는, 말과는 달리 흥미진진한 눈빛으로 머뭇거리는 하야토와 히메코를 번갈아서 봤다.

참으로 거북한 분위기였다. 거기에는 하야토와 하루키, 히메코의 관계를 학교에서는 공개하지 않다 보니 켕기는 마음도 있었다.

거침없다고도 할 수 있는 시선과 맞닥뜨린 히메코는 어깨를 움찔 떨었고, 하야토의 셔츠 등에 주름이 생겼다. 무어라 설명하기 힘든 상황이었다. 그리고 그런 히메코의 얼굴을 흘긋 쳐다본 하야토가 입을 열려던 그때였다.

"카이도ーー."

"카이도, 너무 빤히 보지 마! 히메가 놀라잖아!"

"이런, 그건 실례했네."

"ーー하루키."

하루키가 카이도 카즈키 앞으로, 히메코에게 향하는 시선을 가로막듯이 뛰쳐나왔다.

그녀는 그를 비난하듯 눈살을 찌푸린 채 검지를 척 내질렀다. 놀란 카이도 카즈키는 저도 모르게 뒤로 몸을 젖히며 양손을 들었다.

또다시 카이도 카즈키는 놀라고 있었다.

당연했다. 하루키의 언동이나 태도는 평소에 학교에서 보는 그것과는 너무도 달라서, 그 대상이 자신이라면 당황하지 않는 게 더 힘들다. 하지만 동시에 그것은 강한 흥미를 그에게 깃들였다. 그래서 그가 대답으로 던진 말에는 놀리는 기색이 진했다.

"······그건 그렇고 니카이도, 굉장히 귀여운 느낌이네. 옷도 헤어스타일도, 학교에서의 이미지하고는 무척 달라. 놀랐어, 키리시마 군한테 보여주려는 건가?"

"그래, 당연하잖아. 하야토랑 히메를 놀라게 해주려고 이렇게 입은 거니까. 그러지 않으면 이런 옷은 안 입어!"

"윽! ······호, 호오, 그렇구나."

하지만 그런 카이도 카즈키의 짓궂은 말을 완전히 흘려버리고, 정색한 하루키는 자신의 모습을 과시하듯이 허리에 손을 대고 가슴을 폈다.

카이도 카즈키는 그런 하루키의 행동에 눈을 크게 떴다가, 눈부시다는 듯이 가늘게 좁혔다.

"하야토한테 한 방 먹긴 했지만 말이지. 뭐, 그래도 내 야한 속옷을 보여주니까 그런 반응이었다는 건, 그건 내 승리라는 걸로 괜찮을——으읍?!"

"야, 하루키!"

"푸헉! 뭐, 야한 속…… 콜록, 콜록!"

"하루, 이제 됐으니까 이쪽으로 와!"

그리고 하루키는 득의양양한 표정으로, 하야토에게 고의로 속옷을 보여주었다고 단언했다.

놀라서 기침을 하는 카이도 카즈키. 이마에 손을 대고서 하늘을 올려다보는 하야토와 무심코 입을 막으려 움직인 히메코. 그제야 처음으로 하루키는 자신이 무슨 소리를 해버렸는지 인식하고 수치심으로 얼굴을 붉게 물들였다.

당연하지만 조금 전보다 더 시선이 끌리고 있었다. 하루키의 방울이 굴러가는 듯한 목소리는 시원시원해서, 야한 속옷이라는 단어에 반응한 주변의 시선이 아플 정도로 박혔다.

안 그래도 하야토와 히메코는 주목을 받는 것에 익숙하지 않다. 그 자리의 분위기를 더는 견딜 수 없었던 두 사람은 하루키를 잡아끌며 황급히 통행량이 적은 쪽으로 이동했다.

자신이 저지른 일을 올바르게 인식한 하루키는 얼굴을 양손으로 덮고서 고개를 숙이고, 다소 원래 분위기로 돌아온 히메코에게 위로를 받고서는 "으윽" 하고 눈물을 글썽이며 울음소리를 흘렸다.

그리고 대신에 하야토가 아픈 머리를 누르며, 따라온 카이도 카즈키 앞으로 나섰다.

"뭐 그래, 카이도. 하루키의 **저건** 옛날부터 그랬어. 무사의 인정이라고 할까, 못 본 걸로 해줬으면 좋겠어."

"그건 괜찮은데…… 그게, 너희는 무척 사이가 좋네."

"그야 소꿉친구이고 오래 사귀었으니까……. 아니, 이제는 눈치챘겠지? 그리고 하루키가 주위에 잔뜩 소꿉친구라고 그랬던 이 녀석은 히메코. 내 동생."

"키, 키리시마 히메코예요. 아, 안녕하세요……."

"아…… 저야말로, 카이도 카즈키예요."

다소 평소의 분위기를 되찾은 히메코는 하야토에게 등을 떠밀리는 형태로 쭈뼛거리기는 했지만, 이번에는 제대로 인사를 했다. 그것을 깨달은 하루키는 조금 전에 당한 걸 갚 듯이 잘했다며 머리를 쓰다듬었다.

"오, 이번에는 제대로 했구나. 장하다, 장해."

"정말이지, 하루는 뻔뻔하다니까!"

"……나 참, 뭐 하는 거야. 슬슬 가자고."

그렇게 하야토가 재촉하자 ""예—""라며 경쾌한 대답이 돌아왔다. 그것은 어릴 적에 수도 없이 반복했던 일이고, 조금 전 같은 사고가 있었지만 이제는 평소 그대로의 분위기가 되었다. 그것은 그들이 소꿉친구이기에 만들어낼 수 있는 분위기였다.

하야토는 조금 부끄러운 표정을 지으면서도 카이도 카즈키에게 말을 건넸다.

"오늘은 다 같이 처음 영화관에 가는 참이야. 시골에는 없었으니까. 시간도 그렇고, 우리는 슬슬 갈게……. 그게, 오늘 일은 비밀로 해줬으면 좋겠어."

그럼, 그러면서 하야토는 손을 들고 몸을 돌렸다.

하야토와 카이도 카즈키는 알게 되고서 아직 얼마 안 되었다. 특별히 사이가 좋은 것도 아니고 소문 이야기도 있어서 친구라고는 할 수 없는 애매한 관계였다.

"잠깐만! 그게, 나도 같이 데려가 주지 않겠어……?!"

그러니까 그 말은 그저 예상 밖이었다.

"카이도……?"

"음?!"

불러 세우니까 돌아본 하야토와 하루키는 서로 놀란 표정으로 마주 봤다.

그리고 무엇보다 카이도 카즈키의 얼굴이 가장 경악으로 물들어 있어서, 본인도 어째서 그런 소리를 해버렸는지 스스로 당황한 기색을 감추지 못했다. 곤혹스럽다는 분위기가 흘렀다.

그런 가운데 가장 처음으로 입을 연 것은 하루키였다.

"무슨 생각이야?"

그녀가 앞으로 한 걸음 내디디며 불쑥 다가갔다. 수상쩍어하는, 도리어 노려본다는 표현이 딱 맞는 눈빛이었다. 카이도 카즈키도 무심코 뒷걸음질 쳤다.

하지만 그것도 한순간, 카이도 카즈키는 하루키를 제대로 마주 보고 더듬더듬하면서도 말을 꺼냈다.

"……으음 그게, 내가 있는 편이 여러모로 적절할 거라 생각했어."

"적절해?"

"그게, 너희는 공공연하게 움직이는 게 아니잖아? 그러니까 내가 있으면 더블 데이트처럼 보일 테고, 다른 누군가한테 들키더라도 얼버무릴 수가──."

"더, 더더더더블 데이트?!"

"──있다고 할까…… 아니, 니카이도?"

"더, 더블 데이트라니, 누가 누구랑 어떻게?! 하, 하야토는 안 돼, 안 줄 거니까!"

갑자기 더블 데이트라는 단어에 민감하게 반응하고 만 하루키는 순간 급탕기가 되어버렸다. 당장에라도 머리에서 김이 나올 것 같은 얼굴로 치마 프릴을 만지작거리며 하야토와 히메코의 안색을 흘끗흘끗 살폈다. 완전히 그거인 상태가 되어 있었다.

상황을 지켜보던 하야토는 고개를 절레절레 내저으며 "안 준다니 내가 물건이냐"라며 한숨을 내쉬었다. 고물이 된 하루키를 히메코한테 맡기고 카이도 카즈키와 마주 섰다.

"……그래서."

"그래서?"

"무슨 생각이야?"

"생각이고 뭐고, 말한 그대로인데."

"…………흐응?"

"……키, 키리시마 군?"

하야토는 그의 진의를 파악하고자 가만히 카이도 카즈키

의 눈을 바라봤다.

　불안하게 흔들리면서도 무언가 기대에 찬 기색으로 흔들리고 있었다. 무언가를 두려워하는 것처럼도, 눈부신 것을 바라는 것처럼도 보였다. ……어쩐지 기억에 있는 눈빛이었다.

　──**니카이도 하루키**와 **카이도 카즈키**는 무척 닮았다.

　또다시 그런 생각을 하고 말았다.

　하야토는 카이도 카즈키의 사정 따위 모른다. 더구나 깊이 파고들 생각도 없다. 하지만 너무나도 닮은 빛깔의 눈을 앞에 두고 말았더니, 역시나 내팽개치기에는 마음에 걸렸다.

　게다가 변명 같은 논리지만 확실히 일리 있다고 납득되는 부분도 있었다. 쓸데없는 트러블을 피하는 데에는 효과적이리라. 크게 한숨을 내쉰 하야토는 벅벅 머리를 휘젓고, 이윽고 체념한 것처럼 하아, 크게 한숨을 내쉬었다.

　"……콜라랑 팝콘 사."

　"키리시마 군!"

　"하야토─?!"

　놀라면서도 기쁨이 배어 나오는 카이도 카즈키의 목소리와 항의가 담긴 소리를 높이는 하루키의 목소리가 대조적이었다. 하야토도 무심코 곤란하다는 웃음을 흘리고, 이야기는 이걸로 끝이라는 것처럼 저벅저벅 앞으로 걸음을 옮겼다.

　"아─ 정말, 모처럼 내가 꾸며줬는데! 오빠도, 하루도!"

　그리고 엉망이 된 하야토의 머리카락을 쫓아온 히메코가

비난했다.

　영화관, 그것은 무척 큰 건물이었다.

　족히 학교 체육관의 두 배는 되는 부지 면적에 12층이라는 크기는 올려다보면 목이 아플 정도라서 그 위용에 압도당하고 말았다.

　"크네……."

　"굉장해……."

　"아하하, 나도 이건 예상 밖인데……."

　그랜드 시네마 스피리츠——이곳이 오늘 그들이 방문한 멀티플렉스 영화관이다.

　국내 최대급의 거대 스크린 외에 체험형 시어터나 카페, 굿즈숍 등등 다양한 설비를 거느린 그곳은 일종의 어뮤즈먼트 시설이라고도 할 수 있었다.

　"키리시마 군, 안 들어가?"

　"어, 어어, 미안. 그게, 이런 곳은 처음이라서 말이지, 깜짝 놀란 것도 있고 입구가 어딘지 몰라서……. 아래쪽에는 다양한 시설이 있구나……."

　"1층에서 3층은 각종 상점이 들어와 있어. 으음…… 영화관은 옆의 에스컬레이터로 올라가서 4층이 입구. 이쪽이네. 윗부분은 다 멀티플렉스 영화관인 모양이야."

　"음, 가자. 하루키, 히메코."

　"……으음."

"으, 응."

그런 그들 가운데 카이도 카즈키만큼은 태연했다. 익숙한 것일까? 그는 어안이 벙벙한 세 사람을 흐뭇한 눈빛으로 바라보면서도 재촉했다.

그건 하야토와 히메코에게는 이사 온 뒤로 이따금 마주했던 익숙한 시선이었다. 츠키노세와의 차이에 놀랐을 때에 자주 맞닥뜨리는 것이었다.

하지만 하루키에게는 아니다.

평소의 위장도 있다 보니 그런 시선을 마주하는 것은 처음이었기에 조금 불만스러운 표정을 짓고, 앞서가는 하야토와 카이도 카즈키 사이로 몸을 밀어 넣었다.

"조, 조금 놀랐을 뿐이니까."

그러자 카이도 카즈키는 한층 더 유쾌하다는 표정을 지었다. 하루키는 흥, 하며 시선을 피했다.

참고로 하야토와 히메코는 두리번두리번, 4층까지 이어지는 거대한 에스컬레이터에서 주위를 신기하다는 듯이 둘러보느라 그 상황을 깨닫지 못했다. 완전히 그림으로 그린 것 같은 시골 사람이었다.

"와아!"

"호오."

멀티플렉스 영화관의 로비 또한 깜짝 놀랄 만한 것이었다.

위로 뻥 뚫려 있는 원형 공간에 유선형을 의식한 근미래적인 디자인의 시설 안을 수많은 사람이 흐르듯이 오갔다.

당연히 하야토와 히메코는 이런 장소가 처음이었다.

그리고 오랫동안 도시에서 살고 있지만 철저하게 외톨이인 하루키도 처음이라, 세 사람 모두 어쩌면 좋을지 몰라서 우두커니 서버렸다.

그런 그들을 보고 카이도 카즈키는 유쾌하게 웃음을 흘리고, 하야토에게 말을 건넸다.

"저기, 볼 영화는 정해졌어?"

"어, 어어. Faith 극장판 제3장이야."

"애니메이션?"

"의외인가?"

"조금. 요즘엔 『나유타의 시간』이 우리 반에서도 소문이 돌 정도니까, 분명 그거라고 생각했는데."

서 있던 하루키의 어깨가 움찔 반응했다.

나유타의 시간, 그것은 하루키에게 지뢰라고도 할 수 있는 화제다.

기분 나쁜 표정을 감추려고 하지도 않는 하루키를 알아차린 하야토는 황급히 지갑에서 지폐를 꺼내어 카이도 카즈키에게 떠맡겼다.

"카이도. 그, 나는 사용법을 잘 모르겠으니까 맡겨도 될까? 그게, 하루키랑 히메코 몫도."

"오케이, 적당히 넷이 나란히 잡으면 될까?"

"그래, 부탁할게."

카이도 카즈키도 하루키의 분위기를 민감하게 파악한 모

양이었다.

그는 하야토에게서 미리 짠 것처럼 돈을 받아서, 살짝 눈썹을 여덟 팔 자로 늘어뜨리면서도 상쾌한 미소를 싱긋 짓고 떠났다.

하야토는 다른 사람의 민감한 기분을 파악하는 그 능력에 감탄했다. 과연, 인기 있는 것도 납득이 갔다.

그리고 그는 멀리서 봐도 부드러운 동작으로 순식간에 티켓을 구입해서 돌아왔다. 전철 티켓 발매기에서도 헤매던 하야토와는 정말로 달랐다.

"미, 미안해요! 저희 오빠, 의지가 안 되어서."

"너한테 그런 말 듣고 싶진 않거든, 히메코……."

"하하, 천만에요. 게다가 평소부터 키리시마 군은 이런 게 서툴다고 들었으니까."

천진난만하다고도 할 수 있을 사람 좋은 미소로 싹싹하게 대답하는 카이도 카즈키는 낯을 가리는 히메코의 태도를 부드럽게 만드는 데도 성공했다. 사람과 친해지는 것이 능했다.

하야토는 붙임성 좋은 그 모습에 감탄하면서도 무어라 형용할 수 없는 표정을 지었다.

"7번 상영관, 이면 8층이네. 기왕 왔으니까 에스컬레이터로 천천히 가자!"

"아, 하루!"

하루키는 그런 카이도 카즈키가 마음에 들지 않는 모양이었다. 그르르, 으르렁대는 소리를 내며 그와 히메코 사이로 파고들어, 억지로 히메코의 팔을 붙잡았다.

그런 하루키를 본 카이도 카즈키는 미소 그대로 어깨를 으쓱이고, 지나가는 옆얼굴을 향해 달래듯이 말을 건넸다.

"괜찮아, 양쪽 다 안 뺏어."

"~~~~!"

"아얏!"

정곡이었는지 귀까지 새빨갛게 물든 하루키는 카이도 카즈키를 쏘아보며 있는 힘껏 그의 정강이를 걷어찼다. 쓸데없이 좋은 운동신경으로 펼친 가차 없는 일격이었다.

카이도 카즈키는 그만 몸을 숙여서 걷어차인 장소를 문질렀다. 하지만 그는 눈물을 글썽이기는 했지만 어찌 된 영문인지 재미있다는 것처럼, 생글생글 미소를 무너뜨리지 않았다.

하야토는 머리를 벅벅 긁적이며 어이없다는 듯 한숨을 내쉬었다.

"카이도, 너 바보지."

"그러네, 스스로도 놀랐어."

히메코가 기대하던 768명이 들어가는 거대 스크린은 아니었지만, 그대로 족히 400명을 넘는 수용 규모에 하야토랑 히메코, 그리고 하루키는 크게 놀랐다.

그리고 막상 영화가 시작되자 참으로 신경질적인 분위기

를 자아내던 하루키도 금세 풀어졌다. 그만큼 영화에 빠져들었다.

영화의 완성도는 훌륭했다. 작화 퀄리티도 그렇거니와, 시리즈 중간부터 보기 시작한 하야토와 히메코를 스토리에 확 몰입시켰다.

심지어 하루키는 조마조마한 장면에서는 숨을 삼키고 마음을 흔드는 부분에서는 코를 훌쩍이며 화면을 향해 몸을 내밀었다. 제대로 마지막 스탭롤까지 모두 보고서 로비로 돌아오자 만족스러운 표정으로 그 감정을 폭발시켰다.

"어~~~~엄청, 좋았어!"

몸을 빙글 돌리고 가슴 앞쪽으로 주먹을 쥐며 반짝반짝하는 눈으로 역설하면 하야토가 아니더라도 이끌려서 미소를 지어 버린다.

"상상 이상이었어, 하루! 이러면 전작 같은 것도 이래저래 신경 쓰이잖아!"

"그렇지, 히메?! 다음에 이것저것 가져갈게!"

"하루키, 히메코는 수험생이야. 적당히 해."

"으윽, 안다니까……."

"하핫, 그래도 진짜 재미있었어. 특히 후반부의 배틀, 즉석 콤비인데도 신뢰감이 느껴지는 그 대사라든지."

"음, 그 부분에 주목하다니 꽤 하잖아, 카이도! 그건 원작에 없었던 내용이지만, 그래서 더 인상이 강했어!"

같은 화제로 흥이 오르자 조금 전까지의 분위기는 어디로 갔는지, 하루키는 완전히 들뜬 모습이었다. 하야토는 신이 난 하루키의 모습을 보고는 눈에 호를 그렸다.

'나 참, 단순한 녀석.'

그리고 얼마나 그 장면이 굉장했는지 이야기하며 흥분한 그녀는 팸플릿을 둥글둥글 말고 크게 숨을 들이쉬었다. 스윽, 흐르는 것 같은 동작으로 팸플릿 단검을 하야토에게 향했다. 하루키가 두른 분위기가 돌변했다.

『나는 당신과 달라서, 신뢰받고 있으니까요.』

"""―!"""

잠시 주위의 세계가 변모했다. 그것은 하루키의, 이제까지 들은 적이 없는 시원스러운 목소리였다. 그 자리에 있던 모두가 눈을 크게 뜨고서 숨을 삼켰다. 하루키를 보고서는 조금 전에 본 영화 안에 나오던 캐릭터로 착각해버릴 정도였다. 압도당해서 말이 나오지 않았다.

하루키에게는 옛날에 하던 **역할 놀이**의 연장이었으리라. 일찍이 츠키노세에 있던 무렵에도 애니메이션이나 특촬물을 본 뒤, 자주 했던 일이었다. 하지만 그때와는 명백하게 무언가가 달랐다.

놀라는 하야토를 보고 만족했는지 하루키는 짓궂은 미소를 짓고 평소의 분위기로 돌아왔다. 시간이 움직이기 시작했다.

"……하, 하루 굉장해! 깜짝 놀랐어! 확실히 그 장면은 어느샌가 생긴 인연을 잘 알 수 있는 부분이었지!"

"그렇지그렇지?! 감독이 뭘 좀 아는 사람이었어. 캐릭터에 대한 사랑이야, 사랑!"

"그 부분도 괜찮았지만 나는 꼬마를 맡기는 부분에서 확 왔어!"

"아―앗! 그 부분도 좋지!"

가장 빨리 정신을 차린 것은 히메코였다. 하루키의 흥분에 이끌리는 형태로, 남들의 시선도 신경 쓰지 않고 까아까아 영화 이야기로 신이 났다.

그리고 하루키는 크게 숨을 내쉬고 눈을 감았다. 몸의 힘을 쭉 뺐다. 두른 분위기가 바뀌었다. 그리고 눈을 뜬 순간, 또다시 영화의 한 장면이 재현되었다.

『네가, 지켜라.』

이번에는 낮은, 그러나 의연하고 투명한 음색이었다. 그녀의 표정과 행동은 충성스러운 역전의 전사 그 자체로, 도저히 열다섯 살 소녀로 여겨지지는 않았다.

"……진짜 굉장해."

"……하루키 녀석, 어― 음, 내숭 떨기 위한 연기의 종류가 무척 풍부한 모양이네."

옆에 있는 카이도 카즈키도 무심코 감탄을 흘렸다.

하야토도 솔직히 의외의 재능이라고 생각하면서 투덜거리듯이 대답했다. 자기가 한 말이지만 묘하게 납득이 됐다.

"꺄―꺄―, 그거그거! 짧은 말이었지만 수많은 생각이 담겨 있었지!"

"호호오, 그렇다면 히메는 꼭 과거 작품을 보셔야겠는데요……. 아, 하야토는 어느 부분이 제일 좋았어?"

"어?! 어— 그게, 나는 말이지…….''

그리고 이번에는 하야토에게 이야기가 돌아왔다.

영화보다도 하루키의 예상하지 못했던 **특기**에 의식이 가 있었기에, 뭔가 없나 싶어 시선을 주위로 헤맸다. 그러다가 무척 주목을 모으고 있다는 것을 깨달았다.

당연했다. 하야토의 눈으로 봐도 객관적인 사실로서 하루키는 미소녀다. 특히 오늘은 강렬한, 남자들이 무척 매력을 느낄 법한 복장이었다. 게다가 옆에 있는 히메코도 기합을 넣고 왔기에 나란히 서 있어도 손색이 없었다. 카이도 카즈키는 말할 것도 없고.

거기에 덧붙여서 조금 전의 박력 있는 연기. 흥미를 느끼지 말라는 것이 어려웠다.

'그건 그렇고, 아무리 로비라지만 사람이 너무 많은——?!'

그리고 어느 포스터가 보였다. 무심코 놀라버렸다.

생각해보면 그랜드 시네마 스피리츠는 커다란 영화관이다. 게다가 히메코나 카이도 카즈키의 입에서도 **그 사실**에 대한 이야기가 나왔었다.

『나유타의 시간

768명 수용 특대 상영관에서 오늘 무대 인사

주연——타쿠라 마오』

이 로비에 어쩐지 줄을 서서 모여 있는 사람들을 이해했다.

그리고 하필이면 그때, 그들의 목적인 인물이 안쪽에서 모습을 드러냈다.

그녀도 놀라고 있었다. 어찌 된 영문인지 밖에서 기다렸을 터인 팬들의 시선이 하루키에게 쏠아지고 있는 것이다. 이런 이변을 깨닫지 못할 리가 없었다.

로비 안쪽에서 등을 돌린 하루키가 깨닫지 못한 것이 다행인가. 타쿠라 마오가 눈을 크게 뜨는 것과, 하야토가 하루키의 손을 붙잡고서 밖으로 달려나간 것은 동시에 벌어진 일이었다.

"이쪽이야, 따라와!"

"오빠?!"

"키리시마 군?!"

"미얏?! 그거, 미묘하게 원래 대사랑 다른데, 하야토—?!"

사람들이 그다지 사용하지 않는 계단을 두 칸씩 뛰어서 내려갔다. 기세 좋게 아래층으로 향하는 모습은 굴러떨어진다고 표현하는 편이 나을지도 모른다.

무척 예의 없는 모습이리라. 그런 것 따윈 알 바 아니라며 밖으로 향했다. 아니, 신경 쓸 여유가 없다고 말하는 편이 나을까.

그리고 대로로 나왔을 무렵에는, 하야토도 하루키도 숨이 턱 끝까지 차오르고 말았다.

"허억, 허억."

"후우—, 후우—."

그런 장소에서 무릎에 손을 대고서 거칠게 숨을 몰아쉬는 젊은 남녀의 모습은 무척 기이하게 비치는지 지나가는 사람들의 호기심 어린 시선을 모으고 말았다.

하루키가 원망스럽다는 표정으로 쏘아보자 하야토는 겸연쩍게 머리를 긁적였다.

"저, 정말이지! 갑자기 뭐 하는 거야!"

"…………미안해."

"아니, 딱히 사과하기를 바라는 게──………… 아."

하야토는 시선을 흘끗 위로 향했다. 하루키도 그에 이끌려서 위를 보더니 스윽, 표정이 사라졌다.

영화관 입구 위에 있는 거대한 포스터. 그곳에 비치는 묘령의 여성, 타쿠라 마오.

"……."

"……."

하루키는 사정을 헤아렸는지 아무 말도 하지 못했다. 하야토도 그런 하루키에게 건넬 말이 없었다. 어쩐지 답답하고, 안타까웠다.

그리고 문득 하루키는 웃음을 흘리고 하야토를 바라봤다.

"아핫, 하야토는 있지, 과보호야. 그리고 역시 참견쟁이."

"읏! ……아니, 이 정도는 보통이잖아."

"하야토치고는, 말이지."

"그런가?"

"그래. 그러니까 나도 힘을 내야겠지."

뭘 말이야, 그리 물을 수는 없었다. 웃으며 바라보는 하루키의 눈동자가 하야토의 말을 빼앗았다.

어쩐지 어이없다는 것 같지만, 그러면서도 몹시 진지하고, 강한 의지조차 느껴졌다. 신기한 눈빛이었다. 무슨 일이냐며 파고들듯이 마주 봤다.

'……예쁘, 구나.'

그런데도 그런 감상을 품고 말았다. 눈을 뗄 수 없었다.

동그랗고 커다란 눈은 깊은 곳까지 투명하고, 그런 주제에 바닥이 보이지 않을 만큼 깊었다. 그래서 빨려드는 것처럼 매료되어버렸다. 심장이 크게 두근거렸다.

"그러니까 말이지, 뭐라고 할까, 앞으로의 나를 봐줘."

"윽! ……어, 어어……."

갑자기 앞에서 들여다보듯이 미소를 지으면 두근대고 마는 것도 무리는 아니었다. 그리고 가슴께에서 검은색 레이스가 흘끗 보였다.

하야토는 스스로의 알 수 없는 감정에 지배당했다. 심장은 말도 안 될 정도로 경종을 쳤다. 그래서 허겁지겁 몸을 돌리며 시선을 피하고, 머리를 벅벅 긁적였다.

"오빠, 하루도! 갑자기 무슨 일이야, 정말―!"

"아, 히메코."

하야토가 마침 얼굴을 돌린 참에 히메코와 카이도 카즈키의 모습이 보였다. 아무래도 쫓아온 모양이었다.

히메코는 갑작스러운 행동에 성이 나서는 허리에 손을 대고서 정말정말, 연신 투덜대며 따져들었다.

"그 후로 큰일이었으니까! 어쩐지 엄청 주목받고, 무대 인사하러 오는 배우를 밖에서 기다리고 있던 모양이고, 그보다도 그걸 좀 보고 싶었고——아니, 듣고 있어, 오빠?!"

"예예, 미안하다니까."

하야토는 히메코를 달래면서도 가슴을 쓸어내렸다. 살았다는 생각마저 들었다.

하지만 히메코는 그런 오빠의 태도가 마음에 안 드는지 더더욱 미간을 추켜세웠다. 실제로 하야토가 당장 말을 얼버무리고 있으니 당연하리라.

"자자, 히메. 그건 그거니까. 그걸로 그렇게 되니까 진정해줄래?"

"그게 히메코, 그건 그거라서 말이지, 그게, 점심 살 테니까 기분 풀어줘."

"으윽, 둘 다 옛날부터 정말이지……——응?"

"……왜 그래, 히메코?"

"히메, 무슨 일 있어?"

"아니, 뭔가 보인 것 같은데……?"

문득 무언가가 신경 쓰였는지 히메코는 주위를 두리번두리번 둘러봤다.

하야토와 히메코도 주위를 살폈지만 수많은 사람이 흐르듯이 어딘가를 향해서 나아가는 광경이 있을 뿐. 시끄러워서 그런지 살짝 시선이 끌리는 느낌이지만 딱히 이상한 것은 보이지 않았다. 히메코도 고개를 갸웃거리고 말았다.

그때 분위기를 읽고서 상황을 수습하듯이 카이도 카즈키가 끼어들었다.

"일단 이동할까. 그만큼 소란을 피웠으면 누가 보게 될 수도 있을 테고."

"으으~응……. 그러네. 배도 고프고……. 아, 그렇지. 나 가보고 싶은 가게가 있었거든. 그게……."

그러면서 히메코는 스마트폰으로 검색을 시작했다.

그것을 제쳐놓고 이번에는 카이도 카즈키가 하야토와 하루키에게 말을 건넸다.

"그런데 그거라는 건 뭐야?"

"…………글쎄?"

"뭘까?"

세 사람은 얼굴을 마주하고서 웃었다.

찾아온 곳은 젊은 층에게 인기인, 저렴한 가격으로 유명한 이탈리안 패밀리 레스토랑이었다.

"어, 말도 안 돼, 비어 있는 곳에 마음대로 앉으면 돼?! 메뉴가 없는데 주문은…… 태블릿?! 어, 어어어어떻게 쓰지?!"

패밀리 레스토랑 자체가 처음인 히메코는 "이거 제대로 주문할 수 있어?!" "드링크바는 정말 아무리 마셔도 돈을 더 안 내?!"라는, 참으로 초보자다운 모습을 드러냈다. 지난번 하야토의 모습을 재탕하고 있었다.

그리고 패밀리 레스토랑 두 번째인 하야토가 그런 히메코 대신에 "불안하다면 이력으로 확인할 수 있어" "불안하다면 내가 마실 거 가져다줄까?"라고 말하니, 그녀는 분하다는 듯이 "응" 하고 고개를 끄덕였다. 참고로 하루키도 슬며시 "……멜론 소다"라고 속삭였다.

"으그그, 아니 오빠, 왜 그렇게 익숙해?"

"정말이네, 하야토인데 놀랐어!"

"그야 처음이 아니니까."

"뭐! 오빠인데?!"

"하야토인데?!"

"……너희들 말이지."

놀라는 하루키와 히메코의 시선에 하야토의 목소리가 겹쳤다.

참고로 현재 하루키는 얼핏 태연한 표정이기는 하지만 주변이 신기한지 연신 두리번두리번 시선을 헤맸다. 히메코의 모습과 다르지 않았다.

카이도 카즈키는 그런 그들의 모습을 지켜보고, 그 시선을 맞닥뜨린 히메코와 하루키는 민망해져 움츠러들고 말았다.

하지만 요리가 나오자마자 하루키와 히메코는 눈빛과 표정이 환해졌다.

꺄아꺄아 떠들면서 서로의 파스타 맛이 신경 쓰이는지 한 입씩 나누어 먹기도 했다. 참고로 두 사람은 다짜고짜 하야토의 음식을 한 입씩 빼앗기도 했지만, 그보다도 "이걸로

300엔?! 어쩔 때는 집에서 만드는 것보다도 싸잖아!"라며 엄청난 가성비에 전율했다.

평온한 분위기였다.

하루키랑 히메코가 수다스럽게 화제를 제공하고, 하야토는 그런 두 사람한테 농담을 듣거나 딴죽을 듣거나, 카이도 카즈키는 그런 모습을 지켜보면서도 이따금 거들거나 중재하거나 했다. 조화를 이루었다고 할 수 있었다. 그런 가운데, 카이도 카즈키는 절절하다는 느낌으로 툭하니 중얼거렸다.

"키리시마 군이랑 니카이도는 항상 이런가?"

"응?"

"아까 영화관에서 뛰어나갔을 때는 굉장히 험악했잖아? 하지만 말이지, 그게, 지금은 이미 웃고 있어."

"그건…… 뭐, 응. 그러네……."

하야토는 그러고 보니, 그러면서 떠올렸다. 조금 전의 일은 무척 갑작스러운 행동이었다고 생각한다. 신경이 쓰이지 않을 리가 없으리라.

"그러네. 확실히 아까 그건 아니지. 나는 오빠랑 하루니까 흘려 넘겼지만, 다른 사람이 보기엔 이상했어."

히메코가 파스타를 입에 넣으며 대신 어이없다는 듯 맞장구를 쳤다.

"뭐, 나도 하루키한테 자주 갑작스러운 일로 휘둘리니까."

"음, 그건 내가 더 하고 싶은 말인데."

히메코의 말에 편승하는 모양새로 그런 소리를 했더니 하루키가 입술을 삐죽이며 항의했다.

그런 오빠와 소꿉친구의 모습을 본 히메코가 진심으로 어이없어하며 한숨을 내쉬자 카이도 카즈키도 못 참겠다는 듯이 웃음을 터뜨렸다.

"사이좋네."

하지만 그 말을 듣자마자 하야토와 하루키는 서로 눈살을 찌푸리며 얼굴을 마주 봤다.

──결코 나쁘지는 않을 것이다. 하지만 좋다고 단언하기에는 어째선지 저항감이 있었다.

정말로 사이가 좋다면 무엇이든 이야기할 수 있기에 지금 같은 상황에 빠지지는 않는다.

그래서 하야토와 하루키의 표정은 양쪽 모두 미묘하게 굳고, 이어지는 음색은 무뚝뚝해서 어쩐지 남의 이야기를 하는 것 같았다.

"……좋은 건가?"

"글쎄. 나쁘지는 않겠지."

"오빠, 하루……."

"하핫, 그런가."

옆에서 보면 그것은 수줍은 심정을 감추며 부끄러워하는 모습으로밖에 보이지 않는다.

히메코는 어이없다는 듯이 포크를 한 손에 들고서 뺨을 괴고, 카이도 카즈키는 눈부시다는 듯이 눈을 가늘게 떴다.

하야토는 미묘하게 뉘앙스가 전달되지 않았다는 느낌에

정정하고자 입을 열려 하고——그러다 누군가에게 가로막혔다.

"어라—, 이런 곳에서 별일이네. **배신자** 카이도잖아."

갑자기 그런 말이 쏟아졌다.

목소리의 발신원을 본 카이도 카즈키는 움찔 어깨를 떨고 점점 표정이 굳어졌다.

그곳에 있던 것은 남자 넷의 그룹이었다.

"여전히 여자랑 같이 있네, 카이도."

"그래서, 이번에는 어떻게 엮였어? 아, 혹시 벌써부터 수라장?"

"너, 그러는 거 전혀 변함이 없네."

하야토는 그들의 얼굴을 본 기억이 없었다.

보아하니 또래이리라. 하루키 쪽에 시선으로 물어봐도 가볍게 고개를 가로저을 뿐. 아무래도 같은 학교는 아닌 듯했다.

하지만 카이도 카즈키에게는 다른 모양이었다.

그의 얼굴은 항상 시원시원한 그에게서는 상상할 수 없을 만큼 창백했다.

그들도 한결같이 히죽히죽 심술궂은 미소를 지으며 카이도 카즈키를 경멸하는 말을 내뱉는 것이 도저히 우호적인 모습으로 보이지는 않았다. 험악한 분위기였다.

"……윽."

카이도 카즈키는 고개를 숙이고 이를 악물었다.

그들이 얼마나 도발하든, 주먹을 움켜쥐고 창백해질 정도로 힘을 실으며 아무런 반응도 하지 않았다. 그것은 마치 폭풍이 지나가기를 그저 견디는 것처럼 보였다.

'……이건 뭐야.'

하야토는 갑작스러운 일에 곤혹스러웠다.

갑자기 모르는 상대가 다가오는가 싶더니, 원래 계획엔 없었다고 해도 동행 중인 카이도 카즈키를 험담한다면 좋은 기분은 아니었다.

게다가 적어도 하야토가 아는 카이도 카즈키는 누군가에게 고의로 상처를 주거나 폄하할 법한 인간은 아니었다. 무심코 눈살을 찌푸리고 말았다.

"너도 말이지, 여자가 목적이라면 카이도랑은 안 엮이는 게 좋다고."

"그래그래, 이 녀석은 얼굴처럼 성격도 끝내준다고. 중학교 때는 진짜 지독했지."

"훌쩍 낚이는 여자도 여자지만 말이야, 하!"

그리고 갑자기 그들은 하야토에게 말을 건넨 뒤 하루키와 히메코를 흘겨보고 비웃었다.

질투, 모멸, 증오…… 그것들과 닮았지만 어쩐지 달랐다. 복잡한 이야기지만 다만 하루키나 히메코가 아니라 **여자**에 대한 감정을 머금은 시선이었다.

그들과 카이도 카즈키와의 관계는 잘 알 수 없었다. 하지만 말투를 봐서는 어쩐지 예상은 갔다. 카이도 카즈키는 무척 인기 있다. 틀림없이 그런 쪽 일이리라.

옆으로 슬쩍 고개를 돌렸더니 아무런 대답도 못 하고서 입술을 악무는 카이도 카즈키.

솔직히 말해 하야토에게는 아무래도 상관없는 일이다. 과거 따위는 알 바 아니었다. 카이도 카즈키에게 그렇게까지 흥미가 있는 것도 아니었다.

하지만 그들 쪽으로 시선을 되돌리자, 추악하게 일그러진 증오와 함께 질투심이 섞인 표정이 시야에 날아들었다. 그것이 하야토의 가슴을 무척 술렁이게 만들었다. 그들의 표정은 어디선가 본 기억이 있었다.

『──카이도가 진짜 마음에 둔 건 니카이도라나 봐요.』

예전에 미타케 미나모가 했던 말을 떠올렸다.

'……아아, 진짜!'

그리고 전날 자신의 어린애 같았던 행동도 떠올라서 벅벅 머리를 긁적였다. 마치 그때의 자신을 보게 된 것처럼 느낀 바람에 떨떠름한 표정이 되어버렸다. 더 이상 그들을 보고 있을 수는 없었다.

"밥맛이 없어졌어. 나가자 하루키, 히메코…… 그리고 카이도도."

천천히 자리에서 일어난 하야토는 반쯤 남아 있는 접시를 그대로 두고, 계산서를 든 채 카운터로 향했다. 그의 얼굴은 자조로 일그러져 있었다.

"뭐?!"

"이 새끼가……!"

"키, 키리시마 군?!"

갑작스러운 행동에 당황한 것은 그들만이 아니었다.

카이도 카즈키는 하야토의 행동만이 아니라 자신의 이름이 불린 것에도 무척 놀라서, 어찌할 줄 모르는 표정으로 허둥댔다. 히메코는 쩔쩔매는 표정으로 남겨진 모두의 얼굴과 요리가 남은 접시를 교대로 보고, 하루키의 치맛자락을 꼭 붙잡았다.

그런 가운데 하루키만이 몹시 차분하고 냉정했다.

"있잖아, 일단 여기서 확실하게 말해두겠는데, 나는 카이도를 별로 안 좋아하거든."

담담하게, 그리고 무기질적인 목소리로 그들에게 말했다.

그런 하루키의 말은 하야토를 쫓아가려던 그들의 걸음을 멈추기에는 충분한 것이었다.

놀라서 눈을 동그랗게 뜨는 모두를 앞에 두고 하루키는 무척 귀찮다는 듯한 표정으로 투덜거리며 말을 이었다.

"좋아하기는커녕 그 반대야. 평소에 외면만 꾸미고 본심을 드러내지 않는 부분이라든지, 누구에게나 잘 보이려고 싱글대는 점이라든지, 진심을 말하지 않는 주제에 이해받고 싶어 한다든지…… 그리고 오늘도 우리 사이에 억지로 끼어들기나 하고, 지인짜 마음에 안 들어!"

그것은 과연 누구를 향한 말이었을까.

점점 열기가 어리던 음색은, 마지막에는 무언가를 터뜨리듯 강한 어미가 되었다. 하루키는 눈을 가늘게 뜨고서 그들을 흘겨봤다.

"그리고 그런 표면만 보고 이러쿵저러쿵 떠드는 너희는 그 이하야. 가자, 히메."

"……앗."

어안이 벙벙한 그들을 무시하고 하루키도 일어서서 히메코의 손을 잡아끌었다.

그들의 입장에서는 갑작스러운 전개였다.

그럼에도 하루키한테도 바보 취급을 당했다고 깨달은 그들 중 하나는, 얼굴을 새빨갛게 물들이고서 그녀를 붙잡으려고 했다.

"잠깐, 기다려 이 빌어먹——."

"——흥!"

"악?!"

하지만 하루키는 아무 일도 없다는 듯이 가볍게 몸을 피하고, 겸사겸사 다리를 걸었다. 기세가 붙은 그는 그대로 바닥에 무참하게 처박히고 한심한 목소리를 터뜨렸다.

이만한 소동을 일으킨다면 필연적으로 가게 안의 주목을 모으고 만다. 옆에서 보면 미소녀에게 퇴짜를 맞고 바닥에 엎어진 구도였다.

그들은 거북한 표정으로 쓰러진 그를 도와서 일으키고 총총히 자기 자리로 떠났다. 더 했다간 수치를 뒤집어쓰게 되리라는 것을 아는지 무언가를 할 생각도 없어 보였다.

"……정말이지, 멋없네."

하루키는 그런 그들을 내려다보듯이 내뱉고 한숨을 한 번 쉬더니, 아직 허둥대고 있는 카이도 카즈키에게 말을 건넸다.

"자, 가자. ……………………카이도도."

"윽! ……응!"

대답을 하는 카이도 카즈키의 목소리는 살짝 떨리고 있었다.

"정말이지, 오빠! 갑자기 뭐 하는 거야! 아직 먹고 있었는데!"

"어— 그게, 미안해. 내가 잘못했어."

가게를 나와서 조금 걸어간 참에, 히메코가 하야토에게 화를 냈다.

역시나 하야토도 제멋대로인 행동을 했다는 자각이 있어서 얌전히 히메코의 화를 받아주었다.

도움을 청하듯이 하루키 쪽으로 시선을 옮겼지만 그녀는 어깨를 으쓱일 뿐. 하지만 눈빛은 무척 다정했다. 그것은 히메코도 마찬가지였다.

"키리시마 군!"

"카이도."

조금 뒤늦게 합류한 카이도 카즈키는 곧바로 하야토에게 머리를 숙였다.

"그게…… 조금 전에는 고마워. 걔들은 같은 지역 중학교에서——."

"그만해, 굳이 이야기할 것 없어. 듣고 싶지도 않고 관심도 없어. 그건 내가 멋대로 한 행동이야. 카이도랑 관계도 없고, 알 바도 아니야."

"그래도……!"

하지만 카이도 카즈키는 완고했다.

하야토로서는 복잡한 심경이었다. 게다가 정면에서 이렇게나 감정을 맞부딪친다면 매몰차게 굴기도 힘들었다.

그래서 하야토는 곤란하다는 표정 그대로, 한숨과 함께 본심을 흘렸다.

"나는 카이도, 네가 조금 거북해."

"하핫, 그건 보면 알아. 하지만 그런 부분이 나는…… 아니, 그러니까 나는 너랑 친하게…… 친구가 되고 싶거든."

"……그런 이야기를 굳이 말로 꺼내는 그런 게 거북하다고."

손을 팔랑팔랑 내저은 하야토는, 이야기는 이것으로 끝이라는 듯이 몸을 돌렸다. 그의 얼굴은 여전히 곤란하다는 표정 그대로였지만 입가는 희미하게 풀어져 있었다.

"입가심으로 다른 가게에 가볼까. 네가 사라——…… **카즈키.**"

"웃, 그래! 키리시——**하야토 군!**"

"아! 그러면 나 단 게 좋아! 허니 토스트 먹어보고 싶어!"

"…………아."

하야토가 걷기 시작하자 히메코는 손을 들고 주장했다.

카즈키는 웃으면서 그 원 안으로 스르륵 들어갔다.

하루키는 그런 세 사람의 모습을 어쩐지 멍한 모습으로 바라보고 있었다.

"하루—? 왜 그래, 두고 간다—?"

"어, 응. 지금 갈게—."

정신을 차린 하루키는 종종걸음으로 하야토의 뒷모습을 쫓아갔다.

하지만 얼굴은 조금 곤란하다는 기색이다. 그리고 그녀는 자조하듯 툭하니 중얼거리는 것이었다.

"……역시 나, 카이도는 마음에 안 들어."

제
10
화

그래도, **특별**하니까

서쪽 하늘이 어렴풋이, 아지랑이처럼 흔들리며 점차 붉게
물들었다.

한낮의 태양으로 데워진 공기는 여름다운 적란운이 되어
서 석양을 가렸다.

그렇게 저녁부터 밤으로 변해가는 모습을, 하야토 일행은
전철의 창문 너머로 말도 없이 바라보고 있었다.

그 후, 히메코의 단맛 리퀘스트로 향한 곳은 셀러리 노래
방이었다. 전날 하야토와 하루키가 들어온 것과 같은 가게
였다.

처음 온 장소에 놀라서 허둥대는 히메코가 또다시 두 번
째라서 여유가 있는 하야토를 보고 뾰로통하게 구는 장면이
있었지만, 그 후에는 식사에 노래방으로 잔뜩 즐겼다. 특히
허니 토스트는 다이어트 중인 두 사람이 오늘만큼은 특별하
다며 제대로 몰입하기도 했다.

그런 일을 떠올리고 있는지 모두의 얼굴에는 피로가 배어
있지만 어쩐지 기분 좋은 만족감으로도 넘쳐났다.

이윽고 전철은 하야토와 하루키, 히메코의 집과 가장 가
까운 역에 도착했다.

"우리는 여기서 내려야 해. ……미안하네, 하루키도 히메

코도 거리낌 없이 주문해서."

"아니, 결국에 반은 내줬고, 나도 너희의 다양한 측면을 볼 수 있어서 즐거웠어."

"저기 그게 카이도 씨, 오늘은 잘 먹었습니다!"

"……그게, 카이도, 오늘은 고마워."

전철에서 내린 하야토가 돌아보며 손을 팔랑팔랑 흔들고, 카즈키도 그에 응하듯이 손을 들었다.

"다음에 또 같이 가자. 하야토 군의 억양 없는 한 음정 노래에는 중독될 것 같아."

"아니, 야, 시끄러워!"

"오빠가 노래를 못 불러서 조금 안심했어, 하루는 엄청 잘 불렀지!"

"그야 나는 목욕탕에서 잔뜩 단련했으니까!"

"하루키……."

"하루……."

"잠깐, 하야토도 히메도 그렇게 서글픈 눈으로 보지 말라고!"

"하핫!"

그런 대화를 보고 카즈키가 무척 유쾌하게 어깨를 들썩였다. 마침 전철 문이 닫히고 순식간에 다른 역을 향해 흘러갔다.

"……돌아갈까."

멍하니 카즈키를 배웅한 하야토는 들고 있던 손 그대로 벅벅 머리를 긁적이고, 하루키와 히메코에게 역을 나가자고 재촉했다.

그들의 걸음걸이는 오늘이라는 날이 끝나는 것이 아쉬운지 어딘가 무거웠다. 개찰구를 나가려던 무렵에 문득 하루키가 걸음을 멈추었다.

"어— 나, 오늘 저녁은 됐어. 너무 많이 먹었으니까. 이대로 돌아갈게."

"나도—. 먹어도 가벼운 걸로 할래, 아이스크림이라든지."

"히메코, 그건 밥도 아니잖아. 그럼 하루키, 집까지 바래다줄게."

"괜찮아, 한바탕 쏟아질 것 같으니까……. 봐."

"아……."

하늘을 올려다봤더니 검붉게 물든 소나기구름이 우르릉우르릉 험악한 목소리로 으르렁거렸다. 한동안은 괜찮을 것 같지만 구름의 움직임이 수상쩍었다.

"그러니까, 또 봐!"

"어, 야…… 정말이지."

"또 봐—, 하루."

하루키는 제지도 듣지 않고 종종걸음으로 달려갔다.

하야토가 뻗은 손은 허공을 가르고, 그리고 한숨과 함께 내려갔다.

"……괜찮을까."

"괜찮잖아, 어린애도 아니고. 오빠는 너무 과보호야. 그보다도 슈퍼 들렀다가 돌아가자."

"그러게……."

◇ ◇ ◇

해 지는 주택가, 하루키는 길게 뻗은 그림자를 떨쳐내듯이 달려갔다.

"아―, 정말!"

오늘은 즐거웠다. 그 옛날의 어릴 적처럼 즐거웠다.

놀이터를 야산이나 신사, 평소에 사용되지 않는 산막에서 영화관에 패밀리 레스토랑, 노래방으로 바꾸고, 서로가 새로이 다양한 일면을 알았다.

노래가 서툴러서 책 읽기 같은 점을 지적당하고는 시무룩한 표정이 된 하야토.

다음에 반 친구들과 같이 갈 거라며 무척 진지한 표정으로 리듬을 좇는 히메코.

곡과 함께 몸짓을 섞어서 노래하자 어쩐지 분하다는 표정으로 박수를 치는 하야토에, 환호성을 터뜨리면서도 어떻게 춤추는지 분석하는 히메코――그리고 그런 하야토를 놀리며 모두의 웃음을 이끌어 내어 어느샌가 원 안으로 들어오는 카즈키.

다시 생각해보면 모두 분명히 웃고 있었다. 그런데도 하루키 안에서는 끈적끈적한 것이 소용돌이 치고 애간장을 태웠다. 아픔을 느꼈다. 그것은 초조함과도 질투와도 닮은 것이지만 그중 무엇에도 확실히 닿지는 않는, 독점욕과도 닮은 어린애 같은 감정이었다.

"히메가 좀 부럽네……."

문득 걸음을 멈추고 그런 혼잣말을 흘렸다. 정신이 드니 이미 집 앞이었다.

어째서 그런 말이 입에서 튀어나왔는지 알 수 없었다. 알 수 없는 척 미간을 찌푸렸다. 구렁텅이에 빠져들 것만 같았다.

"응, 괜찮아."

이대로는 안 된다는 듯이 하루키는 자신의 뺨을 짝짝 때렸다.

그리고 스스로를 다잡듯이 가능한 한 평소와 같은 음색을 의식하고, 평소와 같은 의식의 주문과 함께 문을 열었다.

"다녀왔──."

"착한 아이처럼 기다리고 있으라고 했잖니?!"

짜악, 메마른 소리가 현관 앞에 울려 퍼졌다.

예상 밖의 충격을 조금 전에 막 기합을 넣은 뺨에 당한 하루키는, 아픔보다도 우선 곤혹스러운 심정이 앞서는 바람에 멍한 표정으로 시선을 되돌렸다.

그곳에는 짜증을 감추려고도 하지 않는 묘령의 미녀── 타쿠라 마오의 모습이 있었다. 하루키는 **지금 그것을 깨달은** 것처럼 무척 놀랐다.

아름다운 얼굴에 몹시 박력이 넘치는, **방해되는 것**을 보는 듯한 눈빛을 맞닥뜨리자 하루키의 얼굴에서는 점점 감정이 깎여나가고…… 그리고 그녀는 힘없이 툭하니 중얼거렸다.

"——어머니."

어느샌가 하늘은 울고 있었다.

쏴아쏴아 쏟아지는 큰 비는 아스팔트에 닿아서는 튀어서 안개처럼 물보라를 피워 올렸다. 그리고 괜한 참견처럼 열기를 머금은 하루키의 붉은 오른쪽 뺨을 식혀주었다.

하루키는 진즉에 흠뻑 젖었다.

오늘을 위해서 세팅한 머리카락은 꼴사납게 흐트러져서 등에 달라붙고, 하야토를 놀라게 만들려고 고른 옷은 비를 흠뻑 빨아들여서 납덩어리처럼 묵직했다. 기합을 넣은 화장도 무참하게 씻겨나가고 대신에 어두운 그림자가 얼굴에 덧씌워졌다.

"……아."

무의식적으로 걷고 있었을 터였다. 그런데도 눈앞에는 최근에 익숙해진 아파트의 모습.

다시금 올려다보니 무척 큰 아파트였다. 가족 대상으로 족히 100세대는 수용할 수 있는 그곳은, 하루키 하나 정도는 어렵지 않게 받아들여 주지 않을까, 하는 착각마저 안겼다.

"……뭘 하는 거야."

어이없다는 웃음이 새어 나왔다. 자기도 모르는 사이에

이곳으로 발길이 향했다. 그 이유는 굳이 생각하지 않아도 알 수 있었다.

마음은 진즉에 비명을 내지르고 있었다.

이대로 하야토한테 간다면 아무 말도 않고 받아들여 줄 것이다. 그리고 조용히 그저 옆에 붙어서 응석을 받아줄 것임에 틀림없다.

하야토는, 하루키의 친구는 그런 녀석인 것이다. 지금 당장에라도 달려가고 싶었다. 하지만 그럴 수는 없었다.

"하지만 그건 나라서 그런 게, 아니겠지⋯⋯."

그리고 오늘 일을 다시 떠올렸다. 눈앞에서 구원받은 사람을——카즈키를 봤다.

그것은 일찍이 츠키노세에 있었을 무렵, 소외되고 고독해서 마음을 닫았을 때, 하야토가 억지로 손을 잡고서 데려나가며 세계를 바꾸어준 것과 똑같았다.

정말로 하야토다운 행동이었다. 그런데도 가슴이 삐걱대고 있었다.

저도 모르게 스마트폰을 움켜쥐고 있었다.

화면에 비치는 하야토의 번호를 보고 문득 그의 얼굴이 스쳤다. 어머니가 입원했다는 사실을 하루키에게 들키고 겸연쩍게 시선을 피하는 얼굴이었다. 손가락이 멈췄다.

하루키에게 하야토는, 친구는 특별하다.

그렇기에 의지할 수 없다. 안 그래도 최근에는 하야토에게 신세만 졌다는 자각도 있었다. 어릴 적부터 함께 했던 것이다. 이런 소중한 친구 옆에, 가슴을 펴고서 서 있고 싶다.

여기서 하야토에게 매달린다면 자기 마음의 저울이 결정적인 방향으로 기울 것만 같았다. 그러니까 의지하고 싶지 않았다. 무엇보다 열심히 하겠다고 결정한 것은 자신이니까.

붙잡고 있던 스마트폰을 가만히 홈 화면으로 되돌리고, 달려갔다. 이번에는 자신과 하야토의 집에서 떨어진 장소를 의식하고.

그것은 하루키의 오기였다.

그다지 의미가 없는 행동임은 알고 있었다. 하지만 달려갈 수밖에 없었다.

"……뭘 하는 거지."

이윽고 다다른 곳은 슈퍼 근처의 공원이었다.

초저녁의 소나기는 완전히 그쳐 버렸고 하늘에서는 밉살스러울 만큼 별이 빛났다. 하루키는 벤치에 앉아서 혼잣말했다.

머리는 진즉에 식어 있었다. 조금 전의 자신을 떠올리고는 어이없다는 웃음을 흘렸다.

"멍! 멍멍, 와후!"

"이 녀석ㅡ, 렌토ㅡ! 어디 가는 거야ㅡ, 이제 집으로 돌아가야지ㅡ?!"

"윽?!"

그리고 문득 개 짖는 소리와 기억에 있는 목소리가 들렸다.

"공원에 뭐가 있다는 거니…… 어, 니카이도……?"

"……미타케?"

돌아보니 그곳에는 전에 본 대형견에게 끌려가듯이 목줄을 붙잡은 미타케 미나모의 모습. 검은색 낙낙한 니트에 스키니진이라는, 꾸민 듯 안 꾸민 듯한 복장이었다.

다른 한 손에는 장바구니가 들려 있고 간장과 미림이 머리를 삐죽 내밀고 있었다. 여고생이라기보다는 생활감 넘치는 주부 같은 모습이었다.

보다시피 개를 산책시키는 겸에 장을 보고 돌아가는 길이리라.

"저기 그게, 렌토 군의 주인은 나이가 꽤 있으시고, 대형견은 잔뜩 산책을 시켜야 되니까, 가끔씩 제가 이렇게, 으음."

"아, 아하하, 그렇구나."

"그, 그래요!"

미타케 미나모는 어색하게 말하면서도 하루키의 모습을 보고 안색이 어두워졌다.

밤의 공원에서 홀로 서성이는, 물에 빠진 생쥐 꼴인 소녀. 누가 봐도 명백하게 심상치 않다는 것을 알 수 있었다. 그녀가 아니더라도 신경이 쓰일 것이다.

'그러고 보니 이 공원은…….'

주위를 둘러보고, 그리고 전에 이 대형견과 만났을 때를 떠올렸다. 그녀의 생활권이리라.

"어어……."

하루키는 곤란하다는 표정으로, 필사적으로 변명할 말을 찾았다.

미타케 미나모는 그런 하루키를 빤히 바라보고, 무언가를 떠올렸는지 가슴 앞으로 주먹을 꽉 쥐고서 스스로를 힘껏 고무했다.

"저, 저희 집이 이 근처예요! 그게, 감기 걸릴 거예요!"

"어, 아니 하지만 그게, 나 민폐——."

그리고 장바구니를 바닥에 놓은 미타케 미나모는 억지로 하루키의 손을 잡아당겼다.

자그마한 그녀는 외모 그대로 힘이 약했다. 갑작스러운 행동에 이끌려서 일어서긴 했지만 하루키는 미타케 미나모에게 신세를 질 생각은 없었다. 애당초 자업자득이라는 인식이 있었다. 그녀에게 신세를 지는 것은 도리에 어긋난다는 생각조차 들었다.

"이런 상태인 **친구**를 내버려 둘 수는 없어요!"

"⋯⋯⋯⋯어."

틀림없이 이때 하루키의 얼굴은 필시 얼빠진 표정이었음에 틀림없다. 그리고 미타케 미나모도 놀란 듯한 표정을 지었다. 왠지 스스로도 자신의 말이 의외였나 보다.

하지만 미타케 미나모는 당황해서 얼굴을 새빨갛게 물들이면서도 입 안에서 이런저런 말들을 굴리며 필사적인 태도로 이야기를 건넸다.

"저기 그게, 원예! **원예 친구**예요! 그러니까 그게 어, 으으으~……."

하루키로서는 어째서 미타케 미나모가 이렇게까지 해주는지 알 수 없었다. 하지만 자그마한 몸을 한가득 사용해서 열심히 그 마음을 던져주니, 저도 모르게 쿡쿡 웃음을 흘리고 말았다. 조금은 마음이 가벼워졌다.

"고마워, 미타케. 하지만 우리 집도 그렇게 멀지는 않으니까 괜찮아."

"읏!"

그러면서 하루키는 그녀의 손을 벗어나 몸을 돌려, 붙잡혀 있던 손을 팔랑 흔들었다. 그때 쿵, 등으로 가벼운 충격을 느꼈다.

"안 돼요!"

"……어?"

미타케 미나모는 자신이 젖는 것도 개의치 않고 흠뻑 젖은 하루키를 끌어안았다.

필사적이었다. 하지만 어째서 그녀가 이렇게까지 하는지 알 수 없었다.

그다지 사이가 좋은 것도 아니고, 고작해야 그녀의 말대로 원예로 엮인 느슨한 관계다. 곤란하다는 표정과 음색으로 묻고 말았다.

"……어째서?"

"지금 니카이도, 키리시마랑 똑같은 눈빛이라, 그게, 무슨 일인지는 모르겠지만, 하지만 그게, 안 돼요……!"

"······················어?"

미타케 미나모한테서 예상 밖의 말이 튀어나왔다.

하야토와 똑같다──그 말에 하루키는 이번에야말로 놀라서 굳어버린 것이었다.

"나, 뭘 하는 걸까······."

하루키는 또다시 어이없다며 웃음을 흘렸다.

미타케 미나모의 기세에 압도당한 하루키는 그녀의 집으로 이끌려왔다.

억지로 들어간 욕조에 얼굴을 반쯤 담그고서는 부글부글 수면에 거품을 만들었다. 탈의실에서는 위잉위잉 건조기 돌아가는 소리가 울렸다.

미간에 주름을 지으며 생각했다.

'그건 그렇고, 무척 큰 집이네. 하지만 뭘까, 이 분위기······.'

미타케 미나모의 집은 조금 전의 공원에서 상당히 가까운 장소에 있었다.

조금 낡았지만 무척 큰 일본식 가옥이었다. 집안은 유복할 것이다.

목욕탕으로 오는 동안의 복도에서는 언제든지 누군가를 부를 수 있도록 공들여서 손질되어 있다는 느낌을 받았다. 미타케 미나모의 성격을 드러내는 듯한 온기를 받았지만, 어쩐지 슬픔이 감돌았다.

하루키는 그것이 어째선지 남 일처럼 여겨지지 않아서,

욕조 안으로 푹 몸을 담그고서 미간에 주름을 더욱 깊이 드리웠다. 그리고 그녀의 말을 계속 생각했다.

'나랑 하야토가 같은 눈빛이다, 라…….'

무언가가 걸렸다. 하지만 그것이 무엇인지는 알 수 없었다. 참견쟁이이고 억지스러운 모습은 차라리 미타케 미나모가 더 닮았다고 생각했다.

하루키는 멍해지는 머리를 푸핫, 물 밖으로 내밀고, 그리고 답변을 내지 못한 상태로 욕실을 뒤로했다.

"갈아입을 옷, 고마워."

하루키가 입고 있는 것은 셔츠에 반바지, 미타케 미나모의 학교 지정 체육복이었다.

그녀는 하루키보다 더 자그마한 체구라서 조금 낀다고 느꼈지만 딱히 문제는 없었다. 게다가 가슴둘레는 무척 여유가 있어서 기묘한 표정이 되어버렸다.

"으음 그게, 사복 중에 귀여운 게 없어서……."

"아, 아하하, 나도 집에서는 거의 이런 느낌이니까."

"그, 그렇군요."

미타케 미나모는 어찌 된 영문인지 거실 소파에서 뻣뻣하게 긴장해서는 어째선지 정좌하고서 기다리고 있었다. 하루키는 어떻게 반응하면 좋을지 알 수가 없어서 뺨이 살짝 굳어 버렸다.

"실례합니다"라고 중얼거리며 그녀 앞에 앉았더니 미타

케 미나모는 어깨를 움찔 떨었다. 이래서는 누가 손님인지 알 수가 없다며 우스워서 쓴웃음 지었다.

"……."

"……."

무어라 말할 수 없는 분위기였다.

옆을 흘끗 봤지만 미타케 미나모는 굳어서는 "으으으"라고 신음하며 긴장해서, 눈이 마주치자 금세 피하더니 고개를 숙여버렸다.

'아, 아하하…… 옷이 마르는 것도 조금 더 시간이 걸리겠네.'

하아, 한숨을 한 번. 그리고 어쩌면 좋을지 두리번두리번 주위를 둘러봤다.

세월이 담긴 찬장, 상한 곳이 많은 좌식 테이블, 연배가 느껴지는 텔레비전 선반──방의 가구들은 조금 낡은 것이 많았다. 하지만 온기가 느껴지는 그것들은 소중하게 사용된다는 것을 잘 알 수 있는 물건들이기도 했다.

그래서 소유자의 성격이나 애착이 잘 전해지는 한편으로, 역시 이 자리에 오도카니 혼자 있는 미타케 미나모의 모습이 기이하게 비쳤다.

'어라, 그러고 보니…….'

미타케 미나모 이외에 거주자의 모습이 보이지 않는다는 것을 깨달았다. 그 밖에 누군가 있는 기척도 없었다.

발밑에 놓여 있는 장바구니에서 간장과 미림 병이 얼굴을 내밀고 있었다. 그것이 더더욱 이상한 느낌을 조장했다. 무언가 남들에게는 말할 수 없는 사정이 있음은 명백했다.

그런 하루키의 생각이 표정으로 드러나고 말았는지, 미타케 미나모과 시선이 마주치자 그녀도 곤란하다는 표정으로 주먹을 쥐고서 무릎 위에 얹었다. 그리고 그녀는 망설인 뒤, 부끄러운 듯이 그 비밀을 털어놓았다.

"저, 여기서 혼자 지내요."

"⋯⋯⋯⋯⋯⋯⋯⋯아."

하루키는 저도 모르게 눈을 크게 떴다. 쉽사리 누군가에게 말할 법할 일이 아니었다.

그리고 강렬한 기시감과 함께 갑자기 수많은 것들이 가슴으로 쿵 떨어졌다.

"이미 오랫동안, 함께 있던 할아버지가 입원하셔서 쓸쓸해서⋯⋯ 그러니까 니카이도를 데려온 건 저 자신을 위해서예요⋯⋯. 미안해요⋯⋯."

"사과할 일 아니야! 하지만, 그런가⋯⋯ 그랬구나⋯⋯."

쓸쓸해서, 그저 누군가와 함께하고 싶었다. 그런 속마음을 터놓는 그녀의 모습은 마치 나쁜 짓을 저지르고 사과하는 어린아이 그 자체라서, 그것이 어쩐지 우스웠다.

그리고 굳이 그 사실을 이야기하는 미타케 미나모는 어디까지고 성실해서——이렇게 보니, 역시 그녀는 어디까지나 **착한 아이**였다.

그래서 쓸쓸함을 드러내면서도 씩씩하게 누군가가 돌아

오기를 기다리는 모습을 봤더니 하루키의 몸은 자연스럽게 움직이고 말았다.

"혼자는, 싫지."

"니, 니카이도?!"

"나도 있지, 혼자거든. 집에서 홀로 지내. 혼자 있는 건, 쓸쓸해."

"니카이도……."

하루키는 자신 안에서 생겨난 충동에 따라, 살며시 소중하게 끌어안았다. 어떻게든 그러고 싶었다. 놀라는 미타케 미나모 따윈 개의치 않고.

'아, 그런가…… 그랬구나…….'

그리고 많은 것들을 이해했다.

혼자 있으면 아무래도 텅 빈 공허함에 잠식당한다. 그것을 어떻게든 하고 싶어서——그래, 틀림없이 그것은 하야토도 마찬가지이리라. 그러니까 그 소꿉친구는 과보호에 참견쟁이인 것이다.

그렇기에 생각하는 바가 있었다. 하루키의 마음속 공백을 점차 결의가 채웠다.

"있지, 미타케네 집에 또 와도 돼? 다음에는 밝을 때 말이지."

"아…… 예, 얼마든지!"

"그리고, 친구."

"예?"

"원예 친구가 아니라 평범한 친구가 되고 싶어. **바뀌고 싶어**. ……안 될까?"

"그, 그럴 리가요! 그게, 잘 부탁드립?! 아으으으……."

"아핫."

그리고 서로 얼굴은 마주한 하루키와 미타케 미나모는 쿡쿡 어색하게 웃었다.

이 자리에 드리워 있던, 각자가 자아내는 어두운 것들이 미소로 사라져갔다. 틀림없이 그것은 본래 무척 간단한 일이었음에 틀림없다.

어느덧 너무나도 오기를 부리느라 보이지 않게 되었을 뿐. 그렇기에 하루키는 열심히 하자며 과거의 약속에 맹세했다.

── ~~~~ ♪

""아!""

그런 가운데, 하루키의 스마트폰이 울렸다. 하야토의 전화였다.

왜? 어째서 전화를? 의문이 앞섰다. 평소에 늘 얼굴을 마주하기도 해서, 하야토한테서 전화가 오는 경우는 거의 없었다. 고작해야 메시지가 오는 정도였다.

벨소리에 놀라서 허둥지둥 거리를 벌린 미타케 미나모는 신경 쓰지 말고 받으라며 고개를 끄덕였다. 하루키는 쓴웃음과 함께 화면을 터치했다.

『──괜찮아?』

"……어?"

『어―, 아까 낮에, 영화관에서 그게…… 아무 일도 없었다면 됐어.』

걱정이 배어 나오는 음색이었다. 의외였기에 이상한 목소리를 내고 말았다.

하지만 오늘 일을 조금만 생각하면 알 수 있는 일이기도 했다.

정말이지, 하야토다웠다. 목소리를 듣고 있으니 점점 평소의 모습으로 돌아갔다. 마음이 설레고 입가가 풀어졌다.

하지만 하루키에게는 평소와 다른 생각이 생겨나고 있었다. 미타케 미나모를 흘끗 봤다.

"아하하, 뭐야? 혹시 쓸쓸해져서, 내 목소리가 듣고 싶어졌어?"

『무슨! 뭐라는 거야, 아니야―! 하지만 뭐, 아무 일도 없다면 됐어.』

"나는 쓸쓸했어."

『…………하루, 키?』

"돌아왔더니 어머니가 있었거든. 얼굴을 보자마자 뺨을 때렸어. 우습지, 반년 만에 얼굴을 마주했는데도……. 아무리 나라도, 역시 널 낳은 건 계산 착오였다, 같은 소리를 들었더니 그만 집을 뛰쳐나와 버렸어."

『………….』

집으로 돌아온 뒤로 있었던 일을 담담하게 이야기했다.

이것은 하루키 자신이 품은 문제. 쉽사리 **남**에게 할 이야기가 아니다. 듣는 사람도 곤란할 것이다. 겸연쩍은 분위기가 흘렀다.

그래도 하루키는 두 사람에게 이야기하고 싶었다.

"나 있지, 타쿠라 마오의 사생아야."

『어?!』

"후에엣?!"

스마트폰 너머에서는 숨을 삼키는 소리가 들리고, 눈앞에서는 미타케 미나모가 놀라서 허둥댔다.

"아버지가 어떤 사람인지 들은 적도 없지만. 여하튼 내 존재는 영 불편하겠지. 바라지 않은 자식…… 그렇게 생각했더니 엄청 쓸쓸해져 버렸어."

『그럼! 약속했잖아, 지금 갈게, 어디에 있어?!』

"안 돼."

『하루키!』

"사실 있지, 나도 하야토네 집 앞까지 갔거든. 틀림없이 그대로 갔다면 아무 말 안 해도 받아들여줄 거라고. 하지만 말이야, 그건 아니라고 생각했어. 그건 분명 나라서 그런 게 아닐지도 모른다고."

『하루, 키…… 무슨 소리야……?』

거친 목소리의 하야토와는 대조적으로 하루키의 음색은 차분하고 맑았다.

눈앞의 대화에 조마조마해진 미타케 미나모를 봤더니 웃음소리마저 나오고 말았다.

"왜냐면, 쓸쓸한 건 하야토도 똑같잖아."

『―――――윽!』

"요전에 말했잖아, 하야토는 특별하다고. 그러니까 기대기만 하는 건 싫어. 의존하게 되어버려. 나는 하야토도 내게 의지했으면 좋겠어. 게다가 이건 내 개인적인 문제니까."

공백의 시간으로 바뀌어버린 것이 있다.

올려다봐야만 하는 차이가 생긴 키.

기억과는 무척 달라진, 자신과 다르게 낮은 목소리.

그리고 각자가 품은 가정의 사정.

"분명 우리는, 옛날 그대로 있을 수는 없다고 생각해."

『그렇지는…….』

옛날에는 똑같았다. 함께였다. 하지만, 지금은 더 이상 같을 수는 없다.

이미 과거는 지나가고, 진즉에 현실은 변화해버렸다.

그래도. 그럼에도.

변해버렸기 때문에, 변하지 않을 수 있는 것이 있다.

그때의 이별은 어쩔 수 없었던 일이었지만, 지금이라면 그것은 또 다르다.

지금은 아직 가냘픈 인연을, 그 무렵과 마찬가지로 추억을 거듭하며 강하게 가꾸고 싶다. 그래서 하루키는 자신의 바람을 드높이 노래했다.

"나는 있지, 하야토에게 정말 특별해질 수 있도록, 더 강해지고 싶어."

신기한 감각이었다. 대담한 소리를 입에 담았다는 자각도 있다.

심장은 두근두근 경종을 치고, 그런데도 가슴은 촉촉하게 따뜻해졌다.

"아, 아무튼 그래! 그럼 내일 학교에서 봐!"

『어! 아니, 야! 하루──.』

뒤늦게 찾아온 수줍은 심정을 얼버무리듯이 빠르게 말하고 전화를 끊었다. 그리고 조마조마하게 자신을 바라보는 미타케 미나모의 시선을 깨달았다. 수치심으로 얼굴이 귀까지 붉게 물들었다.

냉정해졌더니 굉장히 무거운 이야기였다. 하야토에게 이야기하는 것조차 용기가 필요했다.

갑자기 그런 일에 말려드는 형태로 이야기를 들었다면 어떻게 생각할까?

다른 의미로 가슴이 두근두근했다. 조금 조급했을지도 모르겠다며 얼굴에 후회의 기색이 드리우자, 미타케 미나모는 크게 눈을 뜨고서 기세 좋게 하루키의 손을 덥석 잡았다.

"니, 니카이도 이야기, 아무한테도 안 할 테니까요!"

"우왁! 미, 미타케?!"

"말하기 힘든 건, 저도 할아버지의, 그러니까 으음 그게⋯⋯ 저도 친구니까요!"

"⋯⋯⋯⋯아."

별일 아니라고, 자신도 비슷한 상황이니까 신경 쓰지 않는다고. 그리고 무엇보다 친구니까, 라고. 이 자그마한 소녀는 말을 더듬으면서도 있는 힘껏 그것을 전하려 했다.

그리고 그것이야말로 하루키를 그녀에게 이끈 모습이었다.

그래서 그녀의 손을 맞잡고 마찬가지로 무른 부분을 드러 냈다.

"있지, 나는 사실은 게으른 데다가 완전히 엉망인 녀석이 거든."

"니카이도……?"

"그러니까 있지, 강해지기 위해서 도와줬으면 좋겠어. 뭐, 그래."

"저, 저라도 괜찮다면!"

그리고 하루키는 웃었다. 곤란하다는 표정으로, 어색한 미소를 한가득 머금고서.

"우선은 불평을 들어주지 않을래? 나의, 소중하고 특별하 고, 항상 휘둘러대기만 하는, 소꿉친구에 대한 불평을…… 응, **미나모**."

미나모도 웃었다. 눈을 끔벅거리면서도, 그렇게 불린 이 름을 곱씹고는 빙긋이 웃더니.

"예, **하루키**!"

창밖으로 보이는 도시의 밤하늘, 시골보다도 적은 별들, 모습을 감춘 달.

그럼에도 분명히, 힘차게 빛나는 것이 있었다.

제 11 화

옛날 같은 모습은 내 앞에서만 보여달라고, 정말!

"뭐가 뭔지 모르겠네……."

하야토의 혼잣말이 베란다에서 심야의 거리로 녹아들었다.

아래쪽으로 보이는 난잡하게 세워진 건물들의 모습에 마음속은 엉망진창이었다.

이따금 간선도로 쪽에서, 한밤중임에도 불구하고 트럭이 달려가는 소리가 들렸다.

도시의 밤하늘을 올려다봤더니 비로 씻겨나갔는지 평소보다 반짝이는 별의 숫자가 많았다. 하지만 그럼에도 츠키노세보다 훨씬 적었다. 이곳은 시골과 달리 하늘 위의 별들보다도 지상의 사람들이 밝히는 불빛이 강하게 빛났다. 그것은 많은 별들을 감추고 있었다.

"타쿠라 마오의 사생아, 인가……."

하루키의 말이 신경 쓰여서 잠들 수가 없었다. 날짜는 진즉에 바뀌어버렸다.

전날 타쿠라 마오의 촬영 현장 앞에 있었을 때를 떠올렸다.

창백해진 얼굴, 열린 동공, 반사적으로 도망치려고 발버둥 치듯이 그 자리를 뒤로하는 모습.

그리고 이번에 들은 아버지가 누군지도 모르고, 태어난 것은 계산 착오였다는 어머니의 비탄 어린 말.

하지만 그 이야기를 하는 하루키의 목소리는 어디까지나 올곧고 맑았다. 무척 예쁘다고 생각해버렸다. 그리고 어째선지, 자신을 두고 가버리는 것 같았다.

심장이 아플 정도로 날뛰었다. 초조, 짜증, 절박함──그 어느 것과도 다른, 말로 제대로 변환할 수 없는 감정이 애를 태웠다.

사실은 지금 당장 하루키네 집으로 달려가고 싶었다. 하지만 그럴 수는 없었다. 지금 가더라도 하루키를 붙잡아둘 만큼의 말이 자신에게는 없었다.

게다가 등 뒤에서 놀라는 여성의 목소리도 들렸다. 그래서 더더욱 주저했다.

"아아, 이런!"

그래서 하야토는 필사적으로 말을 찾았다.

도저히 오늘 밤에는 잠들 수 없을 것 같았다.

다음 날 아침, 무거운 발걸음으로 통학로를 걸어갔다.

결국 침대 안에서 몇 번이고 뒤척였을 뿐, 제대로 잠들지 못했다. 히메코에게는 "아침부터 행복이 야반도주한 것 같은 얼굴 보이지 마"라는 평가를 받았다.

학교가 가까워지자 하루키의 모습은 없는지 그만 두리번두리번 둘러보고 말았다.

하지만 얼굴을 마주하더라도 어떻게 이야기해야 할까. 미간을 찌푸렸다.

"⋯⋯⋯⋯하아~."

그리고 안타까운 기분과 함께 한숨을 내쉬고 벅벅 머리를 긁적이며 교문을 지났다. 목표는 학교 뒤, 원예부 화단.

어젯밤의 비로 이랑이 어떻게 되었는지 신경 쓰였고, 지난번에 하루키가 채소를 돌보던 것을 떠올렸기 때문이었다. 그곳이라면 인기척도 거의 없다.

그곳에는 확실히 하루키의 모습이 있었다. 미나모도 함께였다. 미간에 주름을 지었다.

"비가 내려서 잡초 뽑는 게 편하네, 미나모."

"그러네요. 하지만 무너져버린 이랑도 있으니까 고쳐야겠죠."

"아, 확실히 뿌리 쪽이 불안한 상태네. 이런 느낌으로 흙을 대면 될까?"

"하, 하루키?! 저기 그게 맨손으로는 손이 아플 테니까 모종삽을 써요!"

"아하하, 귀찮다니까. 그러고 보니 채소뿐인데 허브 같은 건 안 길러? 민트라든지 로즈마리라든지, 요리에도 자주 사용하잖아?"

"⋯⋯하지 마, 게다가 할 거라면 화분에 심어야 돼. 그건 기본적으로 잡초 같은 거라서 민트 테러라는 말이 있을 정도로 번식하고, 로즈마리는 애초에 나무야."

"아, 키리시마! 안녕하세요."

"아, 하야토! 호오, 그렇구나."

딴죽을 거는 형태로 대화에 끼어들었다. 평소와 마찬가지로 이야기할 수 있었다고 생각했다. 그리고 하루키의 분위기도 평소와 다름이 없는 것 같았다.

하지만 미나모와의 거리가 몹시 가깝게 느껴졌다. 가슴이 술렁거렸다. 그래서 그것을 지적하는 목소리는 어쩐지 토라진 것처럼 되어버렸다.

"뭔가 그, 미타케랑 어느샌가 무척 친해졌네."

"응~, 좀 이런저런 일이 있었거든. 어젯밤에도 어쩌다 보니 만나서 신세를 졌고."

"…………호오."

"예! 아, 그리고 키리시마랑 하루키는 소꿉친구였군요!"

"어! 으응, 그런데……."

게다가 이것저것 이야기한 모양이었다.

그리고 아무래도 어젯밤에 같이 있었다는 사실을 알고, 안도하는 한편으로 무척 동요했다.

'뭐, 야, 이거…….'

눈앞에서는 친근하게 대화를 나누며 채소를 돌보는 소녀가 둘. 이야기의 원 안으로 들어갔는데도 이상한 소외감을 느끼고 말았다.

"일단 오늘 아침에는 잡초를 버리고 끝내죠. 하루키는 얼굴만이 아니라 손도 씻어야 돼요."

"그러네. 으헤, 흙이 손톱 밑에까지 들어가 버렸어."

"맨손으로 하니까 그렇지, 바보. 자, 봉투 넘겨. 내가 버리고 올 테니까 씻으러 다녀와."

"어, 응. 부탁할게."

하야토는 조금 억지스럽게 쓰레기봉투를 낚아채고 쓰레기장으로 걸음을 옮겼다. 어쩐지 마음이 편치 않았다. 자연스럽게 걸음이 빨라졌다.

"어, 우앗!"

건물 모퉁이를 꺾은 참에, 앞에서 기세 좋게 달려오는 여학생이 있었다.

스쳐 지나간 뒤 왜 이런 곳에서 뛰고 있나 생각하다가, 그녀보다 늦게 안쪽에서 얼굴을 내민 인물을 보고 납득했다. 카즈키였다. 자세히 보니 아까 그 뒷모습도 어딘가 익숙했다.

아무래도 전날 여기서 보았던 일이 다시 벌어진 모양이었다.

하야토를 알아차린 카즈키는 곤란하다는 표정으로 어깨를 으쓱였다.

"······인기 있는 것도 큰일이네."

"그러게, 여자랑 엮인 아웅다웅은 이제 지긋지긋해."

하야토는 대답 대신에 하아, 납득이 안 간다는 큰 한숨으로 답했다.

점심시간이 되었다. 평소라면 비밀기지로 갈 참이었지만 어쩐지 내키지 않았다.

옆을 흘끗 보고 하루키와 시선이 마주치자 싱긋, 미소가

281

돌아왔다. 평소 그대로, 마치 어젯밤의 일이 아무것도 아니었다는 것처럼.

하야토는 미간에 주름을 짓고 어쩌면 좋나 싶어 벅벅 머리를 긁적였다.

"하야토 군 있어?"

"……카즈키."

"음!"

허둥대는 사이에 카즈키가 찾아왔다. 최근에 익숙해진 광경이기도 했다. 그리고 하루키의 얼굴이 점차 불만스러운 기색으로 물들었다.

카즈키의 방문을 알아차린 모리가 무척 당황한 기색으로 달려와서, 폭탄을 떨어뜨렸다.

"야, 카이도. 오늘 아침에 타카쿠라 선배한테 고백받는데 거절했다며?!"

"아니, 진짜?! 타카쿠라 선배라면 연극부 2학년에 굉장한 미인이라는, 그 타카쿠라 선배 얘기지?!"

"작년 미스 콘테스트에서 이례적인 3관왕 제패라는 그 선배?!"

"진짜로?! 아니, 카이도 군, 왜 거절했어?!"

"설마 여자한테 흥미가 없다든지, 그런 건 아니지?!"

"어— 아니, 나는 그게…….."

순식간에 교실 전체가 벌집을 쑤신 것처럼 소란스러워졌다. 남자도 여자도 카즈키에게 몰려들어서 진위를 캐물었다.

갑작스러운 일에 하루키와 얼굴을 마주 봤더니, "고, 고백?! 타카쿠라 선배, 거절?!"이라며 깜짝 놀라고 있었다. 무척 귀엽다는 인상이었는데 아무래도 유명인이었나 보다.

시선을 되돌리고, 수많은 사람들이 몰려들어 곤란한 표정의 카즈키와 눈이 마주쳤다. 그러자 어찌 된 영문인지 싱긋, 짓궂은 미소가 돌아왔다. 영 쓸데없는 생각을 하는 듯한 얼굴이었다.

"잠깐만, 다들 진정해! 확실히 타카쿠라 선배한테 고백받은 건 사실이지만, 거기에는 이유가 있어!"

그러면서 카즈키는 큰 소리를 내어 인파를 헤치고 하루키 곁으로 다가왔다.

시선이 두 사람에게 모였다. 하루키는 이 전개가 예상 밖이었는지 두리번두리번 불안스럽게 주위를 둘러봤다.

그리고 카즈키는 평소와 달리 진지하게, 그리고 이제까지 본 적도 없을 만큼 멋들어진 미소로 터무니없는 소리를 입에 담았다.

"니카이도, 제 여자친구가 되어주세요."

"미야~~~~~~~~앗!!?!?!?"

카즈키가 말을 마친 것과, 하루키가 특대급 고함을 터뜨리며 따귀를 날린 것은 동시였다. 짜악, 메마른 소리와 함께 교실이 순식간에 적막으로 덧칠되었다.

하야토의 의식도 날아가서는 머릿속이 새하얘졌다. 기습

이었다.

"어, 어제도 말했지만, 나, 넌 딱히 좋아하지도 않는다고!"

"하핫, 응, 들었어. 기억해. 또 차여버렸네."

그리고 하루키와 카즈키의 이 대화를 계기로, 교실이 와락, 조금 전까지와는 비교도 안 될 만큼 소란으로 뒤덮였다.

"어, 말도 안 돼, 이거 무슨 상황이야?!"

"어제도, 라는 건 몇 번이나 대시하고 있다는 거야?!"

"카이도 군이 진짜 마음에 둔 건 니카이도라는 소문, 정말이었어?!"

당연히 카즈키만이 아니라 하루키에게도 수많은 사람들이 몰려들었다. 어쩌면 좋을지 몰라서 "어라? 어라?"라고 연호하며 허둥댈 뿐.

어찌 된 영문인지 하루키가 카즈키에게 고백을 받았다. 소문이 진실이었다는 것처럼.

심장이 아플 정도로 날뛰었다. 상황을 이해할 수 없었다. 아니, 하고 싶지 않았다. 카즈키를 봤더니 그의 표정은 장난을 제대로 성공시킨 악동 그 자체였다. 그리고 하야토와 시선을 마주치자 장난기 가득하게 한쪽 눈을 감았다.

니카이도 하루키는 청순가련한 미소녀다.

언젠가 카즈키가 아니더라도 이렇게 눈앞에서 벌어진 일처럼 누군가 다른 남자한테 고백받는 일도 있을 것이다.

옛날과는 달라져 버렸다, 그것은 충분히 이해한다고 생각했다. 하지만 언제까지고 같은 상황이 계속되지 않는다는 사실 따윈 더없이 잘 알고 있었다.

문득 일찍이 눈물을 머금은 츠키노세의 이별 순간이 떠올랐다.

그리고 도움을 바라는 것 같은 하루키와 시선이 마주치자, 자연스럽게 하야토의 몸이 움직이고 있었다.

"하루키, 이쪽이야!"

"하, 하야토—?!"

하루키가 놀라는 것 따위는 관계없이. 억지로 손을 붙잡고 교실을 뛰쳐나갔다.

어째선지 누구에게도 넘겨주고 싶지 않다는 생각을 해버렸다.

몸이 점점 뜨거워졌다.

'……젠장!'

더 이상 손을 붙잡은 **소녀**는, 과거의 소년과 겹쳐 보이지는 않았다.

하지만 그것을 알고서 이 손을 잡았다.

맞잡은 손을 확인하듯이 꽉 힘을 실었다. 이어진 손은 폭 감쌀 수 있을 만큼 작고, 그리고 부드러웠다.

지금 이 순간, 하야토는 자신 안에서 하루키의 인식이 변해버리는 것을 명확하게 자각하고야 말았다.

하루키는 하야토에게 손을 붙잡혀서, 점심시간임에도 불구하고 학교 밖으로 나갔다.

연이어서 예상 밖의 일이 벌어지자 하루키는 완전히 혼란 한복판에 있었다.

어째서 이렇게 되었는지 알 수 없었다. 부조리하다고 느껴버렸다. 주택가를 달려가며 그 뒷모습에게 물었다.

"대체 어디로 가는 거야—?!"

"역 앞, 게임센터! 나, 아직 가본 적 없어!"

"게임센터?! 어째서 게임센터, 아니 그보다도 내 지갑은 교실에 있는데?!"

"나도 안 가지고 있어!"

"뭐 하러 가는 거야?!"

"구경. 갑자기 어떤 곳인지 보고 싶어졌어!"

"그게 뭐야?!"

설명이 설명이 되지를 않았다.

교실은 지금쯤 큰일이 벌어졌을 것이다.

언제나 하야토는 갑작스럽다.

그런데도 어째선지 이 상황이 그립다고 느껴버린다.

"뛰어서 가면 점심시간 중으로 돌아올 수 있겠지. 서두르자고——**파트너**!"

"———아."

파트너.

오랜만에 들은 그 말에 문득, 일찍이 츠키노세에 있었을 때를 떠올렸다.

그때도 고독했던 것을 기억한다.

외면당했다.

어머니한테도, 주위한테도.

자신이 있을 곳이 없었다.

아버지가 누구인지도 모르는 사생아라는 것은, 세간에서는 강한 공격의 대상이 된다.

츠키노세의 조부모도 똑같았다.

틀림없이 아무도 바라지 않는 존재. 그렇게 믿고서 자신의 껍질 안에 갇혀 있었다.

『오늘부터 하루키는, 내 파트너야!』

그러면서, 무릎을 끌어안고 있던 하루키를 억지로 다른 세계로 데리고 나간 것은 누구였나.

일찍이 내려다보며 쫓아가던 뒷모습은, 이제는 눈앞 가득히 크게 펼쳐져 있었다. 맞잡은 손은 억세고, 잡아당기는 힘은 어릴 적과는 비교도 되지 않았다.

그때도, 이 사람은 대체 어쩐 표정으로 손을 잡아당겼을지 신경 쓰였다.

그리고 빨간 신호에 걸음이 멈췄다.

앞으로 가서 얼굴을 들여다봤더니 언젠가와 마찬가지로 수줍어서 새빨개진 미소를 홱 돌렸다.

그것이 어쩐지 우스워서 하루키가 큭큭 어깨를 흔들자, 문득 비어 있는 손에 무언가를 억지로 쥐여줬다.

대체 뭔가 싶어서 손바닥을 봤더니 그곳에 있던 것은 최근에 어쩐지 본 적이 있는 고양이 키홀더가 달린 열쇠. 또 다시 상황을 미처 이해하지 못한 하루키는 손바닥의 열쇠와 하야토의 얼굴을 연신 교대로 바라봤다.

　"그거 말이지, 우리 집…… 어— 그게, 열쇠야."

　"어…… 아, 응……?"

　"그 뭐, 마음대로 써도 돼. 가능하다면, 다음에 어젯밤 같은 일이 생길 땐 우리 집으로 와줘. 한밤중에라도, 새벽에라도 사양 말고 와."

　"하야…… 와읍?!"

　그리고 하루키를 돌아본 하야토는 수줍은 감정을 얼버무리듯이 억지로 그녀의 머리를 마구 휘저었다.

　"저, 정말, 뭘 하는—."

　"있잖아, 의지하는 상대가 되고 싶은 거, 하루키만이 아니니까."

　"——하야, 토……?"

　"하루키가 거리낌 없이 의지할 수 있도록, 나도 강해질게."

　"…………아."

　별것 아니다. 마음은 똑같다.

　그런 미소를 머금은 하야토의 눈은, 하루키가 본 적이 없는 빛깔이었기에 묘하게 가슴을 술렁이게 했다.

　"파란불이야, 뛰자!"

　"정말—!"

그리고 둘은 또다시 달려갔다.

말하고 싶은 것은 한가득 있었다.

이거 하야토가 항상 사용하는 열쇠잖아, 라든가. 게임센터는 점심시간에 굳이 빠져나와서 보러 갈 장소가 아니잖아, 라든가. 옛날부터 정말로 억지스럽다니까, 라든가.

변한 것이 있고, 변하고 싶다며 바라고, 그럼에도 변하지 않는 것이 있다.

틀림없이 앞으로도 하야토한테는 계속 휘둘릴 것이다.

지금도 교실로 돌아갔을 때를 생각하면 머리가 아프다.

그러니까 억지로 손을 잡아끄는 하야토의 뒷모습을 향해, 마음속으로 크게 외치고 싶은 말이 있었다.

──옛날 같은 모습은 내 앞에서만 보여달라고, 정말!

에필로그

그날 저녁, 하야토와 하루키는 평소보다 조금 늦은 시간에 집으로 돌아왔다.

"아—아, 벌써 도착해버렸어."

"……됐으니까 열어줘, 나는 손이 막혀 있다고."

어쩐지 기분 좋은 하루키가 아하하 웃으며, 낮에 받은 열쇠로 현관을 열었다.

한편 하야토는 괴롭다는 표정으로 새빨갛게 물들어 있었다.

그 원인은 양손으로 품고 있는 커다란 베게 정도 크기의, 몸을 쭉 뻗고 있는 얼룩 고양이 인형이었다. 애교가 있어서 귀엽기는 하지만 고등학교 남학생이 끌어안고서 거리를 걷기에는 상당히 난감한 물건이었다.

그것은 낮에 구경을 간 게임센터에서 잔뜩 들떠서, 방과후에 다시 들러서 벌인 승부의 경품이었다. 참고로 도합 1600엔으로 상당한 금액을 날렸기에 하야토는 많은 의미로 미간에 주름을 지었다.

"아하하, 하야토 차례에서 땄으니까 주인이 들고 와야지!"

"젠장, 싸움에서 이기고 전쟁에서 진 기분이야……."

"……오빠, 왜 그런 걸 들고 있어?"

"히, 히메코!"

"아, 히메."

하루키가 열쇠로 문을 열자, 등 뒤에서 마침 돌아온 히메코가 말을 건넸다.

무척 팬시한 모습이라는 자각이 있기에 하야토는 필사적으로 변명을 찾았지만, 그보다도 히메코가 짓궂게 히죽 미소를 지으며 찰칵 사진을 찍는 것이 빨랐다.

"앗핫핫, 사키한테도 보여줘야겠어ㅡ. 그러고 보니 어제 노래방에서 먹은 허니 토스트 사진도 보내줘야지ㅡ."

"어, 잠깐, 안 돼, 히메코!"

"어라, 벌써 답장이 왔ㅡ.'

『어, 어어어어어떻게 된 거야~?! 오빠 부끄러워 보여 귀여워 의외로 고양이랑 어울린다고 할까, 노래방 그건 뭐야~?! 오빠 멋도 부렸고, 뭔가 미남이랑 어어어어깨동무하고 있고, 엄청 강렬한 청춘ㅡ.』

"와와, 사키?! 그게 있지, 사실은ㅡ."

곧바로 사키한테 답변을 받은 히메코는 총총히 자기 방으로 향했다.

요란스러운 그 뒷모습을 지켜본 하야토와 하루키는 쓴웃음 지으며 현관으로 들어섰다.

"잘됐네, 하야토. 의외로 어울린대."

"기쁘지 않다고, 나 참⋯⋯."

이렇게 놀리면 어떻게 반응해야 좋을지 알 수 없었다. 그리고 하아, 한숨을 한 번. 오늘은 이래저래 휘둘리기만 하는구나, 생각했다.

'하루키도 그렇지만 카즈키한테도……'

오후, 학교로 돌아갔을 때를 떠올렸다.

점심시간, 그런 식으로 하루키의 손을 붙잡고 뛰쳐나갔는데도 하야토가 주목을 받는 일은 그다지 없었다. 그것도 어디까지나 교실의 화제가 하루키와 카즈키였기 때문이었다. 물론 화제의 소용돌이 안에서 하루키는 무척 힘들었던 모양이지만.

그 후, 이 상황을 만들어낸 카즈키를 붙잡아서 따지고 들었지만 입을 열자마자『어, 아까 고백은 진심이 아니니까 안심해』라며 히죽히죽 미소를 지었다. 하야토가 그만 반사적으로 쿡 쥐어박은 것도 무리는 아니었다.

다만 그다음 이어진『하지만 이걸로 니카이도한테도, 그리고 나한테도 다른 사람들이 접근하지는 않겠지?』라는 장난기 가득한 대답에, 더는 아무런 말도 할 수가 없게 되어버렸다.

최근의 하루키는 변했다. 내숭이 벗겨지는 일도 많아서 친근감이 늘어났다. 틀림없이 앞으로 고백을 받을 기회가 생길지도 모른다. 그것을 생각한다면 조금 전 카즈키의 행동은 좋은 견제가 될 것이다.

그래도, 라고 생각했다. 다시금 하루키를 봤다.

현관 앞에서 신발과 함께 겸사겸사 긴 양말까지 벗고 있었다. 평소에는 감추어져 있는 늘씬한 다리가 무방비하게 노출되었다. 그리고 그것은 하야토 앞에서만 드러내는 모습이다. 평소와 다름없는 안색이 조금 밉살스러웠다.

침을 꿀꺽 삼키는 것과 함께 뺨이 뜨거워지는 것을 자각했다. 슬며시 눈길을 피했다.

"응? 왜 그래, 하야토? 아하, 아직 부끄러워?"

"윽! 아니야."

그런 하야토의 무언가를 감지했는지 하루키가 얼굴을 들여다봤다. 평소처럼 어쩐지 놀리는 기색이 드리운, 짓궂은 표정이었다. 그런데도 몹시 두근대고 말았다. 얼굴이 붉은 것은 인형 탓이라 여기는 것이 다행인가.

하야토는 날뛰는 고동을 얼버무리듯이, 그리고 음색에 살짝 석연치 않은 노기를 드리우고서 인형을 하루키에게 꾹 내밀었다.

"자, 이거!"

"……으—음?"

"그게, 선물이야. 내가 가지고 있어봐야 쓸모없으니까."

"선물……?"

"……하루키?"

하루키는 형용하기 힘든 표정이었다.

곤혹스러워하는 것 같은, 길을 잃은 것 같은, 하지만 결코 싫지도 않은 표정이었다. 아무래도 지금 스스로의 감정을 이해하지 못하는 듯했다. 하야토도 고개를 갸웃거렸다.

그런 하야토의 반응을 어떻게 받아들였는지, 하루키는 그런 게 아니라는 듯이 양손을 팔랑팔랑 내저으며 더듬더듬 말을 던졌다.

"그게, 잘 모르겠어……. 그게, 우리 어머니가 그러니까, 이제까지 누군가에게 선물을 받은 적이 없어서, 그래서 어쩌면 좋을지 알 수가 없어서……."

말꼬리가 점점 줄어드는 모습에 가슴이 꽉 죄어들었다. 그리고 하야토는 억지로 하루키의 손을 붙잡고 다짜고짜 인형을 안겼다.

"미안하네, 첫 선물이 나한테 받는 게 되어서. 포기하고 그냥 받아줘."

"…………아."

"뭐, 이 녀석도 남자인 나보다는 하루키 옆에 있는 게 기쁠 테고—."

"……알았어! 나 알았어, 아마도 이건 기쁜 거야!"

"—하루키?"

하루키는 눈을 끔벅거리는가 싶더니 이해와 함께 기쁨의 눈빛을 머금고서, 만면의 미소를 꽃피웠다. 에헤헤, 웃음과 함께 인형을 끌어안았다.

"소중히 대할게. 고마워, 하야토!"

"읏!"

그것은 너무도 아름다운 미소였다.

그래서 하야토는 태어나서 처음으로 하루키를 귀엽다고 생각해버렸다.

"……그런가."

이번에는 다른 의미로 가슴이 마구 날뛰었다. 이것 참, 하며 하야토는 얼버무리듯이 머리를 긁적였다.

아무래도 자신은 이 소꿉친구가 웃어주기를 바라는 모양이었다.

아마도, 어릴 적부터, 계속.

현관에서 비쳐드는 석양은 두 사람의 미소를 붉게 물들였다.

후기

히바리유입니다! 정확하게는 어딘가에 있는 마을의 목욕탕, 히바리유의 간판 고양이입니다!

또 이 후기로 여러분과 만날 수 있었습니다! 냐─앙!

그렇게 되어서 2권입니다.

이번 이야기의 메인은 하야토와 하루키에게 동성 친구가 생긴다, 이겠군요.

어릴 적, 서로의 성격 따위는 신경 쓰지 않고 놀았지만 학교에 들어가는 것을 계기로 처음 남자끼리, 여자끼리 그룹이 생기며 서로를 이성이라 의식하고 마는──그런 느낌의 이야기를, 공백의 시간을 넘어서 겪는 느낌입니다.

그리고 1권과 2권이 여러모로 짝이 되는 느낌도 의식했습니다. 어떠셨을까요?

그리고 인터넷 연재분에서 전하고 싶은 부분은 그대로, 내용을 대폭적으로 가필 수정했습니다.

담당 K 님과는 수도 없이 논의를 거듭하고, 덕분에 저자로서는 미나모와 카즈키의 존재감과 히로인 파워가 더욱 파워 업하지 않았을까 생각합니다.

자자, 살짝 여담을.

1권 후기에서 팬레터는『냐─앙』만으로도 괜찮습니다, 그렇게 적었습니다.

감사하게도 "팬레터는 그런 간단한 한마디라도 괜찮은 거야?", 그렇게 생각해주셨는지 상당한 숫자의 냐─앙을 받았습니다! 냐─앙!

작가로서 그런 작은 한마디를 전할 수 있었다는 것이 무척 기쁩니다!

그리고 받은 것은 냐─앙만이 아닙니다. 팬 리커도 받았습니다.

팬 리커, 그러니까 술입니다. 저도 처음 들은 단어네요!

편집 분한테 메일을 받았을 때도, 어, 무슨 소리? 그렇게 살짝 뇌가 버그를 일으키기도. 아니, 뭐 기쁘다면 무척 기뻤습니다만. (웃음)

그건 제쳐두고, 이야기는 조금씩 움직이기 시작하는 참입니다.

의식이 바뀌어버리며 앞으로 많은 일이 벌어질 하야토와 하루키, 그리고 두 사람을 둘러싼 주위의 변화도 그려나가고 싶은 참입니다.

또한 히메코의 츠키노세 친구 사키도 적극적으로 이야기에 관여하도록 만들고 싶은 참입니다. 모쪼록 앞으로의 그들을 지켜봐 주시길.

마지막으로 담당 K 님, 수많은 상담이나 제안, 감사합니다. 일러스트 시소 님, 미려한 그림 감사합니다. 저를 도와준 모든 사람과, 여기까지 읽어주신 독자 여러분께 진심으로 감사를. 앞으로도 응원해주신다면 행복할 겁니다.

　그리고 또다시 여러분과 만나기 위해서라도, 팬레터를 보내주신다면 기쁠 겁니다!

　팬레터는 앞으로도 지난번과 마찬가지, 『냐―앙』만으로 괜찮아요!

　냐―앙!

2021년 6월 히바리유

TENKOSAKI NO SEISOKAREN NA BISHOJO GA, MUKASHI DANSHI TO
OMOTTE ISSHO NI ASONDA OSANANAJIMI DATTAKEN Vol.2
©Hibariyu, Siso 2021
First published in Japan in 2021 by KADOKAWA CORPORATION, Tokyo.
Korean translation rights arranged with KADOKAWA CORPORATION,
Tokyo.

전학 간 학교의 청순가련한 미소녀가 옛날에
남자라고 생각해서 같이 놀던 소꿉친구였던 일 2

2023년 8월 15일 1판 2쇄 발행

저 자 히바리유
일 러 스 트 시소
옮 긴 이 손종근
발 행 인 유재옥
본 부 장 조병권
담당편집 박치우
편 집 1 팀 김준균 김혜연 박소연
편 집 2 팀 박치우 정영길 정지원 조찬희
편 집 3 팀 오준영 이해빈 이소의
라이츠담당 김정미 맹미영 이윤서
디 지 털 박상섭 김지연 윤희진
미 술 김보라 박민솔
발 행 처 ㈜소미미디어
인쇄제작처 ㈜코리아피앤피
등 록 제2015-000008호
주 소 서울시 마포구 토정로222, 403호 (신수동, 한국출판콘텐츠센터)
판 매 ㈜소미미디어
영 업 박종욱
마 케 팅 최원석 최정연 박수진
물 류 백철기 허석용
전 화 (02)567-3388, Fax (02)322-7665

ISBN 979-11-384-3474-4
ISBN 979-11-384-3377-8 (세트)